WYOMING PROUD

by Diana Palmer

Published by Harlequin Japan,
a Division of K.K. HarperCollins Japan, 2024

秘密の命を抱きしめて

ダイアナ・パーマー 作
平江まゆみ 訳

ハーレクイン・プレゼンツ・スペシャル
東京・ロンドン・トロント・パリ・ニューヨーク・アムステルダム
ハンブルク・ストックホルム・ミラノ・シドニー・マドリッド・ワルシャワ
ブダペスト・リオデジャネイロ・ルクセンブルク・フリブール・ムンバイ

秘密の命を抱きしめて

マックス・E・ホワイト教授（１９４６-２０２３）

私に人類学を教えてくださったジョージア州ピドモント大学の恩師。

教授はインディ・ジョーンズさながらに考古学をわくわくする冒険に変えてくれました。

中折れ帽を被《かぶ》ってこそいなかったけれど。親愛なる先生、安らかにお眠りください。

主要登場人物

エリアン・ミッチェル……………〈モズビー建設〉従業員。愛称エリン。
アーサー・ミッチェル……………エリンの父親。
アニー・モズビー…………………エリンの親友。
タイソン・リーガン・モズビー……アニーの兄。〈モズビー建設〉社長。愛称タイ。
ジェニー・テイラー………………タイの部下。〈モズビー建設〉従業員。
ルビー・ドーズ……………………タイの元婚約者。
ミセス・ダブス……………………タイの家の家政婦。
ベン・ジョーンズ…………………タイの父親の盟友。
モード・ライダー…………………エリンの親戚。
ジャスティン・トゥーベアーズ……モードの牧場の監督。
ガブリエル・デイン………………モードの隣家の娘。愛称ギャビー。
ミスター・パーリン………………〈パーリン・エンタープライズ〉経営者。

1

タイ・モズビーは心底うんざりしていた。妹のアニーと自宅にいればよかったと考えていた。自宅にいても、ケーブルテレビでドラマを観るくらいしかすることはない。それでもこの状態よりはましだ。オフィスのくだらないパーティで、二人の女性に獲物扱いされているよりは。二人のうちの一人は最近離婚したばかりだ。もう一人には夫がいる。まったく、女ってやつは！

振り返ったタイは、危うくエリアン・ミッチェルとぶつかりそうになった。そう、彼女の名前はエリアンだ。だが、その名前で呼ぶ者はいない。タイとアニーにとって、彼女はただのエリンだった。そのエリンに向かって、彼は顔をしかめてみせた。

「あなたがゴージャスなのは私のせいじゃないわ」エリンが軽口をたたいた。「メアリーはあなたを暗い部屋へ誘い込もうと躍起になっているわね。別れた夫のことはもう忘れたのかしら。そして、ヘンリエッタは――」彼女は問題の女性を顎で示した。その女性はため息をつきながらグラスごしにタイを見つめていた。「自分に夫がいることを忘れているみたい。まあ、どっちもどっちよね。彼女の夫だってほかの女性と遊び歩いているんだから」

「なんだ、君は？　町の公告係か？」

「いやな仕事だけど、誰かがやらないと」灰色の瞳がきらめいた。エリンは笑いながら背中を向けた。彼女の黒っぽい髪は優雅なシニョンにまとめられていた。「あら、グレースがあんなところに。あなた、去年彼女とデートをしていなかった？」

「ああ、くそっ」タイはうなった。

「大丈夫。向こうはあなたに気づいていないわ。ダニー・バーンズの気を引くのに必死で。ダニーはお祖父さんの牧場を相続したばかりなのよね」

「金目当ての女はもうたくさんだ」ぶつぶつ言うと、タイは黒い瞳を彼女に向けた。「まあ、君みたいな女もいるが」

「勘弁して。私はあなたのタイプじゃないでしょう」エリンはつぶやいた。それは本心から出た言葉ではなかった。彼女は何年も前からタイに恋をしていたのだ。しかし、タイは彼女に目もくれなかった。当然といえば当然かもしれない。タイを追い回す女性たちと比べると、エリンは華やかさに欠けていた。一方、タイには圧倒的な存在感がある。漆黒の髪に黒い瞳。肌は明るいオリーブ色で、こうして純白のシャツとディナースーツに身を包んでいると、いつも以上にゴージャスに見えた。

「なぜそう思うんだ？」

「私は男と遊び歩かないから」

タイは目をしばたたいた。「じゃあ、女と遊び歩くのか？」

「とにかく、私は遊び歩かないの」

「君は今いくつだ？　二十五か？　少しは遊ばないと、結婚なんてできないぞ」

「あなたは三十一だけど、いまだに結婚できていないじゃない。それに、私はあなたの下で働いているのよ。職場に私情を持ち込むつもりはないわ」

「でも、ルールで禁止されているわけじゃない」タイが指摘した。

エリンは彼をにらんだ。「タイソン・リーガン・モズビー。いいかげんにしないと、アニーを呼ぶわよ」

「それだけはやめてくれ！」タイはうなった。

「アニーならあなたを守ってくれるわ。あなたを愛しているから」

「もし妹に夫を見つけてくれたら、君に最上級の推薦状を書いてあげるよ」

「アニーはまだ結婚する気がないの。あなたと同じようにね。それに、私に推薦状は必要ないわ。あなたが私を首にするつもりなら話は別だけど」

タイは顔をしかめた。「うちはただでさえ人手不足なんだ。同業他社が引き抜きに動いているからな。あいつらはうちの優秀なスタッフばかりか、うちを首になった連中まで狙っている」

解雇は極力避けたい。だが、そうせざるを得ない場合もあるのだ。彼が経営する〈モズビー建設〉はサンアントニオに本社があるが、ジェイコブズビルから通ってくる従業員も少なくなかった。零細企業だった同社が今のような大企業になったのは、父親から引き継いだタイの努力の結果だ。彼は建築の学位を持っていた。物を作ることが大好きだった。

実のところ、モズビー兄妹には働く必要がない。大金を相続していたからだ。しかし、タイはこの仕事を愛していた。サンアントニオは会社経営に最適な場所だが、彼と妹のアニーは今もジェイコブズビルに住んでいる。二人はビッグ・ジョン・ジェイコブズ――十九世紀に鉄道の敷設によってジェイコブズビルをテキサス南部の牧畜業の中心地に変えた町の創設者――の直系の子孫だった。

「よく言うわ」エリンは憤慨の声をあげた。「私が連れてきた人事部長を一週間で首にしたくせに！」

「あの男はウオッカを飲む」タイはいらだたしげに切り返した。「ウオッカを飲む男は信用できない」

「彼がウオッカを飲むことをどうして知ったの？」

「本人に直接尋ねた」

「まあ」

「視線が泳いでいるな。何か探しているのか？」

「クラレンスを」

「なんだって？」

「クラレンス・ホッジズよ」小声で答えながら、エリンはそばにいた女性の肩ごしに周囲の様子をうかがった。「私にとっては悪霊みたいな人。パーティ会場で振り返ると、そこには必ず彼がいるの」

「なんのために？」

「私の気を引くためよ」

「なぜ？」

エリンは目をくるりと回した。「あなたは人間関係について学ぶべきね。アニーに本を取り寄せてもらったら？」

タイはにやりと笑った。「本なんか読まなくても見当はつく」

「本当かしら」エリンは上の空でつぶやいた。その間も彼女の視線は会場内をさまよっていた。

タイはエリンのことを昔から知っていた。エリンと妹のアニーが大の仲良しだったからだ。高校時代も短大へ進んでからも、エリンは週末のほとんどをモズビー兄妹と過ごしていた。彼女は短大で実務教育の準学士号を取得した。原価の見積もりが得意で、タイの会社でもそういう仕事を担当している。彼女には数学の才能があった。コンピュータを使いこなし、タイが会社で使っていた表計算プログラムの改良まで手がけた。職場においては彼の右腕的な存在で、会議で社長の代役を務めることもある。エリンはこの仕事のことを知り尽くしていた。なにしろ、高校時代からパートとして働いていたのだ。タイは彼女を信頼していた。仕事仲間としては。個人的な関係については、あまり考えないようにしていた。エリンが彼と距離を置いていたからだ。前に一度だけ、彼のほうからダンスに誘ったことがある。しかし、エリンはどっちつかずな言葉をつぶやいただけで、そそくさと部屋から出ていった。

エリンは美人ではないが、感じのいい容姿をしている。きらめく灰色の瞳に愛らしい唇。きれいな肌をしていて、スタイルも申し分ない。それなのに、彼女は年寄りくさい服ばかり着ていた。誰かとデートをしている様子もなかった。どうしてだろう？　訝《いぶか》しく思ったタイは妹にその疑問をぶつけてみた。だが、アニーは曖昧な笑みを返しただけだった。

　タイは会場内を見回すエリンを観察した。容姿は可も不可もない。彼女のチャームポイントは人柄だ。エリンは優しい。誰とでも気さくに接する。ユーモアのセンスが抜群で、大の動物好きだ。タイが特に重視しているのはこの最後の部分だった。彼はジャーマン・シェパードの繁殖と訓練も手がけていたからだ。

　タイにとって、犬は家族のような存在だった。モズビー兄妹はジェイコブズビルの大きな屋敷に住んでいるが、犬たちも同じ家の中で暮らしていた。屋敷には子犬専用の部屋があり、子犬たちを見守る世話係がいる。タイは繁殖は年に一度と決めていた。母犬は毎年変え、違う血統の雌を選んだ。出生異常を避けるために、近親交配は絶対にさせなかった。彼は生まれてきた子犬たちを溺愛した。人手に渡すのをいやがるほどだった。周囲に説得されてしぶしぶ手放すことに同意しても、譲渡先は慎重に選んだ。希望者の身元を調査し、子犬が暮らすことになる家の庭や居住空間の写真を要求した。それほどまでに子犬たちを大切にしていた。

　先日、譲渡先の男がカーペットに粗相をした子犬を革紐でたたくという事件が起きた。事件を目撃した男の隣人はすぐさまアニーに電話した。妹から話を聞いたタイはその日のうちに男の家へ向かった。地元の獣医師ベントレー・リデルと警察署長のキャッシュ・グリヤを連れて。子犬の様子を確認するために、グリヤ署長は捜索令状まで用意していた。

　男は必死に抵抗した。しどろもどろの言い訳で子犬と会わせることを拒み、なんとか三人を追い返そうとした。しかし、キャッシュ・グリヤにひとにらみされて、ついに観念した。キャッシュ・グリヤは強面の警察署長として知られていた。罪のない人々の前では感じよくふるまっているが、犯罪者に対しては容赦がなかったからだ。

男はしぶしぶ三人を家の中に入れた。子犬はクローゼットの中に閉じ込められていた。背中が血だらけだった。

真っ先に反応したのはタイだった。彼は男を殴り、子犬を抱き上げた。まずはグリヤ署長に虐待の証拠写真を撮らせ、リデルの動物病院へ移動した。そこで傷口の縫合と抗生剤の注射をすませてから自宅に連れ帰った。子犬の飼い主は逮捕され、裁判で有罪判決を受けて、刑務所へ送られることになった。犬を傷つけるような人間を支持する者は、このジェイコブズビルにはいない。公選弁護人の努力も虚しく、陪審員団はわずか十分で結論を下した。地方検事のブレイク・ケンプは陪審員団と傍聴人たちに虐待された子犬の写真を見せるだけでよかった。人々はその写真に息をのみ、子犬の飼い主に怒りのまなざしを向けた。

「どうかしたの？」タイのこわばった顔に気づいて、エリンが問いかけた。

「子犬を傷つけるなんて」タイがぶつぶつ言った。

エリンの表情が和らいだ。「加害者はその報いを受けたわ。ボーレガードはどんな様子？」

タイは笑みを返した。「夜泣きは相変わらずだ。夜は僕の部屋で眠らせているんだけどね。ローデスはそれが気に入らないらしい。でも、当分ボーを甘やかす必要があることは理解しているみたいだ。実のところ」くすくす笑いながら彼は続けた。「二頭はローデスのベッドで寄り添って眠っている。優しい奴だよ、ローデスは」

「ローデスはもういい年よね」

「十三歳になる。僕も気になっているんだ。小型犬に比べて、大型犬は寿命が短いから」

「でも、ローデスはきっと長生きするわ」エリンは微笑した。「大切にされているもの」

「だといいが。ローデスは父さんからのプレゼントだから。僕が高校を卒業した年のクリスマスにもらったんだ」

「あなたの両親のことは私も覚えているわ。二人とも、とてもいい人だった。特にあなたのお母さんはうちのママと大の仲良しだったのよね」

「両親があんなことになるとは」タイがぼそりとつぶやいた。

エリンはうなずいた。「南米の山道は危険だと聞いていたけれど、まさか二人の乗った観光バスが崖下に転落するなんて。でも、あなたの両親はいつも一緒だったから、どちらか片方だけが残って一人で生きていく姿は想像もできないわ」

「アニーと僕もそう考えた。でも、両親をいっぺんに亡くすのは本当につらい経験だった」

「せめてもの救いは、あなたたち兄妹がすでに大人になっていたことね」

一つ息を吸ってから、タイはつぶやいた。「たいした救いにはならなかったが」

「気持ちはわかるわ。うちもママが亡くなったあとはひどい状態だった」

「君の母親が一人で家庭を支えていたからな」

エリンはため息をついた。「そうね。パパは問題児だもの。本人に悪気はないのよ。ただばかな真似をして、言わなくてもいいことを言ってしまうの。ついにジャック・デンプシーもパパと口を利かなくなったわ」

「そいつはよっぽどのことだぞ。あの二人は親友同士なのに」

「今は違うわ。パパはジャックの奥さんが浮気しているという噂を耳にして、あちこちに触れ回ったの。余計な尾ひれまでつけて」エリンはぼそぼそと続けた。「結局、噂はデマだったけど、そのせいでジャックと奥さんは離婚した。パパには考えなしにものを言う癖があるのよ」

「そういう人間はけっこういるな」

エリンは顔をしかめた。「彼らの子供が二人以上いることを祈るわ。不幸を分かち合えるきょうだいがいれば、親の問題にも対処しやすいでしょう」

タイはくすりと笑った。「君はうまく対処しているよ」

「私なんかまだまだだよ。本当はパパから携帯電話を取り上げるべきなんだけど」

タイの眉が上がった。

「パパにセールスの電話がかかってきたの。今の長距離電話をうちの会社に切り替えたら、月に十ドル節約できますよって。パパはその話に飛びついた。でも、私が先週末にダラスの仕事仲間に電話をかけようとしたら、長距離電話は利用できなくなったと言われたの。つまり、詐欺だったのよ。でも、パパは自分が何をしたか、まったくわかっていなかった。あのときは本当に怒鳴りたくなったわ」

「うちの母さんも似たようなものさ。母さんにかかってきたのは、未払いの請求書の件で保安官が家までへ行く、逮捕されたくなかったらプリペイドのギフトカードで支払えという電話だった。母さんはあわてて町へ向かおうとした。それを僕が呼び止めて、どうかしたのかと尋ねた。気の毒なのは詐欺師のほうだ。奴はまだ電話の向こうにいて、母さんに支払いの手順を説明していた」

エリンはにんまり笑った。「その人、今も耳がじんじんしているでしょうね」

「そうかもしれない。あのときは本気で頭に来ていたから」

「お母さんがくれた瓶はまだ持っているの？　悪い言葉を使うたびに罰金を入れていたわよね？」

タイは笑った。「ああ。使ってはいないが、今も持っているよ」

よみがえった記憶がエリンの瞳を曇らせた。「うちのママは伝道師になりたかったの。でも、そうなる前にパパと出会ってしまった。ママはお金と縁のない人生を送ってきたから、パパが裕福だと知ったときは逃げ出しそうになったんですって」確かに当時の彼女の父親は裕福だった。祖母から相続した財産があったからだ。しかし、彼は一攫千金を夢見て、その財産を使い果たした。規模はかなり縮小したものの、彼は今も同じ過ちを繰り返している。そんな父親に振り回されて、エリンは疲れ切っていた。

「君の母親はユニークな女性だったね。金に執着しなかった」タイは静かに彼女を見据えた。「君にもそういうところがある」

「食料とガソリンが買えて、請求書の支払いができたら、私はそれで満足よ。お金はそのためにあるの。でも、お金で買えないものもいっぱいあるわ」

タイはうなずいた。

「それに、私のボスは気前よく賃上げしてくれる立派な人だから」灰色の瞳をきらめかせて、エリンは付け加えた。

「当然だろう。君はよく働いてくれている」

「仕事があるのはありがたいことだわ。特に今は景気がよくないから」

「確かに」タイはうなずいた。「うちの会社も油断は禁物だ。君が今、担当している例の入札。サンアントニオ郊外のシルバータウン計画だが、あれは数百万ドルの仕事だ。ぜひうちで受注したいね」

「きっとそうなるわ」エリンは強い口調で断言した。「あなたは工費を抑える方法を熟知しているもの。そして、私はほぼすべてのものに値付けできる」それは自慢ではなく事実だった。彼女は優秀な費用見積もり担当者だった。

「工費でうちに勝てるところはまずないだろう。ただし、ジェイスン・ホワイトホールには負けるかもしれないな。彼と息子のジョッシュがやっている建築会社は、テキサス南部でもトップクラスだと言われている」

「ジョッシュはハンサムよね」

「なぜ知っている？」

「二カ月前にあなたに派遣されたダラスの会議で顔を合わせたの。ジョッシュだけじゃなく、両親のジェイスンとアマンダも来ていたわ。ジョッシュは父親似ね」エリンはため息をついた。「最近亡くなった彼のお祖母さんもすてきな女性だったそうよ」

「やけに詳しいんだな」タイが指摘した。

「うちのクライアントが企業イメージの刷新を考えていて、アマンダはその情報を得るために会議に来ていたの。彼女はＰＲ会社のオーナーだから。それ以来フェイスブックを通じて連絡を取り合っているんだけど、本当にいい人よ」

「あまり深入りするなよ」タイは真顔で注意した。「彼らはうちのライバルだ」

「私があなたを裏切るわけがないでしょう！」エリンは憤慨の声をあげた。「そんなことをしたら、アニーにゼリーで固められて、朝食代わりに食べられちゃうわ！」

タイは肩の力を抜いた。「わかっている。いちおう確認しただけだ」

エリンが歯噛みした。「ああ、いたわ」

タイも彼女の視線を追った。その先にいたのは髪が薄くなりかけた太った小男だった。小男は満面に笑みを浮かべて、彼らのほうへ近づいてきた。

「ほら、言ったとおりでしょう」エリンはうめいた。「私は洗面所に隠れて……タイ！」

タイはエリンの細い腰に腕を回し、唖然としている彼女を笑顔で見下ろした。「にっこり笑って。あの男に芝居だと気づかれないように」

エリンはなんとか笑顔を作った。しかし、タイの力強さや体温、清潔感のあるスパイシーな香りに反応して、心臓が激しく轟いていた。

タイは眉間に皺を寄せた。エリンが震えている。息も荒くなっている。まさか僕を恐れているわけじゃないよな？

エリンは身を固くして後ろへ下がろうとした。タイの腕に力がこもる。

「何を怖がっているんだ？」

「別に……何も」

「嘘だね。ほら、これを飲んで」タイは自分のグラスを差し出した。「肝が据わる薬だ。これで度胸をつけて、君の悪霊を撃退しよう」

グラスを受け取ったエリンは匂いを確かめ、顔をしかめた。「これ、ウイスキーね。私はウイスキーは嫌いよ！」

「一口飲んでみて。匂いは微妙でも効果は抜群だ」

エリンは一つ深呼吸をした。グラスを持ち上げ、ひどい匂いのする液体を少しだけ口に含んだ。むせながらも必死に飲み下し、ほっと息をついた。

「トラックの燃料みたい」ぼやきの言葉とともに彼女はグラスを返した。

「最上級の年代もののスコッチだぞ」タイは言い返した。「真珠の価値がわからない奴に、このよさは理解できないか」

エリンは彼をにらんだ。「私は豚じゃないわ！」

「ああ、君は豚じゃない」タイは頭を傾げた。きらめく黒い瞳で彼女の愛らしい唇を眺め、物憂げな口調で続けた。「でも、丸焼きにした豚のようにおいしそうだ」

エリンは息をのんだ。心臓がまた暴れ出した。水色のカクテルドレスごしにもわかるほど激しく。

タイは彼女の胸元に視線を落とした。「おやおや。それはウイスキーのせい？　それとも、僕のせいかな？」

「そんな目で私を見ないで」エリンは抗議した。

「そんな目って？」タイがからかう。

「やあ、エリン」クラレンス・ホッジズが二人の前に立った。タイがエリンの腰を抱いていることに気づき、小男は表情を曇らせた。「僕の新しい家の改修計画について、君と話ができたらと思ったんだけど……」

エリンは笑顔を作った。「ごめんなさい、クラレンス。我が社ではそういう仕事は扱っていないの。大きなプロジェクト専門だから。ショッピングセンターや、アパートメント、団地。それくらいの規模の建物でないと」

「僕の家も大きいよ」クラレンスは食い下がった。

「エリンの言うとおりだ。我が社では小さなプロジェクトはやらない」タイが言い渡した。笑みのない顔には威嚇めいた表情が浮かんでいた。

クラレンスがごくりと唾をのんだ。顔が赤く染まる。「そうか。そういうことなら……」彼はエリンにほほ笑みかけた。「今度うちに寄ってくれ。コーヒーをご馳走するから」

タイの顎が上がり、黒い目が細められた。彼はその目で小男をにらみつけた。

エリンは微笑しただけだった。

「ああ、あそこにビリー・オルステッドがいる」クラレンスがエリンの背後へ視線を移した。「母さんの新しい車のことで彼に話があったんだ。じゃあ、またね」エリンに再びほほ笑みかけると、彼は逃げるように遠ざかっていった。

「ありがとう」エリンはほっと息を吐いた。「彼も悪い人じゃないのよ。ただ、ちょっとしつこくて」

「アニーの話だと、週に二、三回は君に電話してくるそうじゃないか」

「ええ」エリンは力なくうなずいた。「私にその気はないのに、どう言っても理解してくれないの。勘違いさせるようなことはしていないつもりだけど」

「何を言っても無駄だ。ああいう男は空気を読まない。強気で粘れば女は落ちると思い込んでいる」

「でも、その粘りも中途半端なのよね」エリンはあっさりと切り捨てた。

タイは唇をすぼめた。「僕とデートをするという手もある」

エリンは目を丸くした。「なんですって？」

タイは肩をすくめた。「僕とデートをするんだよ。ジェイコブズビルは小さな町だ。すぐに僕たちが付き合っているという噂が広まって、クラレンスもあちこちでその噂を聞くことになる」彼はくすりと笑った。「さすがのクラレンスも僕に勝てるとは思わないだろう」

「それはまあ、そうでしょうね。でも……」

「でも、なんだ？」彼女の瞳をのぞき込みながら、タイが問いかけた。

返す言葉が見つからないわ。息ができない。頭がくらくらする。夢がいきなり現実になったみたい。でも、もし本当にタイとデートをしたら、その噂は瞬く間に町中に広まるだろう。もし二度目のデートがなかったら、事態はさらに悪化する。誰もが私に問題があったと考えるはずだ。

「思うんだけど」エリンは切り出した。

「考えなくていい。この星にある不幸の大半は思考が生み出したものだ。二人でダンスに行こう。サンアントニオにラテンクラブがある」

エリンはラテンダンスを踊れる。タイはそのことを知っていた。高校生だったエリンに彼が自ら教えたからだ。今となっては遠い昔の話だが。

「でも……」

僕の誘いを断るつもりなのか？　タイは驚くと同時に興味を引かれた。彼の誘いを断った女性は過去に一人もいない。浮き足立った様子から見て、エリンも彼に惹かれているのは明らかだ。これは新しく芽生えた感情なのか。それとも、エリンが隠してきただけで、実は以前からあった感情なのか。その答えが知りたい、と彼は思った。

「たまには冒険しないと。些細なゴシップなんて痛くも痒くもないさ」タイはからかった。

わかっていないのね。まあ、タイは社会的な信用がある人だから。私にだって社会的な信用はある。その信用を汚したくはない。

「人は色々と言うものよ。あることだけじゃなく、ないことまで」

タイは微笑した。「君の友人なら気にしないはずだ。君の敵には好きなように思わせておけ」

「そうね。でも、私はゴシップはいやなの」

タイは頭を傾げ、誘惑するようなまなざしで彼女にほほ笑みかけた。「ラテンクラブの近くに寿司レストランがある。海老も食べられるぞ」

海老の寿司はエリンの大好物だ。ただし、あまりに高価なので、めったに食べられない。彼女の父親も少しは稼いでいるが、散財する額のほうがはるかに多い。だから、ミッチェル親子はつましく暮らしていた。タイはそのことを知らない。彼に知られるくらいなら死んだほうがましだ、とエリンは思っていた。

「想像してごらん。米にのせられた冷たい海老を。それにワサビと醤油をつけ、酢漬けのショウガを添えて……」

「やめて！　それはもう拷問よ！」

タイはくすくす笑った。「僕もあれが大好きでね。ほら、イエスと言って」

エリンは長々と息を吸った。いけないと思いながらも、つい口走ってしまった。「イエス」

タイはにやりと笑った。「オーケー」


その夜、エリンは自分の意思の弱さを責めながら家路をたどった。

自宅では父親のアーサー・ミッチェルがテレビを観ていた。ＤＶＤに録画された映画作品を。ケーブルテレビや衛星放送を契約するだけの余裕は彼らにはなかった。

「ただいま」

「おかえり」アーサーが笑みを返す。「パーティは楽しかったか？」

「パーティといってもビジネス・パーティよ」

「仕事と楽しみは両立できる。ビジネスといえば、テレビで気になるＣＭを観たぞ。デイトレードという形で株式市場に投資する方法に関するものなんだが……」

「だめよ」

「なあ、エリン……」

「だめ」エリンは繰り返した。「パパが契約した不動産売買講座の費用もまだ払い終わっていないんだから」強い口調で彼女は付け加えた。

アーサーは顔をしかめた。「自分にセールスの才能があるかどうかは、実際にやってみないとわからんだろう」

「そうやって色々と試した結果がこの惨状よ」エリンは父親の向かい側に腰を下ろした。「私はそれなりに稼いでいるわ。無駄遣いさえしなければ、親子二人で暮らせるだけの額をね。でも、それ以上の余裕はない。ぎりぎりいっぱいなの」

アーサーは無邪気な表情で彼女を見返した。「でも、この講座はたったの二百ドルなんだよ」

「二百ドルなんて大金、私は持っていないわよ。貯金だってないわ。パパがオンライン賭博で使ったから」非難がましい口調にならないように気遣いながら、エリンは付け加えた。

アーサーは渋い顔になった。「私には博才があると思ったんだがな。でも、次こそはきっと」

「私だけの部屋を借りて、ここから出ていってもいいのよ」抑揚のない声でエリンは告げた。

アーサーが息をのんだ。「なんてことを！」

「パパの浪費癖には付き合いきれないわ。必要のないものにお金を使うのはもうやめて。うちにはすでに私の年収を超える借金があるのよ」

「私だっていちおう稼いではいる」アーサーが堅い口調で指摘した。

「便利屋みたいな仕事をしてね。でも、そうやって稼いだお金もすぐに使っちゃうじゃない」

アーサーは赤面した。「今後は自制する。努力する。でも、今度の儲け話は鉄板なんだ」

エリンは歯噛みして立ち上がった。「私はもう休むわ」

「話も聞いてくれないのか」アーサーが悲しげにつぶやいた。

エリンはきっと振り返った。「私はパパの話を聞いてきたわ。ママが亡くなってからずっと。でも、パパの投資話で何かが得られたことなんて一度もなかった。借金はもうたくさん。私はいつも借金の心配ばかりしているのよ。借金の重圧に押しつぶされそうなの。それがどういうことか、パパには理解できないみたいね」

アーサーは気まずそうに身じろいだ。「まあ、見ててくれ。次はきっとうまくやるから」

「次は自分で稼いだお金でやって」エリンは態度を硬化させた。「でないと、私は出ていくわ」

「冷静になれ、エリン。おまえは私を愛していないのか？」

「愛しているわ。冷静になるべきなのはパパのほうよ。おやすみなさい」

　自分の部屋へ入ったエリンは、悄然としてドアを閉めた。まるで子供に説明しているみたい。パパには現実が見えていないのね。ママは上手にパパを操縦していた。でも、私には無理よ。

「私は死ぬまでパパの借金を返しつづけるしかないんだわ」彼女はぽつりとつぶやいた。

　それもエリンがタイ・モズビーへの恋心を隠している理由の一つだった。アーサーの浪費癖は誰もが知るところだが、そのせいでミッチェル家が困窮していることまでは知られていない。もしその事実を知ったら、タイは彼女を信用できなくなるだろう。自分とデートをするのは金目当てかと疑うようになるだろう。

　タイとデートをする。考えただけでパニックになりそうだわ。なんとかして断らないと。私にはパパという問題がある。ママが亡くなって以来、その問題は悪化する一方なんだから。

　このことを誰かに相談できたらいいのに。でも、私の本当の友達はアニーだけ。もしアニーに相談したら、タイの耳にも届いてしまう。それは私のプライドが許さない。

　できることならタイとデートをしたい。でも、それはあまりに危険よ。もしタイへの恋心を隠しきれなくなったら。タイには本心を知られたくない。理由はいくつもあるわ。最大の理由はパパだけど、ほかにも大きな理由がある。

　タイは結婚を望んでいない。派手に遊び回る人ではないけれど、過去には何人もの女性と付き合ってきた。ジェイコブズビルのように小さな町では、そういう人間関係は隠せない。

　私には非の打ち所のない評判がある。タイのような男性と付き合えば、その評判に傷がつく。タイが女性に求めるものは一つだけ。それは愛情じゃない。

だったら、下手な真似はしないほうがいいわ。そうでなくても、私の人生はややこしいことになっているんだから。まずはパパの問題を解決しないと。もし解決できればの話だけど。私は一生パパの一攫千金の夢に振り回されるのかしら。死ぬまで借金に追われることになるのかしら。

2

エリンは父親と自分の朝食を用意した。食事中はどちらも口を開かなかった。しかし、父親はちらちらと彼女に視線を向けていた。自分は講座を受けたいのだ、それに反対する娘は親不孝者だとなじるかのように。

「私は町の便利屋稼業に戻るのか」アーサーがため息交じりにつぶやいた。

「それがいいと思うわ」心を鬼にして、エリンは同意した。

アーサーは顔をしかめた。「いい話だったのに」

エリンは携帯電話を操作し、テーブルごしに押しやった。「これを読んで」

アーサーは仏頂面で携帯電話を手に取り、エリンが眠れない夜の間に検索した記事を読んだ。

読み進めるうちに、彼はあんぐりと口を開けた。それはデイトレードで全財産を失い、自殺に追い込まれた男の悲劇を報じる記事だった。そこには男が残した遺書の内容まで記されていた。そして、デイトレードは必ず儲かると言われているが、実際は破産と苦悩をもたらすものだと結論づけられていた。

娘に携帯電話を返すと、アーサーは下唇を噛んだ。

「あの男は言ったんだ。簡単なことだから、誰にでもできると。でも、この気の毒な人物は……」彼は朝食を再開した。「どうやらこれはギャンブルみたいなものらしい。ギャンブルに勝つにはちょっとしたコツを知る必要があるんだよな」

「そのとおりよ。数字の動きを理解しないと、すべてを失うことになるわ」

アーサーの表情が明るくなった。「だったら、やはりあの講座を受けるのが最善策だ」

エリンはため息をついた。「じゃあ、私は引っ越し先を探しはじめるわ」

アーサーは頭の中で計算した。家計を支えているのはエリンだ。料理も掃除も洗濯も皿洗いもすべてエリンがやってくれている。もしエリンに出ていかれたら、全部自分でやるしかない。娘を見つめながら、彼は考えつづけた。そして、最後にふっと息を吐いた。「講座はしばらく先送りにするか」

エリンは笑みを浮かべ、穏やかな口調で告げた。

「それでこそ私のパパだわ」

アーサーは後ろめたそうな顔になった。「私はいい父親とは言えんな」

「パパは悪い父親じゃないわ。ただ、私にも限界があることをわかってほしいの。私は今、いい仕事に就いている。でも景気が悪くなれば、その仕事を失う可能性だってあるんだから」

「いやいや。タイがおまえを解雇するわけがない」アーサーは断言した。「タイはおまえが好きなんだよ。でなきゃ、デートに誘ったりするものか」

エリンは息をのんだ。「どうしてパパがそのことを知っているの？」

「ちょっと小耳に挟んでね」アーサーは冗談ぽく切り返した。「私はこの件については何も言わない。タイは家族みたいな存在だ。アニーもな」

「母親同士が仲良しだったから」エリンはうなずいた。「まさに大親友だったわ」

「でも、あの兄妹は両親を亡くした。おまえも母親を亡くした。私もつらいよ。心に大きな穴が開いた気分だ」自分の皿を見つめながら、アーサーはつぶやいた。「だから、たまに愚かな真似をしてしまうのかな」

「愚かじゃないわ。パパは家計を助けようとしているだけだもの。ただ、パパが望むようなやり方で生計を立てるのは簡単なことじゃないと思うわ。たとえ講座で勉強したとしても、結果が出るまでには長い時間がかかるはずよ」

「長い時間か。そうだな。私ももう若くないし」アーサーは笑った。「それで思い出したが、来週、健康診断を受けるんだ。ドクターがいくつか検査をしたいと言っていてね。その費用は保険でカバーされるんだろう?」

エリンは眉をひそめた。「検査? なぜ?」

「理由は聞いていないが、最近かかった腎感染の関係だろう。深刻な問題じゃないが確認しておきたいことがある、とドクターは言っていた」

「もし保険でカバーされなくても、なんとか費用を工面するわ。パパを失うわけにはいかないもの」エリンは軽口をたたいた。「チェスで私に勝てるのはパパだけなんだから」

アーサーはにやりと笑い返した。「心配するな。私は当分死なないよ!」

しかし、現実はそれほど甘くなかった。エリンは職場にかかってきた電話で総合病院へ向かうことになった。かかりつけの医師がより詳しい検査をおこなうため、アーサーを入院させたからだ。

エリンはドクター・ワースを凝視した。「でも、パパはまだ五十歳なのに」

ドクター・ワースは悲しげな表情で彼女の視線を受け止めた。「そうだね。でも、年齢の問題じゃないんだよ。何が原因でこの病気にかかるのか。それは我々にもわからない。ただ、恐ろしい病気だということはわかっている。症状を抑えることは可能だが、病気そのものは治せない。特にこの段階まで進んでしまうと」

一つ息を吸うと、エリンは意を決して問いかけた。

「あとどれくらいなの?」

「半年というところかな」

「半年！　私の家族はもうパパしかいないのよ」

「わかっている。本当に残念だ。これは私にとってもつらいことなんだよ、エリン。アーサーとは長い付き合いだから」

「パパが元気でいられたのはドクターのおかげよ。ドクターが週に一度この町へ来てくれたから、パパはサンアントニオまで行かずにすんだ。もし私の車でサンアントニオを目指したら、途中で故障していたかもしれないわ」重い空気を少しでも軽くしようとして、エリンは笑った。

ドクター・ワースは微笑した。「でも、君ならなんとかしただろうね。エリン、君は本当によくやっているよ。ともすれば暴走しそうになるアーサーに上手にブレーキをかけている」

「ママを亡くしたときに、パパの中で何かが壊れてしまったの。以前のパパはこんなふうじゃなかった。もっと落ち着いていたわ」

「まあ、無茶はしていなかったな」ドクター・ワースは言葉を選んだ。「君のママがうまくコントロールしていたから。費用は大丈夫かね？　アーサーの年ではまだ高齢者向けの医療保険制度は使えない。放射線治療はお金がかかるよ。薬物治療も加わるとなおさらだ。癌患者に処方される治療薬は、一カ月分で四千ドルを超える額になる」

「四千ドル……」エリンは膝から力が抜けていくのを感じた。そんな大金、私には払えないわ。

「コストを抑える方法がいくつかある。一つは製薬会社に手紙を書き、窮状を訴えて、値引きをお願いすることだ。でも、君はちゃんとした職に就いているよね。保険にも入っているんだろう？」

「ええ、パパも私の保険に入れているわ」

「それなら大丈夫だ」

「でも、パパになんて言えばいいの？」エリンの顔が歪んだ。「パパに話さないとだめかしら？　もし事実を知ったら、パパは何もせずに死を待つと思うわ。戦わずにあきらめてしまうはずよ」

ドクター・ワースは息を吸った。「君の気持ちはわかる。でも、もし彼に治療を受けさせたいなら、その理由を説明するべきだね。今日の検査入院は日帰りですむ。これからさっそく始めよう。サンアントニオにいい専門医がいる。移動の足はアニーがなんとかしてくれるだろう」エリンの浮かない顔を見て、医師は付け加えた。「頼むだけ頼んでごらん」

「アニーに迷惑はかけられないわ」

「そうやって遠慮されるほうがアニーは傷つくだろうね。君たちは小学校からの友人なんだから」

「ほかに選択肢はなさそうね。私の車じゃ郡の境界線も越えられそうにないもの」

「一つアドバイスさせてくれ」ドクター・ワースは真顔で続けた。「一日一日を着実に生きなさい。人はつい生き急いでしまうものだ。何週間、何カ月、何年も先に目が行ってしまう。いい人生を過ごす秘訣は日々を丁寧に生きることだよ。今日が人生最後の日かもしれないという気構えで」

エリンはなんとか笑顔を作った。「オーケー。試してみるわ」

「あと、アーサーの様子についてだが、何かあったら私にも知らせてくれないか？　専門医は忙しいから、すべての患者についてホームドクターに報告している暇はない。私はアーサーが好きなんだ」

「ええ、必ず。ドクターには本当によくしてもらったもの」

「あまり力にはなれなかったが」ドクター・ワースが悲しげにつぶやいた。「医療は万能じゃない。現代医療にも限界がある。体に気をつけて。この病気は患者だけでなく家族まで苦しめる。家族のほうが苦しみは大きいかもしれない。愛する者が衰えていく姿をただ見守ることしかできないんだから」

「覚悟はしているわ」そう答えたエリンの顔には力のない笑みが浮かんでいた。

エリンは検査を終えた父親を病室まで迎えに行った。アーサーの顔には力のない笑みさえなかった。彼は着替えをすませ、ベッドのかたわらの椅子に座っていた。世界が終わったような表情で。

エリンは病室に入ったところで足を止めた。アーサーが視線を上げた。その瞳は涙で濡れていた。「私は死ぬのか」

エリンは歯を食いしばった。

そこでアーサーはやっと笑顔を見せた。「でも、いい治療法があるらしい。ドクターが紹介してくれる専門医にかかれば、死なずにすむかもしれない」

パパは勘違いしている。でも、この勘違いがパパの余命を延ばしてくれるかもしれない。だったら、私も余計なことは言わないでおこう。

「ええ、私もそう聞いたわ」作り笑顔で答えながら、エリンは治療薬のことを考えていた。パパは何も知らないけれど、薬代は月に四千ドルを超える。私はどうやってその費用を捻出したらいいのかしら。

「じゃあ、私は助かるんだな」アーサーが明るい声で断じた。「ほっとしたよ。おまえに会えなくなるのはいやだからね」

「私だってパパがいなくなるのはいやよ」エリンは喉のつかえをのみ込んだ。「さあ、家に帰りましょう。今夜はご馳走を作ってあげる」

自宅へ戻ったエリンは、父親が仮眠している間にアニーに電話をかけた。「残念だけど、私の車はそんな長距離を走れそうにないの。オイル漏れがあって、金曜日には修理に出す予定で……」

「大丈夫。私が送迎用の車を用意するわ」アニーは答えた。「深刻な状況なの？」

友人には嘘をつきたくない。でも、今回ばかりは仕方ないわ。このことは誰にも知られたくない。

「そうなる可能性もあるけど、ドクターは今なら間に合うと考えているみたい」

「そう。よかった。そういえば、うちの兄があなたをデートに誘ったんですって？」

エリンは赤面した。「一緒に食事をするだけよ」

「私、何年も前から祈っていたのよ。兄さんがあなたに目を向けますようにって」アニーは打ち明けた。「タイは基本的に女性不信だけど、あなたには気を許しているのよね」

「彼はいい人よ」

「いい人？　兄さんが？」アニーが声を荒らげた。「タイは私に武器商人を押しつけようとしたのよ！」

「なんですって？」

「武器商人！　外国の武装組織に準軍用機器を売った男よ！」

「タイがそんな人をあなたに？」

「そう、押しつけようとしたの。そのあげく、あの男に犯罪歴があるとは知らなかった、なんてすっとぼけたんだから」

「なぜそんなことを？」

「タイは私を結婚させたいのよ。でも、私は結婚なんてしたくない。今のままで十分幸せだもの」

確かにアニーは男性と距離を置いている。その理由はエリンも知っていた。アニーは一度の経験で懲りてしまったのだ。

「そのうち、いい人が現れるかも……」エリンは言いかけた。

「ええ、あなたにはね。私はもうたくさん！　タイを閉め出してやればよかった。本当は鍵を全部交換するつもりだったの。でも、そこで思い出しちゃったのよ、うちのトイレがしょっちゅう壊れることを。

私じゃあれの修理はできないから思いとどまったんだけど、人間、弱気になったらおしまいね！」芝居がかった口調でアニーは締めくくった。

　エリンは噴き出したいのを我慢した。怒ったときのアニーは本当に傑作なのだ。

「あなた、笑っているんじゃない？」アニーが尋ねた。「ごまかしても無駄よ！」

「笑ってないわ。本当よ。全然笑ってないから」

「ふん！　否定するわけね！」アニーは攻撃を続けた。「ＦＢＩのドキュメンタリー番組で言っていたわ。度が過ぎる否定は肯定と同じだって！」

「その理屈だと、ＵＦＯも実在することになるわ」エリンは指摘した。「この八十年間、政府がさんざん否定してきたんだから」

　アニーはうなった。「その話、タイの前では絶対にしないで。タイは政府が密かにＵＦＯの解析を進めていると思い込んでいるの。そういうネット動画を観てしまったせいで」

「知っているわ」エリンは答えた。「今朝、本人がみんなに触れ回っていたから」

「そして、タイは黒い服を着た男たちに追われる身になるわけね」アニーがぼやいた。

　エリンはとうとう噴き出した。「あなたの想像力には本当に恐れ入るわ」

「タイのせいよ！　タイに影響されたんだわ！」

「いいえ。あなたは子犬たちの世話で疲れているだけよ。今回は何匹生まれたんだっけ？」

「六匹よ」アニーはうめいた。「あの子たちが生まれてから全然眠れないの。みんなボーレガードそっくりで、めちゃくちゃかわいいのよ。あの子たちを譲渡するときは身を切られる思いをしそうだわ。特にあんなことがあったあとだし」

「ボーレガードの具合はどうなの？」エリンはさりげなく尋ねた。

「まだ完治したとは言えないわね。タイは、あの愚か者を仮釈放にはさせない、聴聞会が開かれるたびに傷だらけのボーの写真を持って参加すると息巻いているわ」

「タイの気持ちもわかるわ。本当にひどい傷だったもの」

「かわいそうなボー。うちで私たちと一緒にいるときは落ち着いているけど、知らない人の前では怯えるの。特に男性の前では」

「ボーを飼いつづけるつもり？」

「そうするしかないわ。タイが手放しそうにないから」アニーはくすくす笑った。「そういえば、タイがあなたに子犬をあげたいって言っていたわよ」

エリンの胸が高鳴った。「私に？　でも一匹五千ドルで売れる子犬よ。そんな高価なプレゼントは受け取れないわ！」

「大丈夫よ。うちはその程度じゃ傾かないから。タイがね、あなたの家には犬が必要だって言うの。こういう状況ならなおさらだわ」アニーが静かに付け加えた。

「ああ、アニー……」エリンは泣きそうになった。

「ドクターから詳しい説明を受けたんでしょう？　患者本人には言えないようなことまで？」

エリンは答えられなかった。胸が張り裂けそうな気分だった。

「今からそっちに行くわ」そう言うと、アニーは電話を切った。

アニーが最初にしたのは友人を何度も抱擁することだった。検査で体力を使い果たしたのか、アーサーは家の奥の自室で眠っていた。

ようやくエリンの涙が止まると、アニーは開口一番に尋ねた。「アーサーには話していないのね？」

「ええ」泣き腫らした目を紙タオルで拭ってから、

エリンは親友と視線を合わせた。「私、インターネットで調べてみたの。このステージまで来たら、ほぼ助からないみたい。ドクターはかなり進んでいると言ったわ。余命はあと六カ月か、それより短い可能性もあるって」再び涙が込み上げてきた。「私にはパパしかいないのに……」

　アニーはまた友人を抱擁した。「いるでしょう、私が。タイだっているわ」

「タイは私の家族になる気はないと思うわ」少し沈黙してから、エリンは続けた。「私に対しては昔から辛辣で当たりが強かったもの」

「それはあなたのことが好きだからよ」アニーはにんまり笑った。「タイは基本的に女性には愛想がいい人でしょう」

「そうね。特に職場の女性たちには優しいわ」エリンはうなずいた。

「それに、あなただってタイにきつく当たっているじゃない」

「そうしないと、やられっぱなしになるからよ」

　アニーの顔から笑みが消えた。「タイは六年前にひどい目に遭ったから。あの玉の輿狙いの女性のことはあなたも覚えているわよね？」

　エリンはうなずいた。忘れるわけがない。エリン自身もその目で見たのだ。タイがよそから来た会計士ルビー・ドーズに骨抜きにされるところを。タイはルビーと婚約し、結婚式の計画を立てはじめた。そこへルビーの元夫が現れて、彼女の本性を暴露したのだ。ルビーは金目当てで自分と結婚した、彼女に全財産を奪われたと。

　最初、タイは元夫の話を信じなかった。すると、元夫は言った。〝これからあんたの会社のロビーであの女と対決する。その様子を見ていろ〟と。

　当時のことは今でも語り草になっている。元夫婦の対決を目撃した者たちは皆、信じられないような出来事だったと言った。ルビー・ドーズは彼らの目の前で豹変し、自分の計画を邪魔しに来た元夫を罵倒した。〝あと少しで金持ちを釣り上げるところなのよ〟と彼女はわめいた。タイが聞いていることに気づかないまま。〝あんたのせいで獲物を逃がすことになったら、絶対に許さないから。あんたの前の夫にそうしたように、あんたの社会的な信用をゼロにしてやるから！〟

　そこにタイが現れた。驚き、怒りに震えるタイに向かって、ルビーは言い訳を始めた。〝今のは嘘よ。別れた夫を追い払いたくて嘘をついただけ。別れた夫は私からお金をだまし取ったの。それでもまだ満足せずに、私を追い回しているの〟彼女は必死に訴えた。涙まで流しながら。

　タイは警備部に連絡し、ルビーを建物から追い出した。そして、彼女の元夫に礼を言った。自分を救ってくれてありがとうと。それから、彼は酒に溺れた。二週間ほど酒浸りの日々が続いた。

　もしエリンがいなかったら、タイは自殺していたかもしれない。彼は中途半端な愛し方はしない男だった。何かを愛するときは全身全霊で愛した。彼は自分のデスクに弾を込めたピストルとウイスキーの瓶を並べていた。妹を近づけようとしなかった。

　アニーはエリンに助けを求めた。エリンはすぐにモズビー家へ駆けつけた。アニーが持っていた合鍵を使って、書斎のドアのロックを解除した。

　タイは酔っ払っていた。怒りの形相でエリンに出ていけと命じた。エリンは瓶に残っていたウイスキーを書斎のバーの流しに捨てた。タイにひどい悪態をつかれても一歩も引かず、ピストルから弾を取り出してポケットにしまった。

　タイは彼女をののしった。聞くに堪えないような下品な言葉を浴びせた。エリンは彼を腕の中に引き寄せて揺すった。予想外の同情を示されて、タイは身を震わせた。それでも抵抗はしなかった。

数分後、落ち着きを取り戻したタイが、目を逸らしながら身を引いた。エリンは彼をソファに横たわらせ、カラフルなアフガン織り――彼女がクリスマスにモズビー兄妹へ贈った手作りのプレゼント――でくるんだ。そして自分もソファに腰を下ろし、タイがまた酒や銃弾を捜しに行かないように朝まで見張りを続けた。

アニーは驚嘆の思いでその光景を眺めていた。彼女がタイに近づけなかったのは、兄の癇癪を恐れたからだ。タイと同じように、彼女にも人を愛し、傷ついた経験があった。タイと違うのは、破局の原因が相手の酒と暴力だった点だ。誰かに熱を上げた経験はそれ以前にもあったけれど、そのときの相手は彼女に目もくれなかった。

一度エリンは親友に言ったことがある。あなたたち兄妹は恐ろしく恋愛運が悪いみたいねと。そうなのよ、とアニーは答えた。だから、兄さんも私も恋愛に懲りてしまったの。

恋愛運に恵まれていないのはエリンも同じだった。十六歳の誕生日にタイに花束を贈られ、額にキスをされて以来、ずっと彼に恋をしているからだ。しかしタイから見れば、彼女は今も親友の兄にあこがれる痩せっぽちの少女にすぎないようだ。

もちろん、タイはエリンの気持ちに気づいていた。気づいたうえで、これは一時的な熱だから、放っておけば冷めるだろうと考えていた。実際、十七になる頃にはエリンの熱は冷めたように思われた。だが彼女の気持ちは変わっていなかった。ただ気持ちを隠す方法を学んだだけだった。

タイは何も知らない。知らなくていいのよ。どうせ希望はないんだから。でも、彼は私を食事に誘った。なんのために？

エリンはコーヒーを用意した。アニーとともにキッチンに腰を下ろし、それを口へ運びながらつぶやいた。「彼は職場の誰かを警戒しているみたい」

「なんの話？」アニーがきょとんとした顔で聞き返した。

「タイよ。彼が私を食事に誘ったのは、別の誰かに見せつけるためかもしれないわ」

アニーは顔をしかめた。「なんだ。つまらない」

胸の痛みを隠して、エリンは微笑した。「誰への見せつけだと思う？」

「先月入社したテイラーって人じゃない？」アニーはぶつぶつ言った。「彼女、職場なのに挑発的な服装をして、レポートの件で話がしたいってタイを誘ったのよ。それからしばらくの間、タイは彼女に関する愚痴ばかりこぼしていたわ」

「でしょうね」

アニーは友人を見つめ、遠慮がちに口を開いた。

「気を悪くしたのなら、ごめんなさい」

「安心して」エリンは笑顔でうそぶいた。「タイのことはもうなんとも思っていないから」

アニーはほっと息を吐いた。「だったらいいけど。タイも少しは考えるべきよ。あなたに思いを寄せられていたことは、彼も知っているんだから。それなのに、あなたに関心があるふりをするなんて、ひどいと思わない？」

「タイなりに考えがあってのことなのよ」エリンは反論した。「私はかまわないわ。私も彼女の態度はどうかと思っているから。もし彼女がタイを簡単に落とせると考えているのなら、かなりショックを受けることになるでしょうね」

「ルビー・ドーズのせいよ」アニーが吐き捨てた。「あの女のせいで、兄さんは結婚する気をなくした。近づいてくる女たちがみんな自分の財産を狙っていると思うようになったのよ」

「人生にはお金より大事なものがたくさんあるのに

ね。たとえば時間。時間がないのにお金だけあっても無意味だわ」そう言うと、エリンは暗いまなざしでコーヒーカップをのぞき込んだ。

「薬代のことで悩んでいるなら、私に任せて」アニーは宣言し、友人の抗議の声を遮った。「私には腐るほどお金がある。薬代くらいいくらでも出せるの。もし私のお金は受け取れないと言うなら、タイに話して、タイから出してもらう……」

「それはいや！」

友人の赤く染まった顔と恐怖の表情を見て、アニーはうなずいた。「思ったとおりね。だったら、薬は私と一緒に買いに行きましょう」彼女は微笑した。

「一人でこそこそ薬局に行かないでね。私の家族はタイとあなただけなんだから」

「私の家族もパパとあなただけよ」エリンはため息をついた。

「それは違うわ。あなたにはワイオミングに優しい親戚がいるじゃない」

「ええ。でも、あなたも私の家族よ」

アニーはため息をつき、嬉しそうにほほ笑んだ。

「ありがとう」

「少なくとも、私の人生にはまだあなたがいるわ」エリンは笑顔でつぶやいた。

「それはこっちの台詞よ。タイも家族ではあるけど、あんな家族ならいないほうがましかも！」アニーはかぶりを振った。「うちの家政婦なんて、毎週金曜日になるともう辞めると脅してくるのよ」

「金曜日に何があるの？」

「タイが牧場に出て、カウボーイたちと働くの」

「それのどこが問題なの？」

「考えてみて。牧場で働くのよ。赤い泥とか糞尿にまみれて」

「ああ！」

「まさか、あのミセス・ダブスが悪態をつくなんてね。しかも彼女、タイのジーンズを放り投げたのよ。この汚れはお祈りじゃ落ちない、こんなもののために私の新しい洗濯機を壊すつもりはないって」

　エリンは笑った。ミセス・ダブスがモズビー家の電気器具を自分のもののように言い張るのは、ジェイコブズビルでも広く知られていた。

「今のところは私がなんとか引き留めているけど」アニーは続けた。「ミセス・ダブスは過去の家政婦たちよりは長く続いているわ。でも、それはひとえに彼女が犬好きだからよ」

「ミセス・ダブスの前任者のことなら、私も覚えているわ」エリンが答えた。

「彼女を忘れられる人なんているのかしら？」アニーはため息をついた。「確かに、動物が好きな人ばかりじゃないわよ。でもそういうことは働きはじめる前に言ってくれないと。犬のこととなるとタイがどんなふうになるか、あなたは知っているわよね」

「口から泡を吹く狂犬って感じ？」

「まさにそれよ。でも、少なくともタイはカウボーイの一人に命じて、彼女をバス乗り場まで送らせたわ。必要ないのに二週間分の給料まで渡して」

「あの人はボーレガードの悪口を言ったのよね。ボーをキッチンから閉め出して、餌を与えることを拒否した。一日中日向にいたボーに水すら飲ませないなんて。とんでもない話だわ」エリンは息巻いた。

　アニーは頭を傾げた。「タイと同じようなことを言うのね」

「タイは間違っていないわ。悪いのはあの家政婦よ」

「あとで知ったんだけど、彼女はタイが独身だと聞いて、うちの家政婦になったんですって。私も変だと思っていたのよ。家政婦にしては若すぎたし、魅力的すぎたもの」

「実際、あなたの家に来る前はまったく違う仕事をしていたんでしょう？」

「ええ。バーテンダーだったの」

「バーテンダー。汚れ仕事だけど、誰かがやらないとね」エリンが眉をうごめかした。

アニーはぷっと噴き出した。

その後、アニーは自宅へ戻った。タイは子犬たちへの授乳をすませ、最後の一匹の体を洗い終えたところだった。

「エリンの様子は？」彼は妹に問いかけた。

アニーは子犬の柔らかな毛皮を撫でた。「悲嘆に暮れていたわ」

タイはため息をついた。「思い出すな。親を失うのはつらいことだ。両親を失うのは悪夢だ」

「ええ。でも、エリンは見た目よりタフだから」

タイは小さく笑った。「確かに」

「私、エリンに言ったの。もし私にアーサーの薬代を払わせないなら、兄さんに払わせるって。それでエリンは白旗を掲げたわ」

タイは顔をしかめた。「なぜ？」

「あのね、タイ」アニーは兄の手から子犬を抱き取った。「エリンは人一倍プライドが高いのよ。お金目当てで兄さんに寄ってくる女性たちとは……」

「そこまでだ」タイの黒い瞳がきらめいた。

アニーは肩をすくめた。「とにかく、エリンはたとえ飢えても私たちには頼らないと思うわ。でも、四千ドルを超える薬代をどうやって工面するつもりだったのかしら？」

「四千ドルか」タイは低く口笛を吹いた。「恐れ入ったね。金のない人間はどうすればいいんだ？」

「死ぬしかないわ。私たちが生きているのはそういう悲しい世界なのよ」

タイは妹から子犬を抱き取り、母犬の横で丸まっているきょうだいたちの中へ戻した。

「でも、食事に誘った理由についてはエリンに話すべきだったわね」リビングに腰を据えてから、アニーは切り出した。

タイは顔をしかめた。「何を話すんだ?」

「職場で兄さんを追いかけ回している女性のことをよ」アニーは憤慨の表情で答えた。「もしエリンが今も兄さんに熱を上げていたら? 兄さんに関心を持たれていると彼女が勘違いする可能性もあるのよ。それは残酷なことだと思うわ」

タイはすぐには答えなかった。頭の中で考えていたからだ。僕がエリンをデートに誘ったのは、積極的に迫ってくる従業員を牽制するためだ。それに、エリンは昔からの知り合いで、一緒にいても楽だから。でも、本当にそれだけなのか? 最近の僕はエリンを以前と違う目で見ていないか? 考えるうちにタイは落ち着かない気分になった。

「まずかったかな」彼はようやく口を開いた。

「大丈夫」アニーはくすくす笑った。「エリンはちゃんと理解しているから」

「彼女はデートをしないよな」

「ええ。デートのたびに、女性がみんな解放されているわけじゃないと説明することに疲れちゃったんですって。彼女は教会に通っているものね」

「僕たちも通っているだろう。しかも、彼女と同じ教会に」

「でも、エリンは時流と関係なく生きているわ」

「つまり、男と遊び回るような真似はしないってことか」タイは言った。なぜかわからないが、その事実を誇らしく感じた。

「そのとおりよ」アニーはあくびをした。「私は少し横になるわね。ミセス・ダブスが夕食用にツナのキャセロールを作っているみたいよ。今度は何をやらかしたの?」彼女は兄に問いかけた。タイはこの料理が嫌いなのだ。

「僕はノームは好きじゃないと言っただけだ」

アニーは目を丸くした。

「別に僕の浴室にノーム柄のタオルを置かなくてもいいじゃないか」弁解がましい口調でタイは言い返した。「ノームが好きなのはおまえなんだから！」

「それだけじゃないわよね？　ノームは好きじゃないと言う前に何かしたんでしょう？」

タイは渋い顔になっていた。「ノーム柄のタオルが好きじゃないことを態度で示した。でも、タオルが下の歩道に落ちたのも、それをローデスが拾ったのも僕のせいじゃない」

「最悪」アニーはうめいた。「ローデスはタオルを食べちゃうのよ！」

「少し引き裂くだけだ。とにかく、僕の浴室にノーム柄はいらない。色物のシーツもごめんだ！」

「色物のシーツ？」

「僕は白いシーツが好きだ。だから男に色物のシーツを押しつけるなと言っただけなのに、彼女は僕のベッドにピンクのシーツを敷いた！」

「ピンクのシーツを？」

「ノームの仇を討つためさ」うんざりした口調で、タイは決めつけた。

アニーは噴き出したいのを必死に我慢していた。

そのことに気づいたタイは、悪態とともに立ち上がった。「いっそのこと、ベッドカバーの上に手縫いのレースでもかけるか」苦々しげに吐き捨てると、彼はステットソンをつかみ、リビングから出ていった。

アニーはついに噴き出し、おなかを抱えて大笑いした。

3

エリンは緊張とともに金曜日の朝を迎えた。タイと食事へ行く約束の日だったからだ。一番いい服を探して、彼女は四度もクローゼットを見直した。このデートが別の女性への牽制にすぎないことはわかっていたが、長年の夢がかなうのだと思うと、とても冷静ではいられなかった。

「また数字に間違いがある。これで三度目だぞ」タイが指摘した。彼はデスクの向こう側からエリンの様子を観察した。黒いパンツスーツにピンクのブラウス。長い黒髪はきちんとまとめてある。見たところは普段と変わらないが……。「今夜のことで緊張しているのか？」

抱えていた書類を落としそうになりながらも、エリンはなんとか笑顔を作った。「いいえ、全然」自宅で起きつつある問題を思い返し、彼女はため息をついた。「ただ、パパのことが心配で」

タイは静かに彼女を見据えた。「アニーから聞いたよ。相談してくれたら、僕が力になったのに」

エリンは顎をそびやかした。「私一人でなんとかするわ」

「いや、一人じゃ無理だ」タイが立ち上がり、近づいてきた。エリンは思わず身構えた。濃紺のスーツに身を包んだタイは、映画に出てくるカウボーイのようにハンサムだった。彼の豊かな黒髪はきれいに整えられていた。そして、いい匂いがした。「なぜ僕に助けを求めようとしない？」

「私は人に頼るのが好きじゃないの」

「それは知っている」

「アニーは力になると言ってくれたけど、私から頼んだわけじゃないわ」

「それも知っているよ、エリン」

エリンの背筋に震えが走った。タイが彼女を名前で呼ぶのはめったにないことだった。

「君は僕をまともに見ないよな」彼が出し抜けに指摘する。「いつも僕の肩か胸のあたりを見ている」

エリンはまた笑顔を作り、無理をして彼と視線を合わせた。「別にわざとじゃないのよ」

タイの表情が曇った。「親を失うつらさはアニーも僕も知っている」

エリンは下唇を噛んでうなずいた。「パパのドクターに言われたわ。この病気は予想できないと」

「だろうな。僕たちで力になれることがあるなら、なんでもするよ」

エリンは再びうなずいた。声を出すのが怖かった。

タイは彼女の顎を持ち上げ、灰色の瞳に浮かぶ苦悩と不安を見て取った。目の下のくまに気づいて、彼は尋ねた。「ろくに寝ていないんだろう？」

「人生は甘くないわ」

「そうだな」

タイはしかめ面で灰色の瞳を探った。エリンは花の香りがする。強すぎないほのかな香り。僕の好みの香りだ。エリンには清潔感がある。スタイルもいい。絶世の美女とは言えないが、優しい心の持ち主だ。彼女は昔からそばにいた。僕は彼女が好きだった。慣れ親しんだ存在として。でも、最近は……。

開いたままだったドアをノックされ、ジェニー・テイラーが入ってきた。彼女はきれいな顔に化粧を塗りたくっていた。長いブロンドの髪を完璧に整え、香水の匂いをぷんぷんさせていた。

「お邪魔したのならごめんなさい」猫撫で声でジェニーが言った。エリンを無視して、タイだけに視線を据えた。「作成中の報告書について相談したいことがあって。私一人では判断しかねるの。ここで使われている表現なんだけど……」

「そういう相談は法務部のハービーにしてくれ」タイはぴしゃりと答えた。「それと、もう一つ。我が社ではきつい香水の使用を禁止している。社内規定はドアに掲示してあるから、ちゃんと読んでくれ」

ジェニーの顔が赤く染まった。「あの、はい。そうします。失礼しました」そして、彼女は逃げるように姿を消した。

エリンは詰めていた息を吐き出した。「ありがとう。実は私、ガスマスクでも発注しようかと考えていたの」

タイは小さく笑った。「僕もだよ」冗談めかして答えると、彼は頭を傾げた。「今夜は六時に迎えに行く。それでいいかな?」

エリンはうなずいた。

「ベン・ジョーンズを見かけたら、ここへ来るように伝えてくれないか。今まとめている費用見積書のことで彼の知恵を借りたいんだ」

エリンはベン・ジョーンズが好きではなかった。ベンは抜け目のない男で、よからぬ方法で私腹を肥やしているという噂もある。だが、エリンはその噂をタイには話していない。話しても意味がないからだ。ベンはタイの父親とともに〈モズビー建設〉を起《た》ち上げた功労者だった。その功労者の悪口をタイが信じるわけがない。アニーも常々こぼしていた。〝兄さんはベンを信用しすぎよ。ベンはお金のためなら兄さんを裏切るような人なのに〟と。

「ええ、見かけたらね」エリンは答えた。

タイが目を細くした。「何も言うな、エリン」

エリンは目を丸くした。「何もって?」

「君が彼を好きじゃないことは知っている。でも、この会社が存在するのは彼のおかげでもあるんだ。それに費用の見積もりで彼の右に出る者はいない」

エリンは舌先まで出かかった言葉をのみ込んだ。

ベンは私の手柄を横取りしているだけよ。でも、タイに訴えても意味がないわ。どうせ信じてもらえないもの。「別にベンを嫌っているわけじゃないわ。彼はあなたのお父さんと一緒にこの会社を起ち上げた人だし」その後、不正行為で会社から追放されかけたこともあったけど。

「そのとおりだ。じゃあ、仕事に戻れ」

「私はずっと仕事をしていたけど」

「僕に間違った数字を持ってきた。三度も」

　エリンはその指摘を無視した。「すぐにベンをここへよこすわ」

　エリンはなぜ父さんの仕事仲間を敵視するのだろう。そういえば、アニーもベンを嫌っている。まったく、女心は謎だ！　ため息を一つついてから、タイは自分のデスクへ戻った。

　エリンが選んだのは膝丈の黒いドレスだった。ドレスは体にフィットしたシンプルなデザインで、袖の部分がケープになっていた。エレガントだが高価なものではない。エリンは地元のブティックの値引きコーナーでこれを見つけた。驚きに目を丸くする彼女に、ブティックのオーナーが笑いながら説明した。〝これはさるご令嬢が注文したオートクチュールの一品よ。でも、そのご令嬢がおめでたで着られなくなって、大幅に値引きすることになったの〟と。エリンにとっては夢のような話だった。彼女はそれなりの給料をもらっていたが、浪費癖のある父親のせいでぎりぎりの生活を強いられていたのだ。

　エリンは髪をアップにまとめた。化粧とコロンは最小限にとどめた。幸い、靴とイブニングバッグは持っていた。これも二年前にセールの棚で見つけたものだ。母親が生きていた頃でさえ、ミッチェル家に贅沢品を買う余裕はなかった。一攫千金を夢見る父親が実りのない投資を繰り返していたからだ。

　でも、今回のデイトレードへの挑戦は阻止できたわ。エリンは自分を慰めた。デイトレードなんてパパにできるわけがないもの。

　リビングで新聞を読んでいたアーサーが、現れた娘に声をかけた。「すごくきれいだよ」

　エリンは笑みを返した。「ありがとう、パパ」

「おまえとタイがようやく互いに目を向けるようになった。実に喜ばしいことだ」アーサーは続けた。いつになく真剣な表情だった。「私は前から思っていたんだよ。おまえたちならきっと気が合うはずだと。でも、タイは女嫌いだろう。おまえはおまえで男嫌いだし」

「好みがうるさいだけよ」

「慎重なのはいいことだ」アーサーは一つ息を吸った。「ただ、私は心配なんだよ。ドクターが言っていただろう。専門医が処方する薬はかなり高価だと。その費用をどうやって工面すればいいのか」

「大丈夫。なんとかなるわ」エリンは父親の頭にキスをした。「だから、パパは心配しないで」

　アーサーの表情が緩んだ。「わかった。おまえも楽しんでくるんだよ」

「努力するわ」エリンは約束した。そのとき車のエンジン音が近づいてきた。「きっとタイよ」胸の高鳴りを抑えて、彼女は薄手のコートを手に取った。

「じゃあ、行っておいで」

　父親にうなずき返しながら、エリンはドアを開けた。

　タイは白いシャツにネクタイを締め、ダークスーツに身を包んでいた。エリンはその姿に見とれた。タイも賞賛のまなざしで彼女を見ていた。

「いいね」彼はつぶやいた。エリンは銀行でも襲ったのだろうかと考えながら。彼にはオートクチュールを見分けることができた。ファッションに詳しい妹に教え込まれたからだ。

「これは古着なの」エリンは軽口をたたいた。「クローゼットの奥に眠っていたのよ！」

タイは笑い、心の隅にあった疑念を振り払った。

「すぐに出られる？　ハイ、アーサー。調子はどうですか？」ドアの内側で立ち止まって、彼はエリンの父親に問いかけた。

「調子はまずまずだよ」アーサーは笑顔で答えた。「娘を連れ出してくれてありがとう。エリンは最近私の心配ばかりしていてね。この子のほうが先に参ってしまいそうだ」

「僕も今夜を楽しみにしていたんです。体を大事にしてください。僕たちが力になります。できることはなんでもしますから」

「ありがとう」

「じゃあ、行こうか」タイはエリンがコートを着るのを手伝った。「おやすみなさい、アーサー」

アーサーが笑顔で手を振った。

二人はタイの大きな高級車に乗り込んだ。サンアントニオへ向かう車内で、エリンは言った。「パパはクイズ番組が大好きなの。今夜もクイズ三昧で過ごすんじゃないかしら。その間だけでもデイトレードのことを忘れてくれたらいいんだけど」

「デイトレード？」

「ええと、あの」エリンは口ごもった。本当はこの話をするつもりはなかったのだ。「パパはデイトレードの講座を受けたがっているの。だから、私は記事を見せてあげたわ。デイトレードですべてを失い、最後は自分の命まで失った男性に関する記事を。パパもあれで考え直してくれたはずよ」

「言ってはなんだが、君の父親に金儲けの才覚はないよ。母さんはいつも君の母親のことを心配していた。アーサーの賭けは外れてばかりで、そのうち住む家までなくしてしまいそうだと」

エリンはため息をついた。「そうね。最近のパパはますます思い込みが激しくなって、私一人じゃ止められないの」

「それでも、家族は家族だ。どれだけ面倒を起こそうと、家族を見捨てるわけにはいかない。たとえば、僕の大叔父のフィルだが……」

エリンはうなった。「その話はやめて！」

タイはくすくす笑った。「あれは記憶に残るスキャンダルだった。おかげでアニーは両親の死を嘆く暇もなくなった。僕もある意味で救われたよ」

フィルは肉付きのいい小男で、トラブルに巻き込まれる天才だった。優しい妻と二人の息子がいながら、彼はネットで知り合った女の〝コメディアンにしてやる〟という話に飛びついた。コメディアンになることが長年の夢だったからだ。フィルは妻子を地元に残し、その女と会うためにハリウッドへ向かった。女はフィルの才能を絶賛した末に切り出した。ただし、夢をかなえるためには大金が必要だ。幸い、自分にはショービジネスの世界に知り合いがいる。その知り合いに金を渡せば、あなたの力になってくれるはずだと。フィルはその話を信じた。貯金を全額おろし、数千ドルを女に渡した。彼の妻はそのことを知らなかった。夫は仕事で出張中だと思い込んでいた。

それから四カ月後、保安官が立ち退き通知書とともに彼女の家を訪れた。彼女と幼い息子たちは住む場所を失った。貯金を使い果たしたフィルが、家まで売ってしまったからだ。その投資と引き換えに彼が得たのは、コメディクラブへの十分間の出演とブーイングの嵐だった。夢破れ、改心したフィルは、地元に戻って一からやり直そうと考えた。

ところが、彼の妻はすでに離婚手続きを始めていた。電話会社で働き、少ない給料の中からその費用を捻出していた。こうしてフィルはすべてを失った。あとには罪悪感だけが残った。そんな彼に救いの手を差し伸べたのが、数少ない近親者であるタイだった。彼はタイの力添えで元の会社に復職し、今もそこで働いている。息子たちとは会えるようになったが、別れた妻はまだ口も利いてくれない。だまされやすい男がどんな末路をたどるのか。これはその痛ましい現実を物語るエピソードだった。

「ルーシーはいつか彼を許すのかしら？」エリンが尋ねた。

タイはため息をついた。「僕は難しいと思うね。ルーシーはマイホームを守ろうと懸命に努力してきた。なのに、フィル大叔父さんは彼女に相談もせずに家を売却した。それができたのは、家が大叔父さん一人の名義になっていたからだ」彼はきらめく瞳でエリンを見やった。「だから、もし君が結婚するなら、財産はすべて夫婦の共同名義にするようお勧めする」

「私はもう婚期を逃したから」エリンは笑った。「それに、パパの世話もしなきゃならないし」

それからしばらく沈黙が続くなか、着いたのは五つ星のレストランだった。

タイは車を停め、ドアへと歩きながら反論した。「エリン、君はまだ若い」

エリンは彼を見上げ、ぽつりとつぶやいた。「でも、ときどき百歳くらいになった気がするの」

タイは足を止め、彼女を見下ろした。「理由は想像がつくよ」彼は手を伸ばし、アップの髪からこぼれた後れ毛を押しやった。「君は苦労の多い人生を送ってきた」

エリンは黒い瞳を探った。「あなたもそうでしょう。でも、私たちはあきらめない。一歩ずつ前へ進みつづけている」笑みとともに彼女は付け加えた。

タイは灰色の瞳に溺れた。僕の人生には複数の女性がいた。でも、エリンのような女性は一人もいなかった。彼は笑みを返した。エリンといるとシャンパンを飲んだような気分になる。頭がくらくらするような、心地よい高揚感が込み上げてくる。

背後から笑い声が聞こえてきた。同じレストランへ向かう一団が彼らを追い越していった。タイはエリンの手を取り、二人の距離を縮めた。

「君が牛肉を好きだといいが。ここは牛肉料理が有名なんだ」

「牛肉は好きよ」エリンは嘘をついた。本当は魚料理が好きで、牛肉や鶏肉はあまり好きではない。

タイはそのことを知っていた。エリンは僕のために嘘をついている。そう思うと胸が熱くなった。小さな手の冷たい感触が彼の保護本能を刺激した。エリンは緊張している。アニーが言っていた。エリンがデートをしないのは、ある男に片想いをしているからだと。その男とは僕なんだろうか？

タイの心臓がどきりと鳴った。一度の苦い経験で彼は女性不信になった。その後も何人かの女性と付き合ったが、彼女たちに対して心を開くことはなかった。今、彼は考えていた。大切な女性はもっと身近にいたのかもしれない。僕が気づいていなかっただけなのかもしれない。いや、結論を急ぐな。まだ時間はある。たっぷりと。

ウエイターから渡されたメニューを見て、エリンが悲しげにため息をついた。メニューはすべてフランス語で書かれていた。視線を上げた彼女はタイに見られていることに気づいた。しかし、タイの顔にあったのは優しい笑みだった。

「君は本当は牛肉が好きじゃないし、フランス語も読めない。僕の選択ミスだ。申し訳ない」

「気にしないで」エリンは即座に切り返した。「ここはすてきなお店ね」

「さすがエリンだ。君は絶対に文句を言わない。うちの料理人がレバーとタマネギを出したときも、君は黙って食べた。あとで君の母親から聞いたよ。君はあの料理が大嫌いだったんだろう」

エリンは小さく笑った。「あれはあなたのお母さんの好物だったのよね。私は彼女が大好きだったわ。ママと同じくらい好きだった。だから、彼女を傷つけたくなかったの」

タイはため息とともに椅子の背にもたれた。「君は遠慮しすぎだよ。言うべきことは言わないと」彼がわずかに顔をしかめる。「僕は前にもそう言った。でも、君は耳を貸さなかった」

エリンは笑みを返した。「人にはそれぞれの性格があるの。それを他人が作り変えることはできないのよ」

タイはかぶりを振った。「君は誤解している。僕が言いたいのは、人の気持ちばかり気にせずに、たまには自分を押し通すべきだってことだ」

「ああ、なるほど」エリンはにっこり笑った。「あなたなら家を建てたいという有力者に向かって、そんなごてごてしたデザインの家は建てたくないと言いそうね」

タイは小さく笑った。「まあ、賢い対応とは言いがたいが。でも君の場合は……」

「私の場合は」エリンはやんわりと遮った。「自分がしたいようにするだけよ」

タイは片方の眉を上げた。「それだよ、エリン」

「それ？」

「相手が僕でも、言いたいことは言うべきだ。どんな理由があっても、男の言いなりにはなるな」

エリンは眉をひそめた。この人は何を言おうとしているのだろう？

タイは灰色の瞳をのぞき込んだ。そこから目を離せなくなった。

エリンも同じだった。彼の黒い瞳に心をかき乱される。全身が震えている気がした。それでも視線を逸らすことができなかった。

「ご注文はお決まりですか？」ウエイターが笑顔で問いかけてきた。

タイは歯を食いしばり、なんとか笑みを返した。

「あと五分待ってくれないか」

「かしこまりました」

ウエイターが離れるのを待って、タイはメニューを広げた。エリンに対する自分の反応にうろたえながら。「君は何がいい？」

エリンは手元のメニューを広げ、理解不能な文字の羅列を眺めた。「鶏肉料理はどうかしら？」

「君は鶏肉が苦手だろう。魚の切り身を使った料理はどうだ？」

エリンが驚いた顔で視線を上げた。

タイは微笑した。「ここのシェフは魚料理も得意なんだよ」

エリンは危うく泣きそうになった。タイは彼女が魚が好きなことを考慮して、このレストランを選んでくれたのだ。「だったら魚料理にするわ。ありがとう」

タイは小さく笑った。「君の好みはお見通しさ」冗談めかして言うと、誤解を招かないように付け加えた。「昔から家族同然の付き合いだからね」

家族同然。わかっているわ。でも、今夜の私はそれ以上の何かを期待していた。エリンは笑顔を作り、淡々とした口調で相槌を打った。「ええ、そうね」タイは私を恋愛対象として見ていない。それが現実だ。

二人が食事を始めると同時に、背後から馴染みのある声が聞こえてきた。

「これはこれは。今夜は家族と外食かね？」ベン・ジョーンズが尋ねた。

ベンは五十代の中年男だった。背は高いが太りすぎているため、あまり魅力的とは言えなかった。彼には妻がいた。いつも困ったような顔をしている、小柄で人当たりのいい妻が。

「ああ」タイは笑顔で答えた。エリンが家族同然の存在なのは誰もが知っていることだ。「そっちはなぜここに？」

「私も家族サービスだ」ベンは妻を指さした。「今日は彼女の誕生日でね」

「いい夫だ」会話を続けながら、タイは考えていた。このレストランはベンが気軽に利用できるような店ではない。ベンはどこでそれだけの金を手に入れたのだろう。

「ところで、エリン、君は今日デスクのひきだしをロックし忘れていたぞ」そう言うと、ベンはポケットから取り出した鍵をエリンに渡した。「だから、私が代わりにロックしておいた。こういう不注意は困るね。君には機密文書に接する権限がある。そのことを忘れないように」

「はい。すみませんでした」内心のいらだちを隠して、エリンは謝った。さすがはベンね。ボスの前で私のミスを指摘するなんて。でも、ベンはどこで私の鍵を手に入れたのだろう？　鍵をしまったバッグはデスクの上にのせておいた。バッグから目を離したのは、洗面所へ行った短い間だけなのに。

「緊張で仕事に集中できなかったのかな」タイはにんまり笑った。「五つ星のレストランに期待しすぎたんだろう」

「確かに、自腹で来られる店じゃないからな」ベンはくすくす笑った。「私もそうだが、今回は小さな賭けに勝ってね」

「小さな賭け？」タイが聞き返した。

「いや、小さくはないか。私はポーカーが得意なんだよ」思わず口走ってから、ベンは顔を赤らめた。「別にギャンブルにはまっているわけじゃない。本当だ。たまたま友人とゲームをして、運が私の味方をしてくれただけだ」

「運はめったに味方をしてくれない」タイは穏やかに言った。「だから、あまり深入りしないほうがいい」

「そうだな。じゃあ、また」

「ああ、またな、ベン。エバも」タイは大柄な夫に寄り添う灰色の髪の小柄な女性にほほ笑みかけた。

エバも笑みを返したが、口は開かなかった。

「あれはベンが訓練したのかしら？」デザートまで進んだところで、エリンはつい考えを口にしてしまった。

「あれ？　エバのことか？」

「ええ」

「だから、言ったんだよ。強引な男と結婚して、常に自由を制限されていたら、君もあんなふうになるかもしれない。僕はベンが好きだ。彼には何度も助けられた。でも、妻に対する彼の態度はどうかと思っている」

「わかったわ」エリンは無理に微笑した。「でも、私には結婚の予定はないの。パパの世話で手一杯だから」

　タイはじっと彼女を見据えた。「君が今夜の食事の件で緊張していたのはわかる。でも、デスクのロックには気をつけてくれ」

「ごめんなさい。自分ではロックしたつもりだったんだけど」

「ベンが気づいてくれてよかったな。とにかく職場では仕事に集中するように。今の経済状況ではどんな事業も慎重さが求められる。この業界でも、油断は禁物だ」

「今後は気をつけるわ。約束します」エリンは答えた。

「コーヒーのお代わりは？」

「ええ、お願い」

　タイはウエイターに合図を送った。

　タイはエリンを自宅まで送っていった。風の強い夜だった。澄んだ夜空には星が瞬き、半月がミッチェル家の砂利が敷かれた私道を照らしていた。

「僕はこのポーチが羨ましくてね」ドアへと歩きながら、タイは言った。

「ちっぽけなポーチよ。あなたの家のポーチとは比べものにならないわ」

　小さな常夜灯の下でタイは向き直り、エリンの両肩に手を置いた。「確かに小さい。でも、家庭的だ。椅子やぶらんこを飾る手作りのクッション。あちこちに配された鉢植え。ここはぬくもりが感じられる。もし君がうちの会社で働いていなかったら、インテリア・デザイナーを目指せと言いたいくらいだ」冗談めかして彼は言った。「実際、君にはそれだけの才能がある」

「また何年も勉強しろと言うの？」エリンは鼻に皺を寄せた。「それに、私は費用見積もりの仕事が気に入っているのよ」

「前回の見積もりはベンがやった。あれは君の担当じゃなかったか？」タイはさりげなく尋ねた。エリンには彼とは別に直属の上司がいるからだ。

「あれはベンが先に数字を出したから」エリンはごまかした。友人の悪口を言われたら、タイは腹を立てるだろう。たとえそれが事実であっても。

　タイは彼女の頬に手を当て、上を向かせた。「今度は君が先に数字を出せ」

「オーケー」かすれ声で答えると、エリンは微笑した。「そうするわ」

　タイの視線が彼女の唇に落ちた。柔らかくて甘そうな唇。この唇を味わってみたい。不意に襲ってきた衝動に彼はうろたえた。一つ深呼吸をして、エリンから手を引っ込めた。自分に何が起きているのか。それは彼自身にもわからなかった。その何かと向き合うだけの覚悟も、今の彼にはなかった。

だからタイは両手をポケットにしまい、無理に笑顔を作った。「今夜は楽しかった。君も楽しめたのならいいが」

エリンはただ笑みを返した。一瞬だけど、タイは私にキスをしそうになっていた。でも今は距離を置いて、親友の兄に戻っている。まあ、こんなものよ。後悔もない。希望もない。でも、彼は私とデートをした。なんのために？

「なぜ私をデートに誘ったの？」

タイは肩をすくめ、正直に答えた。「ものの弾みかな。それに、君は外で息抜きしたほうがいいと思って」ため息をつくと、彼は真顔に戻った。「重病の家族がいたら、仕事に集中できなくなるのも当然だ。一時間か二時間でいい。たまには息抜きをしないと現実に押しつぶされてしまうよ」

エリンの表情が和らいだ。タイは昔のままだわ。親切で、思慮深い。「あなたは最高のボスね」

「そうなれるように努力はしている。僕は本当は牛飼いになりたいんだ。今は犬と建築で手一杯だが」タイは唇をすぼめた。「いつかは自分の家を建てたい。今の家はアニーに任せて、牧畜業で一大帝国を築きたい。そのときは僕のことが本になるぞ。僕の歌も作られて……」エリンの反応を見るために、彼は視線を下げた。

エリンが笑っている。よかった。たとえ一瞬でも彼女を笑顔にできて。父親を失いつつあるという現実から引き離すことができて。

「僕ならできる。その気になれば」タイは意気揚々と宣言した。

「二百年遅かったわね」エリンは切り返した。

「ああ、そうか。そうやって僕の夢を腐すのか」タイは嘆いた。

「ゴールドラッシュはとっくに終わったわ。現実と所得税法に終止符を打たれたのよ」エリンは指摘した。「建築業だってやりがいのある仕事じゃない。これで例のビッグ・プロジェクトを勝ち取れたら、言うことなしなんだけど！」

　現在サンアントニオでは大規模な集合住宅のプロジェクトが進行していた。その建築を手がけるのがタイの夢だった。入札は目前に迫っており、エリンもその準備に追われている。これは数年に一度しかないチャンスであり、絶対に逃すわけにはいかないのだ。もともとの不況に最近の税法改正が加わり、建築市場は冷え込んでいる。〈モズビー建設〉ほどの大企業でも油断はできない。会社を守るためにも、タイはこのチャンスをつかむ必要があった。

「そうだな。有名な建築家になれたら、それでよしとするか」

　エリンは笑った。「あなたはすでに有名な建築家よ」

「建築家は父さんの夢だった」タイは長い脚を動かした。「父さんは設計が好きで、図面を引くのがうまかった。僕は父さんに基礎を教わり、その先を学ぶために大学へ行った。設計は僕も好きだよ。でも牛飼いになって、ジャーマン・シェパードのチャンピオン犬を育てたいという夢もあるんだ」

「その夢はもう実現しているでしょう」

　タイはため息をついた。「そうかもしれない。でも、問題は規模だ」

「規模も十分だと思うけど」

「今のところはね」一瞬彼女を見つめてから、タイはまた微笑した。ただし、それはパーティなどで見せる社交的な微笑だった。「今夜は楽しかった」

「ええ。ボスのおかげでいい息抜きができたわ。ありがとうございました」エリンは膝を曲げてお辞儀した。

　タイはくすりと笑った。「じゃあ、僕はこれで。

月曜日に会おう」

「ええ、月曜日に」

タイはすぐに車へ乗り込み、走り去った。家に入ったエリンは、リビングにいる父親を見て目を丸くした。アーサーは笑顔で娘を迎えたが、どこか後ろめたそうでもあった。

「楽しかったか？」

「ええ、とても。私たち、ダウンタウンの高級レストランに行ったのよ。メニューはフランス語だったから、タイが読んでくれたわ」

「さすがは高級レストランだ」

「高級だし、最高だった。クイズ番組はもう終わったの？」テレビが消えているのを見て、エリンは問いかけた。

「ああ。だから、推理小説を読んでいた」アーサーは長椅子に置いてあった本を掲げた。それは有名な犯罪小説家の作品だった。

「それ、最新刊ね。私もまだ読んでいないわ」

「先月、読書会で注文したんだ」アーサーはまた後ろめたそうな顔になった。「家計が厳しいのはわかっているが……」

それでパパは後ろめたそうだったのね！　エリンはほっとして笑った。「大丈夫よ。本一冊くらいなら」

アーサーは大きなため息をついた。「よかった。怒られるかと思った」

「怒るわけないでしょう。私はパパを愛しているのよ」

アーサーは顔をしかめた。「私もおまえを愛しているよ。この家と貯金しか残してやれなくてすまないと思っている」

「そんなふうに言わないで。立派な仕事もあるし、私は十分幸せよ」

「結婚して、家族ができたら、もっと幸せになれるぞ」

エリンは顔をしかめた。「夫を見つけたくても、私は人付き合いが苦手だから。私はもう休むけど、その前にすることはある？」

「ないよ。ぐっすりおやすみ」

「パパもね」父親の頭にキスをしてから、エリンは自分の部屋へ向かった。

待ちに待ったデートだったけれど、現実はこんなものよ。タイが私を誘ってくれた、ようやく私に目を向けてくれたと思ったのは、私の勘違いだったみたいね。打ち砕かれた夢とともに彼女はベッドに潜り込んだ。しかし、眠りはなかなか訪れなかった。

4

　エリンは落ち着かない週末を過ごした。父親は口数が少なく、相変わらず後ろめたそうな様子だった。確かに本を注文したことが原因とは思えなかった。家計に余裕はないが、一冊の本も買えないほどではないからだ。

　月曜日に出社したエリンは、まず自分のデスクへ近づき、バッグから取り出した鍵でひきだしを開けた。ひきだしの中はいつもどおりの状態だった。ただし、作成中の費用見積書——タイが狙っている大規模プロジェクトの入札に不可欠なもの——の位置が少しだけずれていた。

　この件をタイに報告するべきかしら。いいえ。そんなことをしたら、頭がおかしいと思われそうだ。たぶんベンがロックしたときにずれたのだろう。ベンは建築資材の見積もり担当だから、私の仕事と被るところも多い。タイが彼を信じるなら、私も信じるべきだわ。

　エリンは一番下のひきだしにバッグをしまった。そこをロックしてから、今回の入札に向けた見積書の作成に取りかかった。

　エリンは数字に強い。だから、高校卒業と同時にこの仕事に就いたのだ。彼女が住むジェイコブズビルから〈モズビー建設〉があるサンアントニオまでは車で二十五分の距離だった。彼女は中古の青いセダンでその距離を往復し、悪くない給料をもらっていた。その給料で実家のローンを完済しようとしていた。残る支払いはあと二回。それで彼女と父親は借金から解放される。父親の医療費の大半は彼女の保険でカバーできるし、高額な薬代もアニーの力を借りればなんとかなるだろう。金銭的な問題はなんとかクリアできそうに思われた。

　しかし、資金繰りの目処が立っても不安は消えなかった。父親の体調が悪化しはじめたのだ。坂道を転げ落ちるように。エリンが予想していたよりもはるかに速いスピードで。

　次の診察の際、エリンは専門医に質問した。何が問題なのかと。

　専門医は静かに答えた。〝これが癌の特性なんだよ。特に理由はなく、治療もしているのに、いきなり症状が進むことがある。できることはすべてやっている。これ以上手の打ちようはない。アーサーの癌は特殊で、致死率が高いものだからね〟

　アーサーは相変わらず後ろめたそうにしていた。食も進まなかった。エリンは夕食に父親が好きなポテトスープを作った。しかし、そのスープにさえ彼はほとんど手をつけなかった。

「パパ、どうしたの?」エリンは優しく問いかけた。

　アーサーはぼんやりと娘を見返した。「具合がよくなくてね。すまない、ハニー」

　エリンは立ち上がり、父親を抱擁した。彼女は心の中で悲鳴をあげていた。やがて直面する悲しみに怯えながら。「大丈夫よ、パパ。きっと大丈夫。すべてうまくいくから」

「そうだな」アーサーが涙声でつぶやいた。

　エリンは自分の目を拭った。「さあ、スープを食べて。この気の毒なポテトたちはパパに元気になってほしくて自ら犠牲になったのよ」

　彼女の狙いどおり、アーサーは笑った。こうして彼らの話題はつらい現実から放送中のテレビ番組へ移った。

　タイは落ち着きを失いつつあった。原因はエリンだ。気がつくと、理由もなく彼女を目で追っている。

エリンは子供の頃からの知り合いだ。家族同然の存在だ。それなのになぜ、急に彼女のことが気になりはじめたのだろう。

エリンは彼が付き合ってきた女性たちほど美人ではない。しかし、彼が重視する二つの美徳――寛容と誠実――を兼ね備えていた。

一方、ジェニー・テイラーの態度には目に余るものがあった。強烈な香水。厚化粧。はっきり言って迷惑だ。ジェニーはあらゆる男に媚を売っていた。特にタイを追い回していた。タイは追い回されるのが好きではなかった。

「鹿になった気分だ」ぶつぶつ言いながら廊下へ出たところで、彼はエリンと鉢合わせした。

エリンが目をしばたたいた。「鹿？」

タイは彼女の服装に注目した。黒いシャツに黒いスカート。その上にピンクのダスターコートを重ね、同じピンクのスカーフを巻いている。長い黒髪は今日は垂らしたままだ。彼女は野の花の香りがした。食べてしまいたいほど魅力的に見えた。

「うん、いいね」タイは温かなまなざしで彼女を観察した。「ずっと見ていたいくらいだ」

エリンは咳払いをした。「たまには色で冒険してみようかと思って」

タイは肩ごしに振り返った。まただ！　ミス・テイラーが追ってくる！　彼はエリンの腕をつかみ、オフィスビルの玄関から外へ出た。

「タイ！」手を引っ張られながら、エリンは叫んだ。

「黙って。でないと、芝居だとばれる」

「芝居って……」

地下の駐車場まで行き、停めてあった自分の車の横に立つと、タイが向きを変えた。エリンを引き寄せて、情熱的なキスをする。

エリンは抵抗しなかった。驚きと喜びで抵抗できなかったのだ。タイが彼女に両腕を回した。エリンは大きなたくましい体に押しつけられた。その体はスパイスと石鹸の匂いがした。車のクラクションが聞こえた。サイレンや人の話し声も。それでも、エリンは夢を見ている気がした。

タイが深呼吸をした。あとずさり、彼女ににやりと笑いかけた。「ありがとう」

エリンは呆然として彼を見上げた。「なぜ〝ありがとう〟なの？」

「君のおかげで鹿は狩人の矢を逃れられた」

エリンは目をしばたたいた。「狩人？」

「ミス・テイラーのことだよ」タイは手を引っ込め、さらに後退した。「彼女にはうんざりだ！」

「まあ」エリンはまだ混乱していた。天国からいきなり騒々しい都会へ引き戻されたせいだ。タイを見つめながら、彼女は自分に言い聞かせた。さっきの出来事は忘れるべきなのだと。

タイも同じことを考えていた。でも、あのキスは最高だった。エリンの唇は柔らかくて温かかった。蜜のような味がした。一瞬その唇を見つめてから、彼は現実に戻った。

そして、無理に笑いながら言った。「僕にタイピングができたら、彼女を解雇するんだが」

「彼女をセクハラで訴えたら？」エリンもなんとか笑顔を作った。「ほかの男性たちからもきっと感謝されるわよ」

「そうだな」タイは一つ息をついた。「また一緒に食事をしないか？　僕は出張の予定が二つ入っているから、二週間後の土曜日にでも？」

「アニーも一緒に？」

「いや、僕だけだ」タイの声がかすれた。黒い瞳が強い光を放つ。「うちのキャビンで。料理はケータリングで用意する」

エリンの頭の中で警報が鳴った。モズビー家のキャビンは人里離れた場所にある。古風な母親に育てられた彼女にとって、そんな場所で男性と二人きりになるというのはありえない話だった。

「君は本当にわかりやすいね」タイがため息交じりにつぶやいた。「じゃあ、僕が絶対に君を誘惑しないと約束したら？」そう言って、彼は三本の指を立てた。

エリンは目を丸くした。「あなた、ガールスカウトの敬礼ポーズで約束するつもり？」

タイは顔をしかめた。「オーケー。だったら別のポーズで……」

「もういいから！」エリンは叫んだ。

彼女の赤い顔を見て、タイは大声で笑った。

「そうやって人を追い込むのはやめて！」

タイは彼女を引き寄せ、抱擁した。「君は本当に優しい女性だね。悪かった。でも、本気で約束するよ。僕はただ君と食事をして、おしゃべりを楽しみたいんだ。君とキャビンへ行くことはアニーにもちゃんと話すから」

それを聞いて、エリンは安堵のため息をついた。妹公認ならタイも無茶はしないわよね。おかしな真似をしたら、アニーが黙っていないもの。

「オーケー」後ろへ下がりながら、彼女は答えた。「ごめんなさい。私は古い人間で、あなたみたいに世慣れていないのよ」

タイは肩をすくめた。「僕は男だからね。この年の男はだいたい世慣れている」

エリンはうなずいた。

タイは彼女の腕をつかみ、オフィスビルに向かって歩き出した。「君は何が食べたい？」

「今の話？」

「二週間後の土曜日の話だ」

「ああ」エリンは一分ほど考えた。そして、タイと同時に言った。「魚料理」

二人は一緒に笑った。タイが言ったとおりだ。確かに彼女はわかりやすかった。

　二週間後の金曜日、エリンはまたしてもミスを連発した。タイとの食事まであと一日あるのに、すでに緊張でがちがちになっていた。

　報告書を提出しに来た彼女を、タイがからかった。

「今日も緊張しているのか?」

「私は冷静そのものですけど」灰色の瞳をきらめかせて、エリンは言い返した。

　タイは笑った。「今日は僕も落ち着かない気分なんだ。二週間前の入札の結果がまだ来なくてね。すぐに結果を知らせるという約束だったんだが」長いため息とともに、彼は椅子の背にもたれた。「あの高層ビルの契約が取れなかったとしても、うちの会社が潰れることはない。とはいえ、今は不景気だからな。うちも先のことはわからない」

「あなたはこの道の第一人者よ。あなたは入札価格を守る。裏金も値上げも要求しない。あなたの評判には傷一つないわ。あなたのライバルの中にはそう言い切れない人もいるけど」

「ハロルド・ブラッドリーか」タイは顔をしかめた。「あの男の手抜きは悪質だ。そのせいで二度糾弾され、一度は起訴までされた。刑務所送りこそ免れたものの、奴の評判は傷だらけだ。本来は入札に参加しちゃいけない男なんだが」

「でも、プランナーたちはそのことを承知しているんでしょう?」

「連中の目的はとにかく費用を抑えることだ。入札参加者の評判なんて気にしない。金を出すのは外国の投資家たちだしな」

「だんだん状況が読めてきたわ」

「その投資家の一人が今夜サンアントニオにやってくる。それで君との食事は明日の夜にしたんだよ」

タイは説明した。「彼とは食事のあとにカクテルを飲むことになっている。うちのことをもう少し売り込めたらいいんだが」

「運転する前に何か食べたほうがいいわよ」

タイは彼女をにらんだ。「エリン、あれはもう六年も前の話だ」

エリンは赤面した。「そうね。でも……」

タイは片方の眉を上げた。「僕のことを心配してくれるのか？」

「あれはひどい事故だったわ」

「僕一人のせいじゃない。相手の運転手は僕以上に酔っていた」タイは指摘した。「もちろん、僕もこってり絞られたが。判事から受けた厳しい警告は今も忘れていないよ」

「アニーも私も死ぬほど心配したのよ。あなたの両親が亡くなってから日が浅かったし……」

「そうだったね」タイは苦笑いをした。「あのときはみんなに心配をかけてしまった」

「でも、あの女性は……」

タイの顔がこわばった。「彼女の話はするな」

「ごめんなさい！」エリンは口にチャックをする仕草をした。

タイはかぶりを振りながら、彼女のためにドアを開けた。「君はたまに癇に障ることを言う」

「私より癇に障る人もいるわよ」毒蛇のように迫ってくるジェニー・テイラーに気づいて、エリンはつぶやいた。「ではボス、私はこれで」

敵前逃亡だとぼやくタイを一人残して、彼女は自分のオフィスへ戻った。

エリンが帰宅したとき、アーサーはリクライニングチェアに座っていた。前日よりもさらに顔色が悪かった。バッグとジャケットをしまうと、彼女はすぐに父親に歩み寄った。

「パパ、大丈夫？」

一つ深呼吸をしてから、アーサーは娘を見上げた。そして顔をしかめ、また大きく息を吸った。「エリン……」

「何？」

娘の心配そうな表情がアーサーの罪悪感を刺激した。いや、まだ時間はある。自分がしでかした過ちをなんとかして正そう。私は妻の警告を聞かなかった。娘の警告も聞かなかった。その結果がこれだ。正直に打ち明けたい。でも、今からでも埋め合わせることはできる。友人の力を借りれば、きっとなんとかなる。だったら打ち明ける必要はない。少なくとも、今はまだ。

アーサーは笑顔を作った。「今日は調子が悪くてね。それだけのことだよ、ハニー」

「本当にそれだけ？」

「本当だ」

エリンは大きく息を吸った。「よかった。余計な心配をしちゃったわ。ほかにも心配事があったせいかしら」

「ほかにも？」

「今、うちの会社は大規模プロジェクトの入札に参加しているの。タイは今夜その出資者の一人と会って、カクテルを飲むことになっているのよ」

「無茶をしないといいが」

「ええ。本人は気をつけると言っていたけど」

「そのプロジェクトだが、大きな金が動くものなんだろう？」

「ええ、莫大なお金が」

「だったら、受注できるといいな。まあ、受注できなくてもタイは困らないか。モズビー家には昔から金があった」

「どんなお金持ちでも一日で全財産を失う可能性はあるのよ」エリンは指摘した。

「タイなら大丈夫だ。頭がいいうえに、先を見る目があるから」

「そうかもしれないけど」

アーサーは頭を傾げた。娘のいつになく明るい表情に気づいて尋ねた。「何か私に言いたいことがあるんじゃないのか？」

「実は……明日の夜、タイと食事に出かけるの」

アーサーの眉が上がった。「二度目のデート？」

「友人と食事をするだけよ」焦って否定したものの、エリンの顔は赤く染まっていた。

アーサーはくすくす笑った。「おまえのタイへの気持ちはお見通しだ。ついにおまえにも運が巡ってきたか」

「向こうは私のことなんてなんとも思っていないわ」エリンは反論した。「ただ、会社で彼を追い回している女性がいて。とてもきれいな人なんだけど、最近のタイは女性を避けているでしょう」

「あのドーズとかいう女のせいだな」アーサーはため息をついた。「タイが女嫌いになるのも当然だ。ドーズの元亭主が現れなかったら、彼はどうなっていたことか」

「町の人たちは今もそのことを噂しているわ。サンアントニオで起きたことなのに。タイの会社にはこの町から通っている従業員が大勢いるから」

「ドーズが大声でわめいたせいだろう。あの女、別れた亭主に自慢したそうだな。あと少しで間抜けなカウボーイを釣り上げるところだと」

「おかげでタイのプライドはずたずたよ。その後、彼は誰かと定期的にデートをすることがなくなったわ。彼はアニーに言ったそうよ。自分は何度も女性に裏切られた。今では女性がみんな自分の金を狙っているようにしか思えないって」

「気の毒な男だ」

「ええ」エリンはうなずいた。「でも、私は絶対に彼を裏切らないわ。たとえ何があろうと」

アーサーが目を逸らした。「わかっているよ、スウィートハート」エリンに気づかれる心配はない。友人は私を裏切らない。それはわかっているが。なんとかして損失の埋め合わせをしないと……。

「なぜそんな顔をしているの？」

「そんな顔って？」

しばらく父親の様子を観察してから、エリンは笑った。「気にしないで。私の勘違いよ。じゃあ、夕食を用意するわね。パパは何が食べたい？」

「ポテトとハムのオーブン焼きはできるか？」

エリンは微笑した。「もちろん」

キッチンへ向かう娘を、アーサーはため息とともに見送った。これほど後ろめたい気持ちになったのは生まれて初めてだった。

翌日の土曜日、エリンは車を洗い、家中を掃除した。緊張でじっとしていられなかったからだ。

エリンの携帯電話が鳴ったのは掃除機をかけていたときだった。掃除機のスイッチを切ってから、彼女は電話に出た。

「当ててみせましょうか？」アニーの笑いを含んだ声が聞こえた。「あなたはすでに家を改築した。車を塗り替え、歩道の修理もすませ……」

「そうしたいのは山々だけど、今、うちにはセメントがないのよ」エリンは笑いながら遮った。「タイから聞いたのね？」

「ええ、ええ、聞きましたとも。エリンは毛刈り小屋へ向かう羊の気分になっている。おまえの公認がなかったら、逃げ出しかねないって」

「それは……」エリンはため息をついた。「まあ、そんな感じね」

「タイにあなたを誘惑する度胸はないわ。そんな真似をしたら、私が許さないもの」

エリンは笑った。「ということは、彼は昨夜事故を起こさなかったわけね？」

アニーも笑った。「ええ。州警察から警告されることもなかったわ。あなたが心配してくれたおかげよ」

「それは心配するわよ。あの事故のことを思えば」

「本当に、あのときのことは忘れられないわ。あなたが注意してくれてよかった。今夜も気をつけてね。タイをお酒に近づけないで。彼はもともとたくさん飲むほうじゃないけど、その分、お酒の影響を受けやすいから」

「じゃあ、私は水かコーヒーしか飲まないようにするわ」

「それだけじゃ足りないかも」

「なぜ？　何かあったの？」

アニーはため息をついた。「昨夜タイが食事をした相手は地所の大半を所有していて、契約に関する最終的な決定権を握っている人だったの。その人がタイのよくない噂を聞いたらしくて」

「よくない噂？」

「たとえば、タイが安い材料を使っていて、そのせいで建築査察官たちと揉めたとか」

「そんなの嘘よ！　調べれば簡単にわかるわ」

「でも相手は外国人だから、わざわざ調べたりはしなかった。それで、タイよりも低い価格を提示した業者にすでに発注したんですって」

「うちより安くできるはずがないわ。粗悪な材料を使わない限り」エリンは反論した。「私にはわかるの。タイが提出した費用見積書は私がまとめたんだから」

「実際に見積書を提出したのはタイじゃなくて、重役の一人だったそうよ」アニーは遠慮がちに答えた。「そして、そこには他社よりもかなり高い金額が記載されていたの」そう言って、彼女は具体的な数字を口にした。

「それは変よ！」エリンは抗議の声をあげた。「私がまとめた数字と違うわ！」

「あなた、提出される前に見積書を確かめた？　数字を打ち間違えた可能性もあるんじゃない？」

　数字の打ち間違い。書類作成はジェニー・テイラーの仕事だ。タイは駐車場で私にキスをした。そのことに腹を立てたジェニーが、わざとミスをした可能性もあるんじゃないかしら。

「もう忘れましょう」アニーは言った。「タイはすでにダラスの別のプロジェクトに目を向けているわ。規模はそれほど大きくないけど……」

「わけがわからないわ」エリンはうなった。

「仕方ないじゃない。入札は価格が安いほうが勝つのよ。ライバルがどんな数字を出してくるかなんて、霊能者でもない限りわかるわけがないわ」

「でしょうね」

「もう気を揉むのはやめて。それより、おしゃれをして食事を楽しんできて。タイはあなたの好きな魚料理を注文していたわよ」

　エリンは笑顔になった。「彼はいい人ね」

「いい人にもなれるし、悪い人にもなれるの」アニーはため息をついた。「特に自分が正しいと思い込んだときのタイは最悪だわ。人の話をまったく聞かないんだから。まるで石の壁と口論しているようなものよ」

「その状況はできるだけ回避したいわね」

「とにかく、タイがやけ酒に走らないように見張ってて」アニーは頼んだ。

「任せてちょうだい」エリンは請け合った。

　エリンにはまだドレス選びという大仕事が残っていた。といっても、選択肢は黒いカクテルドレス一着しかないのだが。タイは前に一度このドレスを見ている。退職者のために開かれた職場のパーティで着たことがあるからだ。これは古着屋で見つけたオートクチュールのドレスで、特にセクシーなデザインではないが、細身で均整の取れた彼女の体型に見事にフィットしていた。アクセサリーは真珠のネックレス――昔、母親からもらった誕生日のプレゼント――にした。長い黒髪からさりげなくのぞくイヤリングにも真珠があしらわれていた。

普段のエリンは髪をアップにまとめるか複雑な編み込みにしている。しかし、タイは長い髪が好きなので、今夜はそのまま垂らすことにした。風で乱れたり絡まったりするかもしれないけれど、そのときはバッグに常備している小さなブラシを使えばいい。どうせタイには何度も乱れ髪を見られているのだ。アニーと三人で遠乗りに出かけたときに。

エリンは彼と過ごした幸せな日々を思い返した。もっとも、向こうはずっと無関心だったが。別に冷たくされたわけではない。タイはいつも優しかった。ただ、彼女に気がなかっただけだ。いつしかエリンは彼の前で感情を隠すことを覚えた。緊張はユーモアでごまかした。アニーもよく言っていた。タイが心から笑うのはエリンと一緒にいるときだけだと。タイは基本的に真面目だった。いつも建築計画の新しいアイデアやジャーマン・シェパードの繁殖のことを考えていた。子犬たちが生まれると、夜通し付き添い、彼らの成長を見守った。母犬も子犬たちも人間のように大切に扱った。

春物のコートを腕にかけ、イブニングバッグを手に持つと、エリンは自分の部屋を出た。彼女は笑顔でリビングをのぞき込んだ。父親はリクライニングチェアに座り、ゲーム番組を観ていた。

「楽しんでおいで」アーサーが声をかけた。

父親の顔色が悪いことに気づき、エリンは眉をひそめた。「大丈夫、パパ？」

アーサーはため息をついた。いったん開きかけた口を閉じ、ただ微笑した。「きっと大丈夫だ。私もおまえも」

　おまえも？　今夜のデートのことを言っているのかしら？　エリンは笑った。「オーケー。もし何かあったら、電話かメールで知らせて」

「何もないよ。私はテレビを観て、ベッドに入るだけだ。戻ってきたときに困らないよう、ポーチの明かりはつけていくといい」

「そうするわ」エリンは答えた。「パパ、本当に顔色が悪いわよ。デートはキャンセルして、家に残りましょうか？」

「とんでもない」アーサーは即答した。「点滴のせいで少し疲れているだけだ。いつものことだよ」

「点滴は疲れるものね」エリンはうなずいた。「でも、私が必要になったらいつでも電話して。すぐに戻ってくるから」

「わかった」アーサーは正面の窓へ視線を移した。カーテンごしに車のライトが見えた。「お迎えが来たようだぞ」

　エリンはびくりと身を震わせた。危うくバッグを落としそうになった。こんな調子じゃだめだわ。深呼吸を繰り返してから、彼女は笑顔を作った。玄関へ行って、ドアを開ける。

　タイはジーンズに黒いハイネックのシャツ、ブレザーという出で立ちだった。足元はブーツで、黒いステットソンを被っていた。まるで映画に出てくるカウボーイみたい。エリンはうっとりと考えた。

　タイも笑顔で彼女の全身を眺めた。「実に魅力的だ」

「ありがとう。あなたもね」

「調子はどうですか、アーサー？」彼はエリンの父親に声をかけた。

「悪くないよ。ありがとう、タイ」答えたアーサーの声はかすかにこわばっていた。エリンはまたあの奇妙な感覚に襲われた。父親が隠し事をしているような感覚に。

「長くはかかりませんよ。魚を一匹仕入れたので、それをエリンに食べさせるだけです」タイは冗談を言った。

「一匹丸々は遠慮したいわ」エリンも冗談を返す。

タイはくすくす笑った。彼女の父親に向かって言った。「何か用があるときは、彼女にメールしてください。いいですね？」

アーサーは微笑した。「私は大丈夫だよ。安心して楽しんでおいで」

私道の途中まで来たところで、エリンはタイに視線を投げた。「パパの様子が変なの」

タイの眉が上がった。「なんだって？」

「このところ、ずっと後ろめたそうにしているの。何か隠し事をしているみたいに」

「病気のことで不安になっているんじゃないかな」タイは穏やかな口調で答えた。「癌はつらい病気だ。バッド・ホリンズもそうだっただろう？」

エリンの表情が曇った。

そのことに気づいて、タイはたじろいだ。「すまない、ハニー」彼はバッグを持つエリンの手に自分の手を重ねた。「今のは失言だった」

「でも、事実だわ」エリンは静かに答えた。タイの大きな手のぬくもりに心が揺れるのを感じながら。「バッドはパパの知り合いだったのよね」

「僕たちがアーサーの力になれたらいいんだが」タイはため息交じりにつぶやいた。「君の気持ちはわかるよ。僕も同じ思いをしたから」

「アニーもね」エリンは言い添えた。モズビー兄妹は両親を二人とも亡くしているのだ。

「それでも人生は続いていく。僕たちはなんとか対処している」

「アニーから入札の件を聞いたけど」エリンは意を

決して切り出した。「わけがわからないわ。私は三度も数字を見直したのよ。粗悪な材料を使わない限り、あれ以上安くすることは不可能だわ！」

タイは喉の奥でうなった。「今夜は仕事の話はやめておこう。いやなことはすべて忘れて、食事を楽しみたい。それからポーチに座って、蛙たちの歌声に耳を傾けるんだ」

エリンはつい笑ってしまった。「あなた、歌う蛙も飼っているの？」

「ハニー、蛙はみんな歌うんだよ」タイは澄まして答えた。「僕たちが彼らの才能に気づいていないだけだ」

エリンは無言でかぶりを振った。

5

湖畔のキャビンはタイ自身が設計した建物で、裏手に船着き場とボート小屋があった。開放的な作りで立地がいいため、晴れた日には裏のデッキに座って、湖に浮かぶヨットを眺めることができた。時間があるときは、タイも自らのヨットで湖へ出た。彼はこの場所を愛していた。

一方、エリンはこの場所が苦手だった。泳げないうえに船酔いするからだ。そのため、タイが湖に出るときは、いつもアニーがキャビンに残ってエリンの相手をしてくれた。

そのことを思い出し、エリンは笑った。

「どうした？」木立に囲まれたキャビンの前で車を停めたタイが、軽い口調で問いかけた。

「ちょっと思い出したの。あなたがセーリングに出ている間、アニーが私の相手をしてくれたことを」

「君は水を怖がるよな。なぜだ？」

「日曜学校の企画でダラスにグループ旅行をしたことがあるの。向こうで先生が泳ぎに連れていってくれたんだけど、仲間の一人が溺れてしまって」

タイは顔をしかめた。「その話は新聞で読んだ記憶がある。あのグループに君もいたのか」

エリンはため息をついた。「当時、あなたは大学生で家を離れていたものね。あの事故が私が水を恐れるようになった理由よ。私も腰の深さまでは水に入ったけど、そこで怖じ気づいて岸へ戻ったの。でも、彼女は……。優しい子だったのよ。教会でも仲良くしていて。彼女は泳げない私をからかった。丸太みたいに沈んじゃうからと尻込みする私に、お手本を見せてあげると言って、彼女は湖の真ん中まで泳ごうとした。でも、途中でこむら返りを起こして沈みはじめた」エリンは歯を食いしばった。「私は泳げなかった。彼女を助けられなかった。私の悲鳴を聞いてライフガードが救助に向かったけど、そのときにはもう手遅れだった」

「なんて悲惨な話だ」

「だから、私は二度と泳ぎに行かなかった。それに、丸太みたいに沈むのは事実よ。私は浮かぶことができないの」

「いわゆる金槌ってやつか」タイが言った。その口調は穏やかで、からかうような響きがあった。

「まさにそれよ」エリンはため息をついた。

　食事の準備はすでに終わっていた。ケータリングのスタッフたちも帰ろうとしているところだった。タイが彼らを送り出す間に、エリンは並べられた料理を眺めた。どれも見るからにおいしそうだった。

　テーブルには冷えたワインも用意されていた。タイはコルク栓を抜き、グラスにワインを注いだ。コーヒーポットは保温器の中に入れられ、その横にはクリームと砂糖のトレイが添えてある。大きなサラダボウルを中心に、ハムや魚、ポテトの皿が並んでいた。巨大なチョコレートケーキとスイートポテトパイもあった。

「私の好きなものばかりだわ」

　タイは小さく笑った。「最近の君は、アーサーのことで苦労続きだっただろう。だから、少し甘やかしてやるかと思って」

「少し？　甘やかしすぎよ！」

「この程度なら問題ないよ」タイは灰色の瞳をのぞき込んだ。「君は甘やかされて増長するタイプじゃない。良識の権化みたいな人だから」

「ママの影響ね」脱いだコートを渡すと、エリンは席に着いた。テーブルにはリネンのクロスがかけられ、同じくリネンのナプキンがセットされていた。その白い布を見て、彼女は顔をしかめた。「あなたが選んだのが白ワインでよかった。もし赤ワインを出されたら、いきなりひっくり返してクロスを汚してしまいそうだもの。私、本当に不器用だから」

「不器用さでは僕も負けていないけどね。白を選んだのは魚料理に合うからだ」

「あなたは魚料理が好きじゃないのに」

タイは眉を上げた。「そこそこ好きだよ。しかも、これはシェフの特別メニューだ」彼は膝にナプキンを広げた。「エリン、食事前の祈りを捧げて」

エリンは短い感謝の祈りを唱えた。それは双方の家が代々守ってきた伝統だった。

「さあ、食べよう」タイが促した。

食事は心地よい沈黙の中で進んだ。ワインも口当たりがよかった。普段のエリンはワインを飲まない。だが、今夜の彼女は緊張し、神経が高ぶっていた。タイとのデートは彼女の長年の夢だった。その夢がもう二度も現実になったのだ。これで興奮するなというほうが無理な話だろう。

デザートまで進んだところで、エリンは問いかけた。「ケーキとパイ、どっちがいい？」

「愚問だな」タイはくすくす笑った。

確かに愚問だった。タイのチョコレートケーキ好きは広く知られた事実だ。エリンはチョコレートケーキも好きだが、スイートポテトパイが大の好物だった。

エリンは切り分けたケーキをデザート皿にのせ、二杯目のコーヒーとともにタイの前に並べた。

「パイはいいのか？」タイが尋ねた。

「今夜はケーキの気分なの。本当においしそうなケーキね！」

「昔ここでピクニックをしたときは、君のママとうちの母さんもこういうケーキを焼いて持ってきていたな」タイは寂しそうにつぶやいた。

「そうね」コーヒーをすすりながら、エリンはうなずいた。「あなたのお母さんは優しい女性だった。あなたのお父さんもいい人だったわ。しかも、彼にはビジネスの才覚があった。いつも一攫千金を夢見ているうちのパパとは大違いだった」彼女はかぶりを振った。「パパの最新の夢はデイトレードの方法を学ぶことだったのよ」

「あれは素人には危険な投資だ。もし投資がしたいのなら、信頼できる株式仲買人を捜すのが一番いい方法だろう」

「私もパパに同じことを言ったわ。それでパパもデイトレード講座への申し込みをあきらめてくれたの。だって、受講料が何百ドルもするのよ。しかもネットで検索したら、その講座で学んだのに大損したという不満の声が山ほど見つかったの。そもそも、うちには投資に回せるお金なんてないんだから。別に今のお給料に不満があるわけじゃないのよ」エリンは笑って付け加えた。「ただ数字をいじるだけの仕事にしては十分すぎるお給料だと思っているわ」

「謙遜するな。君は数字の達人だ」

「ありがとう」

タイは彼女のドレスを観察していた。このドレスは前にも見たことがある。オートクチュールの高級品だ。こんなに値の張るものを、エリンはどうやって手に入れたんだろう？

彼は二人のグラスにワインを注ぎ足した。

エリンは不安げに自分のグラスを見つめた。「少し飲みすぎじゃない？」

「いいじゃないか、これくらい」タイは瓶を元の位置へ戻し、ワインをちびちびすすりながら席に着いた。「この二日間は地獄のようだった」

「アニーから聞いたわ」エリンの声に同情が滲んだ。「ただ、私には理解できないの。私たちが出した費用見積書は数字をぎりぎりまで絞り込んだものだった。あの数字を下回るには、粗悪な材料を使うしかない。まともな会社ならそんな真似はしないわ」

「わかっている」そう言うと、タイはまたワインを飲んだ。

「これで会社が傾くなんてことはないわよね？」

タイは肩をすくめ、ネクタイを緩めた。「ダラスのプロジェクトを受注できなかったら、そうなるかもしれない。今は不景気だからな」

「私たちの給料を下げたら？」エリンは提案した。

「誰も文句は言わないはずよ」

タイは短く笑った。「賭けるか？」さらに一口ワインを飲んでから、彼はため息をついた。「この業界は競争の連続だ。ときどきそれがいやになって、すべてを投げ出したくなる。会社を売って、ヨットで世界一周したくなる」

タイは昔からヨットが大好きだったわ。北部の大学にいた頃はアメリカズカップに出場したこともあった。「あなたは本当にヨットが好きなのね？」

タイはうなずいた。「遺伝なのかな。うちの先祖には、十九世紀から二十世紀にかけて船長を務めていた男たちがいる。噂によると、十八世紀にはジャマイカ近辺で暴れていた海賊もいるみたいだよ」

「うちの先祖は陸上専門よ。独立戦争の際にフランシス・マリオンの指揮下で戦った兵士もいたけど。あと、馬泥棒も一人いたらしいわ」

タイはくすくす笑い、椅子にもたれて彼女を眺めた。「海賊と馬泥棒か。なかなかの組み合わせだ」

エリンはまたワインをすすった。最高にいい気分だわ。彼女は熱いまなざしでタイを見つめた。なんてハンサムなの。こんなにすてきな人がほかにいるかしら。子供の頃は学校の男の子に熱を上げたこともあった。でも十六歳になってからは、ずっと彼だけを思いつづけてきた。

「じろじろ見るなよ」タイが文句を言った。

「あなたって本当にゴージャスね」エリンはつぶやいた。舌が勝手に動いていた。「あなたの家の私道が妙齢の美女たちで埋め尽くされていないのが不思議なくらいだわ」

タイは小さく笑った。「それに近い状況は一度経験したよ」黒い瞳が翳《かげ》った。「でも彼女たちの目当ては金で、僕じゃなかった」

「私には縁のない話だわ」エリンはため息をついた。「私にはお金も美貌もない。だから、熱狂的な崇拝者に追いかけられる心配もない。崇拝者といえば、ミス・テイラーとはどうなっているの？」

タイは目をくるりと回した。「正当な理由さえあれば、彼女を解雇するんだが」ぶつぶつ言いながら立ち上がると、彼は再び自分のグラスにワインを注いだ。エリンのグラスにも注ぎ足した。

「私はすでに飲みすぎだから」エリンは力のない声で抗議した。

「食事と一緒に飲む分には問題ないだろう。ここから町まではほんの三キロの距離だ。その程度なら安全に運転できる。いざとなったらタクシーを呼ぶ」タイの声には軽いいらだちが感じられた。

エリンは顔を赤らめ、あわてて謝罪した。「ごめんなさい。余計なことを言って」

再び着席すると、タイは吐き捨てた。「何がビッグ・プロジェクトだ。絶対に勝てると思っていたのに。昨夜会った投資家は取り付く島がなかった。僕の会社と家族のことを露骨に侮辱していた」

「どういうこと？」

「知らないよ。とにかく、僕に関するよくない噂を聞いたと言われた。そんな悪評のある人間に発注するつもりはないと」

「その人、外国の人だったわよね？」

タイはうなずいた。「こっちも先方にいい感情は持てなかったね。礼儀知らずの無礼な男だった。僕は何年もこの仕事をしてきた。高い評価を受けてきた。その僕が手抜きをしているだって？　いったい誰からそんな噂を聞いたんだか」

「デマを信じるような人とは関わらないほうがいいわ」エリンはさりげなく忠告した。「建設業は大変な仕事だけど、あなたは立派にやっている。それに、あなたの設計は最高よ。ニューメキシコで住宅を建てたときは、環境保護のアイデアをいくつも取り入れて、賞をもらったわよね」

「あれは僕の代表作だ」タイはワインを飲み干した。「僕は物作りが好きだ。でも年を取ったら、ジャーマン・シェパードのチャンピオン犬を育てたい」

「それなら今もやっているでしょう」

「ああ。でも、犬たちとショーに参加するところまでは行っていない。チャンピオン犬の血統で商売をするには外国へ行く必要がある。僕にはそれだけの時間はない。だから、ランディに任せている。ランディは楽しそうだよ。犬の手入れは妻に任せて、自分は犬たちと野原を駆け回っている。僕もあんなふうになりたいんだ」悲しげな笑みとともに、タイは続けた。「でも、今うちにいる繁殖用のチャンピオン犬は二頭だけだ。できればもっと増やしたい。といっても、無茶な繁殖はしない。僕のベビーたちを利用して子犬工場をやるつもりはないからね」

「あなたがそういう人じゃないことはみんな知っているわ」

タイはテーブルごしに彼女を観察した。「君は食べてしまいたいほど魅力的だ」

エリンは眉を上げ、口をぽかんと開けた。

その表情を見て、タイは笑った。

「あなた、ワインを何杯飲んだの？」彼のグラスを示しながら、エリンは問いかけた。そういう彼女自身も頭が働いていなかった。

「さあ、何杯だったかな。ポーチへ移動して、蛙のオペラをけなしてやろう」

　エリンは笑った。「オーケー。その前にテーブルを片付けさせて」

「ケータリング業者を呼び戻せば……」

「ばかを言わないで。五分ですむ作業よ」そう言うと、エリンは片付けに取りかかった。

　タイはポーチの揺り椅子の上で手足を広げていた。春にしては暖かい夜で、彼はネクタイを取り去り、シャツのボタンを外していた。

「蛙のオペラはどうなったの?」ポーチに出てきたエリンが尋ねた。

「君が来たとたんに黙り込んだ」タイは笑った。「批評を恐れていては成長できないのに」

　エリンは彼の隣の椅子に腰を下ろした。まぶたを閉じて、夜の空気を吸い込む。空気は甘かった。咲きはじめた花の香りがした。

「私は昔からここが大好きだったの。町からそんなに離れていないのに、別世界へ来た気分になれるでしょう。とても静かで、のどかな感じで」

「蛙の歌を別にすればね」

「そんな歌、聞こえないわよ」

「言っただろう。あいつらは君が来たとたんに歌うのをやめたんだ」

「私は彼らの歌をけなしていないけど」

「今のところはね」

　エリンは笑った。

　タイは彼女を立たせ、自分の膝に座らせた。彼女の頬をむきだしの胸に押しつけてため息をついた。

「このほうが落ち着くな」

　落ち着く? 全身に火がついた気分だわ。息が苦しい。心臓が止まりそう。石鹸とスパイシーなコロンの香り。堅い筋肉のぬくもり。全身から力が抜けていくみたい。

タイは彼女の長い黒髪を撫でた。「僕たちは知り合ってどれくらいになる？」

「二十年以上よ」

タイはため息をついた。「君はお下げ髪の、よくしゃべる子だった」

「今でも私はおしゃべりよ」動揺を隠そうとして、エリンは言い返した。

「おしゃべりでもいいじゃないか。少なくとも、君は正直だ」

「たいていの場合はね」

タイが頭を下げ、二人の鼻をこすり合わせた。エリンは彼の息を感じた。すぐそばに彼の唇がある。不慣れな状況にうろたえ、彼女は思わずたくましい肩に爪を食い込ませた。

「怖がらないで」タイがささやいた。「僕は探索しているだけだ」

「探索ってこういうものなの？」エリンはユーモアでごまかそうとした。

タイは二人の唇を軽く触れ合わせた。そして、さっきの彼女の言葉を繰り返した。「たいていの場合はね」

エリンの体が震えた。希望のつぼみが膨らみ、一気に花開いた気分だ。

「緊張しているね。僕が怖い？」

「怖いわけないでしょう」エリンは強がった。

「嘘つき」

タイはキスで彼女の唇を開かせた。無理強いはせず、なだめるようにゆっくりと。それから開いた唇の間を優しく探った。

彼の舌が入ってくるのを感じて、エリンは小さな驚きの声をあげた。

「君は蜂蜜みたいな味がするね」タイがささやいた。

エリンはなんとか冷静さを保とうとした。タイの親指が小ぶりな乳房へ向かった。その焦らすような動きが彼女の神経を高ぶらせた。気がつくと、エリンは自らその親指に乳房を押しつけていた。もっと近づきたい、もっと親密になりたいと願いながら。

彼女は男女の関係についてほとんど何も知らなかった。しかしタイはこの道の達人で、女性をその気にさせる術を熟知していた。しかも、今の彼はかなり酔っている。相手の弱みにつけ込むことの是非を判断する力を失っていた。

その先を求めて、エリンは彼の首に両腕を回した。二本の親指がドレスの生地ごしに彼女の胸を刺激した。エリンの中にあった欲望が燃え上がった。

背中のファスナーが開いた。エリンはドレスが滑り落ちるのを感じた。抗議するべきだった。抗議しなければならなかった。しかし彼女の鈍った脳がそのことを理解したときには、ブラジャーの留め具が外され、二つの大きな手がそれを腰まで押し下げていた。

タイは改めて彼女を抱き寄せた。焦らすようなキスをしながら、乳房に沿って指を這わせた。乳房の先端が堅くなる。全身に快感の波が広がった。エリンは背中を反らし、哀れっぽくうめいた。

タイは顔を上げ、窓から漏れる明かりの中で彼女を見下ろした。「きれいだ」そうつぶやくと、再び頭を下げて、片方の乳房を口でとらえた。

体の中で熱い衝撃が炸裂した。エリンは頭をのけぞらせて悲鳴をあげた。

「そうだ」タイが荒っぽい口調でささやく。

乳房に唇を当てたまま、彼はエリンを抱いて立ち上がった。キャビンの中へ戻り、足でドアを閉めた。

エリンは何も考えていなかった。彼女は正気を失っていた。ワインと親密な愛撫のせいで。体の奥がうずいていた。高まる緊張が解放を懇願していた。

暗い室内で、ドレスが取り去られた。続いて下着も消えた。エリンは背中にカバーを感じた。体でタイの重みを受け止めた。抗議するべきよ。彼女は自分に言い聞かせた。これはやりすぎだわ。ここに来たのは間違いだった！

タイが彼女に触れた。これまで誰にも触れられたことのない場所に。ショックが快感に変わり、エリンは抗議の言葉を失った。両脚を広げ、体を弓なりに反らして、その甘美な愛撫を受け入れた。

彼女の中で何かが起きつつあった。過去に経験したことのない甘く刺激的な何かが。快感が全身を貫いた。エリンは悲鳴をあげ、ぐったりと横たわった。あとはただうめくことしかできなかった。

タイはいったん動きを止め、自分の服を脱ぎ捨てた。エリンは胸毛に覆われた肌をじかに感じた。うめき声を耳にした。彼女の喉から絞り出される声と同じように、その声にも切実な響きがあった。

タイが改めて彼女に触れた。エリンは悲鳴をあげた。自分の声が聞こえた。やめないでと懇願する声が。

彼女の準備ができたことを確かめてから、タイは中へ入った。最初は少し抵抗があった。彼はエリンの体がこわばるのを感じた。しかし片手で欲望をかき立てるうちに、彼女の体にあったこわばりも消えていった。

タイが腰を突き上げた。うずきが満たされるのを感じて、エリンはすすり泣いた。

「タイ……！」甲高い悲鳴がうめき声に変わった。エリンは大きな背中に爪を食い込ませた。

タイもうなり声をあげた。この圧倒的な充足感。こんな経験は初めてだ。快感の波にのみ込まれ、彼は何度も身を震わせた。

崩れ落ちてきた大きな体に、エリンはショックを受けた。喜びと同時に恐怖を感じた。これがお酒の力なの？　私は抵抗さえできなかった。そして今、私の体は満たされている。あれは私の人生で最もすばらしい喜びだった。でも、それももう終わりよ。これから私たちはどうなるの？

タイが動いた。腰をそっと左右に揺する。まだエリンの中にあった彼の一部が再び大きくなった。

エリンもその動きに応じた。両脚をタイに巻きつけて、自分のほうへ引き寄せた。彼女はもう一度タイを感じたかった。今すぐに。どうしても。

タイの動きに合わせて、あの快感が戻ってきた。さっきよりもさらに大きな波となって。エリンは悲鳴をあげた。痛みにも似た喜びを再び味わうために、二人は夢中で動きつづけた。

タイが彼女を抱きしめ、何度も腰を突き上げた。絶頂を迎えたエリンは、身を震わせながらうめくことしかできなかった。

タイも叫び声とともに頂点に達した。大きな体を硬直させて、未知の快感へ飛び込んだ。

ようやく苦しいほどの情熱から解放されると、彼らは互いの腕の中で眠りに落ちた。

「エリン」

耳元でタイの声がする。低くゆったりとした声。後ろめたそうな声。後ろめたい？

エリンは身じろいだ。すると、今度は不快感が襲ってきた。このざらついた感触。シーツが肌に触れているせいね。肌に？　直接？

エリンははっとしてまぶたを開けた。彼女はシーツで覆われていたが、その下には何も着ていなかった。タイは服を着ていた。両手をポケットに入れ、途方に暮れた様子で彼女を見下ろしていた。

「嘘でしょう！」エリンは息をのんだ。

この表情を見ればわかる。タイは密かに考えた。エリンはバージンだった。僕は彼女につけ込んだ。わざとじゃない。僕は入札に失敗して落ち込んでいた。ミス・テイラーに追い回されていらだっていた。そして、酒を飲みすぎていた。でも、そんなことはなんの言い訳にもならない。

「本当に申し訳ない」タイは謝罪した。「そんなつもりで君をここに誘ったわけじゃないんだ」

エリンは唾をのみ込んだ。これは恋の始まりを喜んでいる男の顔ではない。罪の意識にさいなまれている男の顔だ。

「私がワインを飲みすぎたせいだわ」彼女はなんとか言葉を押し出した。

「それは僕も同じだ」

彼らはしばし無言で互いを見つめ合った。

「浴室を使うといい。僕はポーチで待っている」それだけ言うと、タイは部屋から出ていった。

シャワーを浴びる間も、エリンは自分を責めつづけた。私はピルをのんでいない。タイも避妊について考えられる状態じゃなかった。でも、避妊の方法はほかにもあるわ。たとえば緊急避妊薬。あれをのめば大丈夫よ。絶対に大丈夫！

でも、問題はそれだけじゃない。私はボスと関係を持ってしまった。私は彼に恋をしているけれど、彼は私に恋をしていない。私たちはこれからどうなるの？

エリンは服を着て、長い髪を整えた。軽く化粧もした。パパには気づかれないようにしないと。私が軽率な真似をしたと知ったら、パパはきっと嘆き悲しむ。パパとママは私を信念のある人間に育てた。今夜のことはその信念に反している。酔っていたという言い訳は通用しない。

リビングに残してあったコートとバッグをつかむと、エリンは外のポーチへ出た。普段どおりの口調を意識しながら、タイに問いかけた。「あなた、運転しても大丈夫なの？」

「ああ。エリン……」

エリンは片手を挙げた。「とにかく私を家まで送って。オーケー？」彼女は笑顔を作った。タイを先導するように車のほうへ歩き出した。

帰りの車内では沈黙が続いた。タイは彼女の自宅の前で車を停めた。

「ドアまで送る必要はないわ」エリンは笑顔で告げた。「じゃあ、月曜日に職場で」

タイが謝罪の言葉を探しているうちに、彼女は車を降りてポーチへ上がってしまった。タイはエンジンを切って追いかけようとしたが、彼女はすでに家の中へ入り、ポーチの照明を消していた。

彼は小声で悪態をついた。一分後、車をバックさせて帰路に就いた。

エリンはバッグとコートをしまった。家の中は暗く、静まりかえっていた。父親はすでにベッドに入ったのだろう。

彼女は父親の寝室へ向かった。ドアが開いていた。寝室の明かりが床に横たわる父親の姿を照らし出していた。

「パパ！」

エリンは絶叫した。父親に駆け寄り、脈を確かめる。彼はまだ生きていた。エリンは携帯電話を取り出し、九一一に通報した。

待つ時間は永遠に思えるほど長く感じられた。エリンは救急処置棟の待合室で石像のように座っていた。待合室には高齢のカップルがいた。絶え間なく歩き回っている男性も。しかし、彼女はそのことをほとんど意識していなかった。

今夜は最悪の夜だったわ。でも、タイのことは考えたくない。パパのことだけに集中したい。今、大事なのはパパの健康状態だもの。

ようやく看護師がやってきて、エリンを処置室へ案内した。彼女の父親は静かに横たわっていた。若い医師が電子カルテに入力していた。

　その医師が視線を上げた。「ミス・ミッチェルですか？」

「はい。父は大丈夫なんでしょうか？」父親を心配そうに見やりながら、エリンは問いかけた。

「お父さんは脳卒中を起こしていました」

　エリンの顔から血の気が引いた。「脳卒中？」

「ええ。ここに彼の診療記録があります」医師はコンピュータを示した。「彼は癌で治療を受けており、もともと健康状態が思わしくなかった。心臓の動脈も二本が完全に塞がっていて……」

「なんですって？」エリンは叫んだ。「そんな話、誰からも聞いていないわ！」

「あなたたちのホームドクターに電話で確認しました。あなたに黙っていたのはご本人の希望だったそうです。お父さんはそのための手術を拒否しました。癌の治療だけでたくさんだと言って」

「父は助かるんですか？」

「残念ですが、約束はできません。MRI検査をやって、さらにいくつか検査をすれば、今後の見通しも立つでしょう。あなたはいったん家に帰ったほうがいい。よく眠って、明日また来てください。念のため、ナースステーションにあなたの電話番号を伝えておいてください」なだめるような口調で医師は続けた。「あなたがここで夜明かしをしても、彼にはわかりませんよ。どのみち彼は集中治療室《ICU》に入りますから」

　エリンは大きく息を吸った。それから、力のない声で打ち明けた。「私、デートで家を留守にしていたんです」

「これは誰にも予測できない出来事だ。だから、自分を責めないように。あなたは仕事をしていますよね？　家の外で働いているんでしょう？」

　エリンは泣きそうな顔でうなずいた。

「あなたの仕事中にこうなった可能性もあるんです。ずっと彼のそばにはいられない。あなたは何も悪くない。オーケー。オーケー？」

「オーケー。ありがとう」

「状況が変わったときはすぐに連絡します。朝になったら、あなたたちのホームドクターもここに来るので、必要な決断はそのときに下すことになるでしょう」

「私も朝には戻ります」

「そうしてください。まずは少しでも眠ることです。睡眠は力の源ですからね」

「わかりました」エリンは父親に歩み寄り、その額にキスをした。「明日の朝、また来るわね。頑張って。愛しているわ、パパ」処置室を出た彼女は、ナースステーションへ向かった。

6

しかし、眠りは訪れなかった。エリンは自分を責めつづけた。なぜタイの誘いに乗ったのか。なぜ父親を一人にしたのかと。

ついに彼女は眠ることをあきらめた。ベッドを出て、コーヒーをいれ、ビスコッティを一枚かじった。料理をする気分ではなかったからだ。

昨夜のことは考えないようにしよう。今はパパのことだけに集中しよう。そう自分に言い聞かせると、エリンは服を着替えて、病院へ向かった。

アーサーはＩＣＵにいて、意識はまだ戻っていなかった。ミッチェル家のホームドクターが待合室へやってきて、エリンに声をかけた。

「希望の持てる話ができたらよかったんだが」ドクター・ワースは切り出した。「検査の結果、癌の転移が見られた。肝臓や肺にまで広がっている。率直に言って、膵臓癌は命取りの病気だ。初期の段階で見つかっても、治療するのは難しいんだよ」

エリンは目の前が真っ暗になった。「パパは死ぬのね」

ドクター・ワースはうなずいた。「脳卒中は膵臓癌の主要な合併症だ。もしアーサーが回復したら、心臓の専門医のところへ行かせて、カテーテル治療が可能か診てもらおうと思う。それができない場合は開胸手術ということになるが、今の彼の状態では開胸手術には耐えられないだろう」

エリンは大きく息を吸った。世界の全重量が自分の肩にのしかかっている気がした。

「君の両親はいつもありのままを話してほしいと言

っていた。君も同じ考えだろう？」

「ええ。パパにはいつ会えるの？」

その質問に答えてから、ドクター・ワースは続けた。「詳しいことはＩＣＵの看護師に訊いてくれ。君も知っていると思うが、面会時間には制限があってね」

エリンはうなずき、ため息をついた。「ママがここに運ばれたときのことを思い出すわ」

「私も思い出すよ。彼女はいい人だった」

「ええ。パパもいい人よ」抑えていた悲しみが込み上げてきた。

「一日一歩だよ。着実に前へ進むことだ。眠れなくて困ったら、私に相談してくれ。薬を処方するよ。当分の間は君も体力勝負になるからね」

「今、処方してもらいたいわ」エリンは正直に答えた。「昨夜は一睡もできなかったの」

「わかった」そう言って、ドクター・ワースは携帯電話を取り出した。

エリンは限られた面会時間を利用して、父親の様子を見に行った。アーサーはベッドに横たわっていた。モニターにつながれ、点滴を受けながら。面会時間が終わるまで、エリンは父親の手を取って話しかけつづけた。しかし、反応はなかった。

月曜日の朝、エリンは病院から職場に電話をかけた。電話に出た同僚に何日か休むと伝え、その理由を説明した。

それから十分とたたないうちに、アニーが待合室に現れた。アニーは何も言わなかった。ただ友人を抱きしめ、その涙を受け止めた。

「なぜ私に連絡しなかったの？」

「気が動転していて」涙に詰まった声でエリンは答えた。「土曜日の夜、私が帰ったら、パパが寝室の床に倒れていたの。私は救急車を呼んだ。そのあとは一人でただ怯えていたわ」

「今は私がいるわ」アニーは友人の顔色をうかがった。「ちゃんと眠れてる？」

　エリンはうなずいた。「ドクターに鎮静剤をもらったから。ああ、アニー。癌だけでも大変なのに、こんなことになるなんて」

「私もパニック状態だったわ」アニーは静かに答えた。「両親を亡くしたときは。あのときはあなたがタイと私のそばにいてくれた」

「覚えているわ。あなたたちは両親を一度に亡くしたんだもの。どんなにつらい思いをしたことか」

　アニーはため息をついた。「でも、少なくとも私にはタイがいたわ。彼がすべて引き受けてくれた」

　彼女はエリンの青白い顔を見やった。キャビンから戻って以来、タイはずっと黙り込んでいる。キャビンの掃除に行った家政婦も、戻ってきてからは妙に無口だ。キャビンで何があったのだろうか。彼女は昔から兄とエリンが結ばれることを願っていた。その願いはかなわなかったのだろうか。

　でも、その問題はあとでいいわ。今のエリンに必要なのは余計な詮索じゃない。慰めと共感よ。

「カフェテリアでコーヒーでも飲まない？」アニーは提案した。「私、朝食がまだなのよ」

「オーケー」エリンは答えた。「その前にナースステーションに寄らせて」

　二人は朝食を摂り、コーヒーを飲んだ。その間も、エリンは父親の最近の様子について考えていた。

「最近、パパがひどく後ろめたそうにしていたの。でも、その理由がわからなくて。どこにも出かけていないから、悪さをするチャンスはなかったはずなんだけど」エリンは笑った。「パパはまだ一攫千金を夢見ているのよ」

「そのせいで刑務所送りにされかけたこともあった

わよね。確か、土地開発か何かで……」

「ええ。パパは川が氾濫したら浸かるような低地を四ヘクタールも購入したの。下見もせずにね。それからパートナーになってくれる建築業者を探したんだけど、見つからなくて」エリンはため息をついた。「パパは衝動的なのよ。見る前に飛びついちゃうの。でも、デイトレードの件は私がなんとか阻止したわ。パパはデイトレードの講座を受けたがっていたの。絶対に儲かるからって。それで私は、デイトレードのせいですべてを失い、自殺に追い込まれた男性の記事を見つけて、パパに読ませたの」

「なぜアーサーはお金を必要としていたの？」

「今までの損失を取り戻すためよ。だから、私は言ってやったの。そんなうまい儲け話はないって」エリンは身じろいだ。「家のローンはあと少しで終わるわ。ママの保険金も、埋葬費を払って残った分は返済に充てられたし。残り二回の支払いがすめば、あの家は私たちのものよ」

アニーはかぶりを振った。「私はお金の心配をしたことがないの。ママとパパが亡くなって以来、お金のことはすべてタイがやってくれているから」

「彼にはビジネスの才覚があるものね」

「でも、女性に関しては」アニーはかぶりを振った。「タイは女運が悪いのかしら」

「ピアノのレッスンはどうなっているの？」友人の気を逸らそうと、エリンは問いかけた。アニーは二十三歳になるが、最近ピアノを習いはじめたばかりなのだ。

「鍵盤の上で指が絡まるし、どのペダルを使うのかも覚えられない。ピアノの先生は歯ぎしりしつつ、骸骨みたいにほほ笑んでいる。まさに地獄よ」アニーはため息をついた。「でも、私はピアノが弾けるようになりたいの。だから意地でも辞めないわ」

「その意気よ」

「不公平だと思わない？　タイのピアノは名人レベルなのに、私のピアノは騒音レベルだなんて」

「単に彼のほうが耳がいいだけでしょう。耳がよくなくてもピアノは弾けるわ」

「そうね。根気強さなら私だって負けないわ」

「あなたの根気強さに乾杯」そう言って、エリンは残りのコーヒーを飲み干した。

　その夜、タイが妹とともに病院へやってきた。彼らと待合室で腰を下ろしたものの、エリンは困惑していた。彼女には後ろめたさがあったし、タイも後ろめたそうに見えたからだ。そんな二人をアニーは興味津々で観察していた。

「二人とも、来てくれてありがとう」エリンは礼を述べた。「でも、あなたたちにはほかにやるべきことがあるでしょう。私に付き合う必要はないのよ」

「もし倒れたのがうちのパパだったら、あなたはきっと来てくれたはずよ」アニーが指摘した。

「そのとおりだ」タイも相槌を打った。

　エリンはため息をついた。「気持ちは嬉しいけど、パパはまだ意識が戻らないの。ドクターからは、戻らないままかもしれないと言われたわ。もし意識が戻っても、次はカテーテル治療か開胸手術が待っている。トンネルの先に光があるとしても、それはとても遠くのかすかな光なのよ」

　タイはエリンの姿を観察した。彼女はジーンズに緑色の半袖のセーターを着ていた。長い髪は三つ編みにまとめられている。タイはキャビンのベッドでその髪に触れたことを思い出した。エリンの髪は柔らかく、シルクのようだった。彼は歯を食いしばり、よみがえった喜びの記憶を振り払った。

　エリンは自分を責めているだろう。僕も後悔している。僕は酒を飲みすぎて、酔った勢いでエリンに手を出してしまった。エリンは篤い信仰心の持ち主だ。その分、自責の念も強い。そうでなくても、彼女は父親の病気という心配事を抱えていたのに。

タイは裏切り者の正体を突き止めようとしていた。エリンが出した見積額はわかっている。誰かがその数字に手を加えたか、競争相手に情報を漏らしたのだ。契約を勝ち取った男は粗悪な材料を使う悪徳業者だ。あの男は一度起訴されたが、袖の下を使って不起訴に持ち込んだ。今回のプロジェクトもいつ破綻して訴訟沙汰になるかわからない。

エリンは入札の書類をしまうひきだしに鍵をかけていなかった。オートクチュールのドレスを着ていた。アーサーは新たに車を購入した。よからぬ筋から金も借りたらしい。エリンはそのことを知っているのか？　いや、知らないはずがない。アーサーは娘に隠し事をしない。だからエリンは高価なドレスを買えたのか？

ベッドでのエリンは情熱的だった。僕に最高の喜びを与えてくれた。アニーはエリンが無垢だと信じているが、実際はどうなんだろう？　エリンは抵抗しなかった。僕に熱く反応した。初めての経験であそこまで反応できるものだろうか？

もしバージンじゃないとしたら、エリンはなんらかの形で避妊をしているはずだ。最近はピルをのむ女性が多い。遊ばない女性でもピルをのんでいる。つまり、妊娠の心配はしなくていいということだ。僕の人生に子供はいらない。僕はずっと自由でいたい。アニーはいつか子供を持つかもしれないが、それはそれでかまわない。僕は子供が大好きだ。それがほかの人間の子供なら。

エリンがＩＣＵへ向かった。その隙に、アニーが兄に問いかけた。「何か考え事？」

「例の入札の件がまだ気になっていてね」

「もう忘れましょう。私たちが飢え死にすることはないわ。牧場だけでも暮らせるくらいよ」

「僕はいいんだ。でも、生活のためにうちの会社で働いている人間も大勢いる」

「そうね」アニーはうなずいた。「でも、仕事はほかにもあるわ」

「これほど大きな仕事はめったにない。それに、もし僕が手抜きをするというデマが広まったら？　それでも新しい仕事が来ると思うか？」タイの顔がこわばった。「僕はデマを流した犯人を探す。犯人を見つけたら、徹底的に復讐してやる」

アニーは内心身震いした。彼女は過去にも兄の復讐を見たことがあった。それは楽しい記憶ではなかった。タイはひどい癇癪持ちだ。金と権力も持ち、その使い方を心得ていた。

エリンが戻ってきた。その顔は青ざめ、ＩＣＵへ行く前よりもさらに不安そうに見えた。

「どうかした？」アニーが尋ねた。

エリンは友人と視線を合わせ、ただかぶりを振った。いったん家に戻るべきだと説き伏せられて、彼女はモズビー兄妹とともに病院を出た。

「私たちが送っていくわ」アニーが申し出た。

「ありがとう。でも、パパの車で来たから」

「アーサーは車を持っているのか？　それは初耳だな」タイはとぼけた。エリンの父親のことはすでに調査ずみだが、そのことを知られるわけにはいかない。

「ええ。新型の車を現金で買ったの」エリンはため息をついた。「私がお金の出所を尋ねたら、ママがかけていたもう一つの生命保険だと言っていたわ。忘れていた保険の証書を見つけて、死亡証明書のコピーと一緒に保険会社に提出したら、小切手が送られてきたんですって。そんなお金があるなら家のローンを完済してほしかったわ」

「あなたのパパはお金の管理が苦手なのよね」アニーがさらりと指摘した。

「ええ、壊滅的にね」エリンはうなずいた。「というわけで、送ってもらわなくても大丈夫よ」彼女はタイを見やった。「申し訳ないけど、二、三日は仕事を休むしか……」

「気にせずに必要なだけ休んでくれ。僕たちにできることがあれば、なんでも力になるよ」

「ありがとう。でも、今の私に必要なのは天の力だから」そう言って、エリンは夜空を見上げた。

「電話してね」アニーが言った。

「ええ」

「先に車へ戻ってろ。僕もすぐに行く」タイは妹に指示した。

「オーケー。おやすみ、エリン」

「おやすみ」エリンは応えた。タイが早く立ち去ることを願いながら。

彼らはアーサーの車のかたわらで足を止めた。スポーツタイプの灰色の小型車を眺めて、タイはつぶやいた。「いい車だ」

「パパも気に入っているわ」

タイはポケットに両手を押し込んだ。「エリン、この前のことだが……」

「あれはものの弾みよ」エリンは声を絞り出した。「気にしないで。飲みすぎて羽目を外したのはあの夜が初めてじゃないから」

タイの頭に血がのぼった。エリンはバージンじゃなかったのか。何を驚いている？ 今時の女性はバージンじゃないほうが普通だ。「なるほど」冷めた声で彼はつぶやいた。

「だから、心配はいらないわ。あの、私、もう家に帰らないと」

「僕はアーサーの無事を願っている」堅い口調でタイは言った。

「私もよ。おやすみなさい。今夜は来てくれてありがとう。アニーにもよろしく伝えて」

「部下を気遣うのは上司の務めだ」ぞんざいな口調でタイは言い放った。「おやすみ」

彼はそのまま歩き去った。一度も振り返らずに。

エリンは心が粉々に砕けていく気がした。私はバージンだったことを彼に知られたくなかった。でも、彼にとってはどうでもいいことなんだわ。彼はただ悔やんでいる。私自身だけじゃない。私は彼まで傷つけてしまった。

でも、今はパパの問題が最優先よ。そういえば、パパに気を取られて緊急避妊薬のことを忘れていたわ。とはいえ、今さら手遅れよね。それに、たった一晩で妊娠するとも思えないし。そう結論づけたエリンは、帰宅するなりベッドへ直行した。

「出張ですって？」兄から外国へ出張に行くと聞かされたアニーは、思わず声をあげた。「でも、なぜ今なの？　子犬たちはどうするの？」

「ランディが全部わかっている。二、三週間、僕がいなくても問題はないはずだ」

「タイ……」

「しばらく一人になって、人生について考えたいんだ」タイは簡潔に説明した。「でも、アーサーの病状については僕にも知らせてくれ。エリンが困っていたら、力になってやれ。まあ、そんなことはないと思うが。彼女はオートクチュールのドレスを着ていたし、アーサーは現金で車を買った。生命保険の金が入ったと言っているが、死後何年もたってから出る保険金なんて、僕は聞いたことがないよ」

「私もないけど」アニーはしぶしぶ同意した。「兄さんはエリンのパパが何か違法なことをしたと考えているの？」

「あるいは、エリン本人が」

「エリンが？　なんてことを言うの！　エリンは昔からの知り合いなのよ！」

「でも、本当に彼女を知っていたと言えるのかな」

タイは皮肉っぽい笑みを浮かべた。エリンはあっさりと僕に抱かれた。その程度の良識しかないということだ。「一緒に暮らしてみない限り、その人間の本質はわからない」

「エリンは裏表のない人よ」

「それはおまえの意見だろう。エリンは入札用の書類が入ったひきだしに鍵をかけていなかった。僕はそのことが引っかかっている」

「エリンはお金のために兄さんを裏切ったりしないわ」アニーは抗議した。「エリンは兄さんが関わってきた女性たちとは違う。彼女は私の親友よ。兄さんが彼女のことを知らなくても、私は彼女のことをよく知っているわ」

僕もエリンのことはよく知っているよ。おまえが考えている以上に。しかし、それを言ったら、話がさらにややこしくなりそうだ。

「でも、疑惑はまだ消えていない。僕は探偵を雇って真相を究明するつもりだ。〈モズビー建設〉は父さんが一生をかけて築き上げた会社だ。それを悪意のある噂で失うわけにはいかない」

「それはそうね」アニーは仕方なく折れた。

「真相を究明する間に、僕は少し休みを取る」

「いいことだわ」アニーはうなずいた。「兄さんは最近忙しすぎたから」

「ああ、ストレスまみれだった」タイは微笑した。

「でも、すぐに戻ってくるから」

「その言葉、忘れないでよ」アニーは笑みを返した。

アーサーに死が迫っていた。見舞いに来たエリンもそのことに気づいた。

「ああ、パパ」管につながれた父親の手を取って、彼女は小さくうめいた。「お願いだから死なないで。私を一人にしないで！」

アーサーの手が動いた。わずかな動きだったが、エリンはそれを感じ取った。

「私の声が聞こえるのね」うわずった声で続ける。「愛しているわ、パパ。もしどうしても……行くしかないのなら……ママが向こうで待っているから」

涙で頬を濡らしながら、彼女はささやいた。

　すると信じられないことに、アーサーが一瞬目を開けた。口元に笑みらしきものを浮かべると、再び目を閉じた。その目は二度と開かなかった。

　エリンはその出来事を医師に報告した。医師はアーサーの様子を見に行ったが、数分で戻ってきた。爪を噛みながら待っていたエリンは、祈るような気持ちで立ち上がった。しかし医師の顔に笑みはなかった。

「実に残念だよ、エリン」穏やかな口調でドクター・ワースは切り出した。「こういうことはたまにあるんだ。回復の兆しに見えたことが、実は死の予兆だったということが。我々はできる限りのことをした。あとは時間の問題だ」

　エリンは大きく息を吸った。パパは助かると思ったのに。ここ数日は心が空っぽになった気分だった。パパの命だけじゃなく、私の青春まで終わるような、そんな予感に苛まれていた。

　エリンは待合室へ戻った。三十分とたたないうちに医師がやってきて、アーサーの闘いが終わったことを伝えた。

　彼女は医師に感謝した。泣くだけ泣いてからナースステーションへ行き、遺体の移送手順について確認した。それから自宅へ戻り、医師から処方されていた鎮静剤を服用すると、朝まで眠りつづけた。

　翌朝、エリンはコーヒーをいれるためにキッチンへ向かった。戸口にアニーが立っていた。

　アニーは何も言わなかった。ただ泣きじゃくる親友を抱擁した。

　完成したコーヒーをカップに注ぐと、彼女たちは今後について話し合った。

「これから一カ月は食べ物に困らないわよ」アニーは冗談めかして言った。「教会の祈祷会がすでに料理を始めているわ。今日の午後には大量の差し入れが届くはずよ」

　アニーとエリンもその祈祷会のメンバーで、愛する者を亡くした家庭に手作りの料理を差し入れてきた。それは小さな町のしきたりのようなものだった。

「通夜は明日の午後から夜にかけて、葬儀場でおこなうことになったわ」エリンは報告した。「細かい手配はこれからだけど、パパが葬儀場の保険に入っていたから、葬儀費用は問題ないはずよ。この家は私のものになるわ。そのためには弁護士に会って、遺言執行状を取る必要が……」彼女は声を詰まらせ、涙を拭った。「覚悟はしていたのよ。それでも、つらいわ。つらすぎる！」

「よくわかるわ」アニーは友人の手を軽くたたいた。「私も同じ経験をしたから」

「そうね」エリンは息をつき、またコーヒーをすすった。「仕事は月曜日から再開することにしたわ。職場にも電話して、そう伝えた。タイはいなかったけど」

「タイはどこかに行っちゃったのよ」アニーは言った。「行き先は私も知らないの。入札に負けたことが相当こたえていたみたいね」

「なぜ負けたのか、私にもわからないのよ。ライバル会社がどんな数字を出したのかは知らないけど、手を抜いたり粗悪な材料を使ったりしない限り、うちの数字を下回ることは不可能だわ！」

「ええ。そのとおりよ」アニーは同意した。

「私はベン・ジョーンズが怪しいと思っているの」エリンの声に熱が加わった。「私は入札の書類をひきだしにしまっていた。ベンはそのひきだしを開けることができた。彼は鍵がかかっていなかったと言ったけど、私はちゃんと鍵をかけたわ。それなのに、なぜ彼はひきだしを開けられたの？」冷たいまなざしで彼女は問いかけた。「私はもともとベンを信用していなかった。彼は給料に見合わない贅沢をしていた。でも、タイにそんな話はできないわ。話しても否定されるのが落ちだから」

「ベンはパパの盟友だったでしょう」アニーが指摘した。「二人は一緒に〈モズビー建設〉を起ち上げた。だから、タイもベンを信用しているのよ」

「私のことも信用してほしいわ」エリンはため息をついた。「私がタイを裏切るわけないじゃない！私は十代の頃から彼を愛していたのよ」彼女は友人に苦悩のまなざしを向けた。「情けない話よね。タイは私に好意を持っている。でも、それはただの好意よ。知り合いに対する好意」それは嘘だ。しかし、自分の不始末を親友に打ち明けるだけの勇気は今のエリンにはなかった。

「知っているわ。あなたのタイを見る目がすべてを物語っているもの。それが見えないとしたら、タイは大間抜けよ」

「見えないというより見たくないのね」エリンはぼそりとつぶやいた。「タイは家庭に収まるタイプじゃない。彼は変化を好む人なの。私とはタイプが違うのよ」

それなのに私は道を踏み外した。たった一度だけ。でも、その一度で私の評価は地に落ちた。

自分を責めるうちに、エリンは別の問題に気がついた。キャビンの片付けはモズビー家の家政婦がしたはずだ。ということは、あのシーツも……。

彼女は一つ息を吸った。コーヒーカップに視線を据えて切り出した。「あの夜は早めに帰宅して本当によかったわ。タイは急いでキャビンへ戻ろうと焦っているみたいだった。あそこで誰かと会う予定だったのかしら」

アニーの眉が上がった。そういうことだったの。

家に帰ったらミセス・ダブスに説明しないと。「あなたのパパの体調を考えたら、早めに帰宅して正解だったわね。それで彼を救えたとは思えないけど」

エリンはうなずいた。「ドクターも同じ考えだったわ。幸い、病院にはすぐに搬送できたけど、あそこまで重度の脳卒中だと……助かる可能性はかなり低いんですって。仮に助かっても重い障害が残って、生き地獄を味わうことになるらしいわ。だとすると、これも運命だったのかもしれないわね」

「そう、運命よ」アニーは答えた。「私たちの命には限りがある。それを忘れてはいけないわ」

「そうね。でも私が最後に話しかけたとき、パパは目を開けたの。私に向かってほほ笑もうとしたの。私はそれをいい兆候だと思った。パパはきっと助かると思った」エリンは目をつぶった。「でも、ドクターに言われたわ。人は亡くなる前にそんなふうに意識を取り戻すことがあると」

「うちの伯母もそうだったわ。心臓発作を起こして意識不明の状態だった伯母が、急に目を覚まして私たちにほほ笑みかけた。そして、すぐ家に帰るからと言ったの。彼女はその夜に亡くなったわ。夜勤の看護師の話だと、彼女は戸口に目を向けてひとことだけ言ったそうよ。ハワード、と。それから、息を引き取ったんですって」

「ハワードって誰？」

「三年前に亡くなっていた伯母の夫よ」アニーはため息をついた。「この世から旅立つときは愛する人が迎えに来てくれる。そういう考え方も悪くないわよね」

「ええ」大きくうなずいてから、エリンは一つ息を吸った。「でも、残された私は一人でその後始末をしなきゃならないんだわ」

「私も一緒にやるわ」アニーは申し出た。「それが家族というものよ」

「ああ、アニー」エリンが泣き出した。

アニーは友人を抱擁した。こんなときに旅に出るなんて、タイは何を考えているの？　戻ってくるようにメッセージを送ろうかしら。でも、旅立つときの落ち込みようから考えて、タイが役に立つとは思えない。むしろ、タイのせいで事態が悪化する可能性さえあるわ。

一度入札を逃したくらいで〈モズビー建設〉は傾いたりしない。もし裏切り者がいるのなら、そのうちタイが突き止めるはずよ。私はエリンと同じく、ベン・ジョーンズが怪しいと思っている。あの人は妙に愛想がいいもの。

通夜にはジェイコブズビル近辺の住民たちが詰めかけた。さらに遠方から来た弔問客もいた。ジェイコブズ郡はそれほど広くないため、みんなが互いのことを知っていた。しかも、彼らの大半は遠い親戚でもあった。

エリンは父親の棺のそばに座っていた。棺の蓋が閉じられているのは故人がそう望んだからだ。アーサーはよく言っていた。人に死に顔をじろじろ見られるのはごめんだと。棺はマホガニー色で美しかった。その棺を囲むように花が飾られていた。

葬儀場には大勢の友人や隣人が集まっていた。ただし、そこにベン・ジョーンズの姿はなかった。ジョーンズ夫妻は小さな花籠《はなかご》を贈ってきたが、本人たちは現れなかった。〈モズビー建設〉からは立派な盛り花が届いていた。アニーもタイと連名で大きな花籠を贈っていた。

通夜が終わりに近づいた頃、黄色い蘭が盛られた花籠を示して、アニーが説明した。「私たちがあれを選んだのは、あなたに家へ持って帰ってもらうためよ。大丈夫。あれは胡蝶蘭だから照明付きのテーブルは必要ないわ。直射日光を避けて、週に一度くらい水をやって。霧を吹きかけるだけでいいから。ただし、根腐れには注意してね」

「きれいな花」エリンは友人を抱擁した。「私、黄色が大好きなの」

「気づいていたわ。次の誕生日には植木鉢をプレゼントするわね」アニーは笑顔で付け加えた。

「大切にするわ」エリンは約束した。それから、別の花籠に目を留めた。エキゾチックな花にシダを添えた小ぶりな花籠だ。蘭ほど高価ではないが、彼女が好きな栗色とピンクの組み合わせで、とても愛らしく思えた。カードに視線を移して、エリンは驚いた。そこにジョーンズ夫妻の名前があったからだ。

私はミセス・ジョーンズのことは何も知らない。でもこの花籠を見る限り、向こうは私の色の好みを知っているみたいだわ。

エリンは棺を見やった。「あとは明日の葬儀を乗り切るだけね。そして、パパのいない日々が始まるんだわ」

「今頃、アーサーはあなたのママとハイキングをしているわよ」アニーは言った。「手をつないで、楽しそうに笑いながら」

エリンは友人へ視線を戻し、悲しげな笑みを浮かべた。「あなた、自分の両親を亡くしたときも同じことを言っていたわよね。いいアイデアだわ。そんなふうに考えると気持ちが楽になるもの」

アニーは肩をすくめた。「私は臨死体験マニアだから」

「臨死体験マニア？」

「ネット上にはそういうサイトがいっぱいあるの。言っていることはだいたい同じよ。死ぬときは愛する者が迎えに来るとか、向こうではペットたちが出迎えてくれるとか。最高の慰めだと思わない？」

「ええ」エリンはまた友人を抱擁した。「ありがとう」

「タイが来られなくてごめんなさい。今、どこにいるのかもわからなくて。一度メールが来たけどそれっきりで、こっちからのメールは完全に無視よ。私立探偵を雇って、居場所を突き止めたいくらいだわ」

「だったら、ミス・テイラーに頼んでみたら？」エリンは乾いた声で笑った。「彼女の父親は探偵よ。町で小さな調査会社をやっているわ」

「その探偵が娘みたいな人なら、あまり関わりたくないわね」アニーは素っ気ない口調で切り捨てた。「あの人、タイを捜し回っているみたいで、我が家にまで電話をかけてくるのよ」

「着信拒否にしたら？」

「でも、タイと彼女の関係がわからないから。ずっと避けつづけてきた可能性もあるけど、付き合って別れた可能性もあるじゃない？　タイはそういう話をしないの。だから、彼が人にどういう感情を抱いているのか、正確なところはよくわからないのよ」

「確かにそんな感じよね」

アニーは肩をすくめた。「キャビンでの食事会にはすごく期待していたんだけど」

「私もよ」エリンは何事もなかったようにふるまった。「食事はおいしかったわ。でも、タイはデザートを食べなかった」彼女は嘘をついた。「デザートは別の誰かと食べる予定だったのかもね」そうよ。別の誰かがいたことにすれば、ミセス・ダブスがキャビンで見たことをよそで言い触らしても、私の評判を守れるかもしれない。

「それが本当なら、とんでもない話だわ」アニーは息巻いた。

「でも、タイには言わないで」エリンは懇願した。

「私がしゃべったことがばれちゃうから」

「わかったわ。あのろくでなし」アニーは顔をしかめた。「あなたと姉妹になるのが夢だったのに」

「人はみんな夢を持っているわ。でも愛が足りないと、夢はいつか消えてなくなるのよ」

「そんなこと、わかっているわよ」アニーが重い口調でつぶやいた。

「ごめんなさい。いやなことを思い出させてしまって」

「いいの」悲しげな微笑とともにアニーは答えた。「私もあなたと同じだった。振り向いてくれない相手に恋い焦がれていた。それが人生なのね」

「それが人生なのよ」

　次の日は雨が降った。晩春にしては寒い一日となった。ミッチェル家の墓は代々信仰を捧げてきた教会の墓地にある。エリンとアニーはレインコートに身を包み、埋葬箇所に最も近い椅子に座っていた。ほかの椅子には友人や隣人たちが並んでいた。ワイオミングから来た遠い親戚モード・ライダーの姿もあった。モードはカーン郡で牧場を営んでいる。モズビー兄妹のいとこも、夫婦でテキサスに移住する前はその近くで牧場を経営していた。

「うちにいらっしゃいよ。私と暮らしましょう」モードが言った。彼女は六十代前半の女性だ。細身で背が高く、銀色の髪に青い目をしている。「うちの納屋には子猫たちがいるわよ。ほかにも動物の赤ちゃんがたくさんいるわ。州で一番優れたブラックアンガス牛の赤ちゃんもね。家の広さも十分よ。夫を亡くした今は、広すぎると思えるくらい。だから話し相手が欲しいのよ。一緒に暮らさなくてもいいから、いつでも好きなときに遊びに来て」

　エリンは年上の親戚を抱擁した。「夏休みにでも遊びに行くわ」

「今、来ればいいのに」モードは食い下がった。

「そうしたいのは山々だけど、先にパパの金銭問題を片付けないと。遺言書の検認だけでもかなり時間がかかるみたいなの」

「そう。私の電話番号は知っているわよね。来る気になったら、いつでも連絡して。ただメールをくれるだけでも大歓迎よ」モードは笑顔で付け加えた。「一人暮らしはつまらないから」

「メールを送るわ。約束する。帰り道も気をつけてね！」

「それはチャーター機のパイロットに言って」モードはくすくす笑った。「でも、彼の腕は一流よ。だからいつも彼と飛ぶことにしているの。あなたも気をつけて。お父さんのこと、残念だったわね。気まぐれな人だったけど、私は昔からアーサーのことが好きだったわ」

「私も」エリンはうなずき、モードとともに涙を拭った。

エリンが父親の書類の整理に取りかかったのは、埋葬から二日たった月曜日のことだった。そして、彼女は驚愕の事実を知ることになった。コンピュータの画面を前にして、彼女は目を丸くした。自分が見ているものが信じられなかった。

7

アーサーのコンピュータにはとんでもない秘密が隠されていた。彼はデイトレードのサイトで取引をし、膨大な額の損失を出していたのだ。問題はそれだけの大金をどこで調達したかだった。

エリンは父親が現金で買った新品同様の車のことを考えた。あれだけでも数千ドルはしたはずだ。パパはママの保険金で買ったと言ったけど、ママが亡くなったのは何年も前の話だ。それに、保険金が出たとしても、せいぜい葬儀費用がまかなえる程度だろう。車を買ったり、デイトレードで何千ドルも使ったりできるわけがない。

そのとき、ドアがノックされた。お金の問題に気を取られていたエリンは、上の空でドアを開けた。しかしポーチに立つ保安官代理を見て、一瞬で我に返った。保安官代理は一枚の紙を携えていた。

「ミス・ミッチェル？」

「はい……」

「申し訳ないが、これをあなたに渡さなくてはなりません」そう言うと、保安官代理は持っていた紙を差し出した。

その内容を読んだとたん、エリンの顔に驚きの表情が広がった。「こんなこと、ありえないわ。パパはこんなことはしない。できるわけがない！」

「これはジェイコブズビルの裁判所が出したものです。ミスター・ミッチェルはこの家を担保に多額の借金をしていたようですね。債権者は即時返済を求めています。カーソン保安官が少し待つように言っても、聞き入れませんでした。身も蓋もない言い方をすると、ミスター・ミッチェルが借金をした相手は高利貸しというやつです」

つまり、違法すれすれの悪徳業者ということね。

「明日から出社するつもりだったんですけど。私はいつまでにこの家を明け渡せばいいんですか？」

「今日中に」

「今日中？　でも、まだ父の埋葬がすんだばかりで……」

「貸倉庫を利用したらどうです？　引っ越し先が見つかるまで、荷物はそこに預けたらいい」

一つ息を吸ってから、エリンはうなずいた。「わかりました。荷物を倉庫へ移してから仕事に戻ります。私は弁護士に連絡するべきですか？」

「そうですね。弁護士を介して交渉すれば、債権者も少しは待ってくれるかもしれない」

「オーケー」エリンはなんとか笑顔を作った。「ありがとう」

保安官代理の車を見送ってから、エリンは家の中へ戻り、ミッチェル家の弁護士に電話をかけた。

弁護士は債権者に連絡を取り、譲歩を引き出そうとした。しかし、交渉は無駄に終わった。

エリンはすでに腹をくくっていた。倉庫を借り、運送業者を予約して、翌朝には荷物を運び出せるようにした。その夜、彼女は大量の書類に目を通し、必要と思われるものだけをまとめて一つの箱にしまった。この箱は遺言書の検認まで身近に置いておくつもりだった。

最大の問題は引っ越し先だ。父親の車のことも考えなくてはならない。悩んだ末に名案が浮かんだ。父親の車は売ればいい。借金の返済額には遠く及ばないが、生活費の足しにはなるだろう。父親と共同名義の当座預金口座は残額ゼロだった。貯金も父親が使い果たしていた。彼女に残されたのは自分名義のクレジットカードと毎週支払われる給料だけだ。父親もクレジットカードを持っていたが、何週間も前に彼女が隠した。父親がネットで買い物ばかりするからだ。おかげで家の中は必要のない物であふれ返っていた。

エリンは周囲を見回した。時間があればオークションを開くのに。家具の中には骨董品もある。貸倉庫の鍵をアニーに預けて、古い家具を売却してもらうのはどうかしら？ そうすればいくらかは金銭的な余裕ができるはずよ。

次にエリンは自分のクローゼットを整理した。仕事着と教会用の服だけ残して、それ以外はパパの服と一緒に寄付しよう。キッチン用品と家電は倉庫にしまって、引っ越し先を見つけてから取りに来ればいい。少なくとも、私には自分の車がある。でも、私の車は故障が多い。あれを手放して、パパの車を残すべきかしら。パパの車は新車同然だから、確実に職場までたどり着ける。

そうよ。すべてを失っても、私にはまだ仕事がある。それは幸せなことだわ。

引っ越し先を探すために、エリンは地元紙を広げた。貸家は最も安いところでも月に千ドルを超えている。紙面にくまなく目を通すと、下宿人募集の小さな広告が見つかった。家主の面接をパスしなければならないが、物件はサンアントニオにあった。職場までの距離はわずか六ブロックで、ガソリン代も節約できそうだった。

さっそく広告主に電話をかけた。相手は感じのいい女性で、いくつか質問をしてから、明日の午後に家まで来てほしいと言った。仕事があるので五時以降でもいいかとエリンが尋ねると、相手はかまわないと答えた。エリンはほっとして電話を終えた。

ベッドに入ろうとしたとき、携帯電話が鳴った。

「調子はどう？」アニーが尋ねた。

「ばっちりよ」陽気な口調を装って、エリンは答えた。「ただ、やるべきことが山ほどあるわ。生活費も見直さないと。それで私、サンアントニオで部屋を借りようと思うの。会社の近くならガソリン代も節約できるでしょう」

「あなたと離れるのはいやよ」アニーが哀れっぽい声で訴えた。

「離れても会うことはできるわ。会いに行くから、あなたからも会いに来て」

「アパートメントは安全とは言えないわ」アニーは食い下がった。

「そうね。でも、その部屋は個人の家の貸間なの。明日、仕事のあとに家主の女性の面接を受けることになっているわ。だから、面接にパスするように、あなたも祈っていて。本当にいい条件なのよ。家主の女性も感じがよさそうだったし」

「それはまあ、せめてもの救いね」

「家具は当分、貸倉庫に置いておくわ。ママが集めていたアンティークの家具は、誰かに鑑定してもらってお金に換えるつもり。その手配をあなたにお願いしたいんだけどかまわない？」

「なぜ？　何か問題でもあるの？」

親友に余計な心配をかけるわけにはいかないわ。一つ息を吸ってから、エリンは答えた。「パパの借金が残っているの。私に隠れてデイトレードをやっていたみたいで。だから、いくつか物を売る必要があるのよ」

「物を売る？　もしかしてその家も？」アニーは泣き声になった。

「ただの家よ。もう我が家じゃないわ。確かにパパは問題ばかり起こしていた。でも、パパがいない家は我が家とは呼べないわ」

アニーはためらった。「そうかもしれないけど」

「パパは子供みたいな人だった。デイトレードの件では何度も喧嘩をしたわ。私は必死に説得した。デイトレードは破産への近道だと。でもパパは耳を貸さなかった。そして、私はそのことを知らなかった。パパが亡くなるまで」

「本当に残念だわ」

「ええ、本当に」エリンはため息をついた。「それでも人生は続いていくし、私はやっぱりパパを恋しがると思うわ」ようやく実感が湧いてきた。パパはもういないのね。彼女は込み上げてきた涙を押しとどめた。「車はパパの新しいのを残して、私のを処分するつもりよ」

「賢明な判断ね」

「クローゼットも整理したわ。ずっとやっていたら、目がちかちかしてきちゃった」エリンは笑った。

「なぜ夜中にクローゼットの整理を？」

しまった。口が滑った。「もし部屋を借りられたら、なるべく早く引っ越したいから、仕事着なんかをまとめていたのよ」

「ああ、そういうこと」

「今日はさすがに疲れたわ。そろそろ鎮静剤をのんで寝るつもり。続きは明日ね、アニー。本当に色々とありがとう！」

「あなたのためならなんでもするわ」アニーは穏やかに答えた。「血はつながっていなくても、私たちは姉妹みたいなものなんだから」

「そのとおりよ。あなたもよく眠って」

「ええ、おやすみなさい」

「おやすみ」

エリンは熟睡した。翌朝は早々に起き出して、コーヒーをいれた。それから、洗ったコーヒーポットを箱に詰めた。部屋が借りられたときのために、小さな家財道具の引っ越し準備もしておきたかった。

運送業者が到着すると、エリンは彼らとともに貸倉庫のビルへ向かった。借りた倉庫は狭かった。ソファと椅子とベッドのヘッドボードはなんとか詰め込めたが、マットレスとボックススプリングはあきらめるしかなかった。コーヒーポットとワッフルメーカーと鍋類は父親の車のトランクにしまった。車の名義変更はこれからだが、登録のための書類はすでに用意してある。

出社したエリンを待っていたのは、ジェニー・テイラーの嘘くさいお悔やみだった。

「私たちみんな、あなたのお父さんのことを残念に思っているのよ」

「ありがとう」エリンは答えた。「みんなには本当に親切にしてもらったわ」

「私たち、お金を出し合って花輪を贈ることにしていたの。でも、ミスター・ジョーンズが大きな花輪を贈ると言うから、私の提案で小さな鉢植えにしたのよ。それなら自宅で育てられるじゃない？」

「ありがたかったわ。私は花が大好きだから」

ジェニーは微笑した。「花好きの人って多いわよね。でも、私はだめ。ひどいアレルギーなの」

エリンは笑った。「私の母もそうだったわ。そのくせ、庭中に花を植えていたの」

「家族がいる人が羨ましいわ。私は里親の家を転々としてきたから」ジェニーは顔をしかめた。「そろそろ仕事に戻らなきゃ」

「本当にありがとう」エリンは重ねて礼を述べた。

一時間後、ベン・ジョーンズが彼女のデスクの横で足を止めた。

「お父さんのこと、本当に残念だよ。アーサーはいい男だった。少々軽率なところもあったが、信頼できる人物だった」

「ありがとうございます、ミスター・ジョーンズ」

「デイトレードのことも残念だった」

エリンは目をしばたたいた。「なんですって？」

「アーサーと私は月に二日ほど同じコーヒーショッ

プに通っていたんだよ。知り合ったのは何年前だったかな。彼とは共通点が多くてね。すっかり意気投合して、一緒にカプチーノを飲むようになった。私はデイトレードを始めたばかりで、かなり熱を上げていた。最初はけっこう儲かったが、すぐにその危険性に気づいて手を引いた。でも、アーサーは違った。彼は少しのめり込みすぎた。私はやめるように忠告したんだが」ベンは彼女に苦悩のまなざしを向けた。「手遅れだった。彼はすでに大金を失っていた。私がデイトレードのことを吹聴したせいだ」

　パパにデイトレードのことを教えたのはベン・ジョーンズだったの？　でも、ベンはそのことを隠さず、悔やんでいると告白した。そこは評価するべきだろう。

　エリンは笑顔を作った。「父も最終的には手を引きました」そのときにはすべてを失っていたけど。心の中で付け足した。「ご夫婦でお花を贈ってくださってありがとう。とてもすてきなお花でした」

「もっと大きな花を贈るべきだったんだが、会社から大きな花輪を贈ると聞いてね。それで私は個人で花を贈ることにした。君のお母さんは花が大好きだったね」ベンは悲しげに微笑した。「亡くなる前はよくアーサーとコーヒーショップに来ていた。実に魅力的な女性だったよ。それで、私は考えた。君も彼女に似て花が好きかもしれない、できれば庭に植えられるものがいいだろうと。実際にジェイコブズビルの花屋に注文したのは私の妻だ。幸い、花屋は君の好きな色を知っていた」

　エリンは驚き、感銘を受けた。「そこまで手間をかけてくださったんですね。ありがとう」

「いやいや。私も二週間おきにアーサーを思い出すんだろうね。もうあんなにおいしいカプチーノは飲めない気がするよ」

　ベンが自分のオフィスへ戻り、一人残されたエリンは考えた。私はベン・ジョーンズとまともに話したことがなかった。彼とパパが親しかったことも知らなかった。でも、パパが黙っていた理由はわかるわ。たぶんパパは恐れていたのよ。うっかり口を滑らせて、デイトレードに詳しい友人がいるとばれてしまうことが。

タイはモンタナ州の牧場で受賞歴のあるクォーターホースを観察していた。しかし、彼の頭を占めていたのはエリンのことだった。彼はエリンについて考えた。考えれば考えるほど気持ちが沈んだ。彼は確信していた。自分がエリンの最初の男なのだと。それだけに、エリンから前にも酔った勢いで男と寝たことがあると言われたときは、大きなショックを受けたのだった。

エリンは十代の頃、僕に熱を上げていた。当時の僕はそのことをただ面白がっていた。どうせすぐに冷めるとわかっていたからだ。その後もエリンとは親しくしてきたが、それはあくまでも友人としてだった。しかし、彼女を食事に誘ってからすべてが変わった。気がつくと、僕は彼女のことばかり考えるようになっていた。子供の頃から知っている彼女を、一人の女性として見るようになっていた。

そして、僕はジェニー・テイラーの父親が経営する調査会社に、うちの見積額を他社に漏らした犯人を突き止めてほしいと依頼した。ジェニーのことは好きじゃないが、彼女の父親は徹底した仕事ぶりで知られている。きっと犯人を暴き出してくれるだろう。もしその犯人がうちの会社の人間だったら、覚悟しておけ。僕は絶対に許さない。

「どうだね?」牧場主が問いかける。

タイははっとして我に返った。笑みを浮かべて答えた。「いい体つきだ。値段交渉に入ろうか」

牧場主はにんまり笑った。「よし来た!」

アニーがミッチェル家の横を通ったのは、〈バーバラズ・カフェ〉でランチを食べるためだった。家の正面に立てられた〝売り家〟の看板を見て、彼女は思わず声をあげそうになった。少し手回しがよすぎるんじゃないかしら？　もちろん、必要があってのことだろうけど。でも、やっぱり悲しい。エリンがいなくなったら、ジェイコブズビルでの暮らしも変わってしまう。

　この前、タイが電話をかけてきた。優秀なクォーターホースを牧場へ送るという話だった。エリンの話は出なかった。まあ、当然よね。彼はエリンに興味がないんだから。ほんと、がっかりだわ。

　ポーチの揺り椅子に座っていたアニーに、ミセス・ダブスが声をかけた。「今日はずっと暗い顔をしてるわね」

「エリンがサンアントニオへ引っ越すの」

「なんでまた？」

「彼女のパパがデイトレードで失敗して、全財産を失ったからよ」アニーはため息をつき、家政婦に視線を向けた。「彼女がタイとキャビンで食事をしたことは、あなたも知っているわよね？　エリンの話だと、タイは彼女を早めに家まで送って、自分はキャビンに戻ったらしいの。タイは別の女性もあそこに呼んでいたのかしら？」

　ミセス・ダブスが笑った。「それは朗報だわ」

「なぜ？」アニーは眉をひそめた。

「別に理由はないけど」ミセス・ダブスは屈託のない笑みを浮かべた。「ミス・エリンはばか騒ぎが苦手でしょう。ミスター・タイとは合わないわ。彼は遊び人だから。身を固めるのは何年も先になるんじゃないかしら」

「そうね。でも、私は何かの始まりを期待していたの。たぶんエリンも。なのに、タイは大急ぎで彼女を家まで送り届けた。デザートも食べずにね」

「それでよかったのよ」家政婦は決めつけた。「ミスター・タイはお酒を飲んでいた。酔った男は何をするかわからないわ。でも、デザートなしでミス・エリンを帰したのなら、まだそんなに酔っていなかったってことよ」

「そのおかげで、脳卒中を起こして倒れていたアーサーを早めに発見できたものね。もしエリンの帰宅があと数時間遅かったら、彼はそのまま亡くなっていたかもしれない。そんなことになったら、エリンは一生自分を許せなかったと思うわ」

「そのとおりよ。気の毒に」ミセス・ダブスはかぶりを振った。「でも、よく言うでしょう。人は死ぬときが来たら死ぬものだと。そのときにどこにいようと、何をしていようと関係ないのよ」

「そうかもしれないわね」アニーはうなずいた。


　エリンは広告に書かれた住所へ行き、私道に車を停めた。そこはサンアントニオでも治安のいい地区で、玄関ポーチのある古い住宅が立ち並んでいた。緑が多く、道路の脇には舗装された歩道もある。彼女は一目でこの町が気に入った。

　チャイムを鳴らすと、少し間を置いてドアが開いた。現れた女性は青い目をしていて、銀色の髪を丸く結っていた。エリンは危うく笑いそうになった。その女性が彼女と同じ金の十字架を身につけていたからだ。エリンの十字架は普段はブラウスの下に隠れている。しかし今日は、落とした鍵を拾ったせいでブラウスからこぼれ出ていた。

　相手はすぐにその十字架に目を留めた。笑顔で手を差し出す。「ミセス・マーロウよ」

　エリンはその手を握った。「エリン・ミッチェルです。さっそく面接していただいて感謝します」

「それは、のんびりしている余裕がないからよ」ミセス・マーロウはリビングのソファをエリンに勧め、自分は肘掛け椅子に腰を下ろした。「数カ月前に夫を亡くしたから」

「大変でしたね」エリンは心から同情した。「よくわかります。私も父を亡くしたばかりなので」

ミセス・マーロウは微笑した。「ありがとう。あなたも大変だったわね。でも、問題はお金よ。私には多額の借金が遺された。遺言書の検認には時間がかかる。だから早く部屋を貸して、当座の生活費を工面しなきゃならない。露骨な言い方をしてごめんなさい。でも、これが偽らざる現状なの」

「正直でいいと思います」エリンは笑った。「実は私も似たような問題を抱えていて。でも、それは気にしないでください。私について何か知りたいことはありますか？」

「知るべきことはだいたい把握できたわ」家主は謎めいた言い方をした。「職場はどこなの？」

「メルローズ通りにある〈モズビー建設〉で費用の見積もりを担当しています」

「まあ、あなたは頭がいいのね」ミセス・マーロウは笑った。

「いいえ。数字に強いだけです」エリンは笑みを返した。

「いつからそこに勤めているの？」

「高校を卒業した直後から。社長の妹が私の大親友なんです」

「ああ、そういうこと」

「ただのきっかけですよ。社長は仕事のできる人間を求めています。能力のない人間を特別扱いすることはありません。だから、私は学校に通って、今の仕事に必要な知識を学びました」

「奇特な会社ね」家主は笑った。「最近は能力無視のコネ採用が普通なのかと思っていたわ」

「確かにそういう会社も多いみたいですね」

「あなた、料理はできる？」

「ええ。私の車のトランクには、コーヒーポットとソテーパンとワッフルメーカーが入っています」

ミセス・マーロウは目を丸くした。

「説明は今度にしましょう。話すと長くなるので」

「待ちきれないわ！」家主は笑った。そして、自分が希望する家賃を伝えた。それはエリンが払ってきた家のローンよりもはるかに低い額だった。

「少し安すぎませんか？」

「私は必要な分だけもらえればいいの。世の中には住む場所のない人が大勢いるでしょう。そんな人に落ち着ける場所を安く提供できたらと思ったんだけど」そこで家主は身を乗り出した。「実はもう二十人も面接したのよ。だけど、同じ家の中にいたら、夜もおちおち眠れないような人ばかりで！」

エリンは噴き出した。「私の上司も採用面接のあとに似たようなことを言っていました」

「本当に物騒な世の中よね」ミセス・マーロウはうなずいた。「あなたはどうなの？　ここに住みたいと思う？」

「ええ、ぜひ。最初の月の家賃は前金で払います。水道光熱費はどうすればいいですか？」

「それは家賃に含まれているわ。訊いてもいいかしら？　あなたは教会に行っているの？」

エリンは笑顔でうなずいた。「ジェイコブズビルのメソジスト教会は私の曾祖父母が設立したんです。私の両親も日曜学校で教えていました」

「私の曾祖母は地元にバプテスト教会を設立した信徒団の一人だったのよ。でも、まあいいわ。メソジスト教徒だからといって、私たちは偏見を抱いたりしないから！」

そして、二人は声を揃えて笑った。

貸間は広く、専用の浴室がついていた。家具も揃っていて、窓からは小鳥の餌台と水浴び用の水盤が見えた。

「小鳥の水盤がある！」エリンは声をあげた。「うちの小鳥たちはどうなってしまうのかしら？　パパの家を買う人が小鳥に優しい人だといいけど」

「あなたは家を売りに出したの？」

エリンはため息とともに振り返った。「私の父は軽率なところがあって。愛すべき人だったけれど、思慮が足りなくて、私に内緒でデイトレードを始めていたんです。それで父はすべてを失いました。家も含めて、何もかも。昨日、保安官代理が立ち退き通知書を持ってきて初めて、私はその事実を知りました。今朝までに家を空けるように言われて、荷物は全部貸倉庫へ移しました。あれは……かなりショックだったわ」

「まあ、なんてこと」ミセス・マーロウはかぶりを振った。「あなたは本当につらい思いをしたのね」

「でも、もう大丈夫です。こうして住む場所も見つかったし、ローンや光熱費を心配する必要もなくなった。しかも、窓の外には小鳥用の水盤まであるなんて！」エリンは笑った。

ミセス・マーロウは微笑した。「あなたとは仲良くやっていけそうだわ」

エリンはすぐにマーロウ家に馴染んだ。家事の分担も含めて、家主との関係は良好だった。夜になると、ミセス・マーロウは編み物をしながら、エリンと一緒にテレビを観た。

エリンもかぎ針編みならできた。昔、母親に教わったからだ。彼女は仕事帰りに手芸用品店に立ち寄った。そこで糸とかぎ針を買い、テレビを観ながら編み物をするようになった。

エリンは父親の車を自分の名義に換え、運転免許証を更新した。遺言書の検認も順調に進んでいた。

借金に関しては、郡の広報誌に告知を出した。もし債権者がいるなら名乗り出てほしいと訴え、新たな借金が発覚しないことを祈りながら、息を凝らして待った。しかし、どれだけ待っても新たな債権者は現れなかった。すでに判明していた借金は清算し、父親の死亡手続きも終わった。彼女が泣く回数も減った。

葬儀から二カ月近くが過ぎた頃、タイが町へ戻ってきた。アニーはテレビを観ていた。玄関から入ったタイは、まずローデスとボーレガードを撫でてから、妹がいるリビングへ向かった。

「調子はどう？」アニーが問いかけた。

タイは不機嫌そうに見えた。黒い瞳がぎらついている。「訊くな」

「そんなに悪いの？」

「さっき調査会社から連絡があった。僕を裏切った犯人がわかった」

もしその犯人がベン・ジョーンズだったら。気を揉みながらアニーは尋ねた。「誰だったの？」

「おまえの親友だ」

「エリン？」アニーは叫び、テレビを消した。「そんなこと、ありえないわ！」

「宣誓陳述書もある。おまえの親友じゃなかったら、彼女を逮捕させるところだ」

「でも……」アニーは途方に暮れた。ショックで頭が働かなかった。「でも、もし兄さんを裏切ってお金を手に入れたのなら、なぜエリンは家も車も売って、貸間へ移らなきゃならなかったの？」

タイは妹を見つめた。「なんだって？」

「エリンのパパが亡くなったのよ」

「ああ、それはサンアントニオの新聞で読んだ。だから、会社から花を贈るように指示した」

アニーは兄をにらんだ。「私も花を贈ったし、葬儀にも行ったわ」

タイが目を逸らした。

「とにかく、エリンは家を売って、自分の車を処分しなきゃならなかったの。父親がデイトレードで全財産をなくしたせいでね」

タイは後ろめたい気分になった。「だとしても、エリンが僕を裏切った事実に変わりはない。ミスター・テイラーもショックを受けていたよ。でも彼のところの調査員は、プロジェクトを受注した会社とそのオーナーから宣誓陳述書を入手していた。そこにはっきりと書いてあったんだ。僕が見積額を提示する前に、エリンが情報を流したと」

アニーはただ兄を見つめていた。

「おまえの友人は絶対にそんなことはしない。そう言いたいんだろう？　でも、僕はおまえよりエリンのことを知っている。彼女にはおまえの知らない一面があるんだ」タイは立ち上がった。「明日、エリンを解雇する。ただし、産業スパイとして告発するのは勘弁してやる」

彼は一段おきに階段を上った。心がひりひりしていた。まさかあのエリンが僕を裏切るとは。でも、彼女は僕と寝た。その程度の道徳観しかないということだ。本人も認めていただろう。こういうことは前にもあったと。そうとも。エリンにはアニーにも隠している顔がある。そんな人間を僕の会社に置いておけるか。

日曜日の朝、エリンは吐き気に襲われた。その日はずっと体がだるかった。ミセス・マーロウには医者に診てもらうように勧められたが、エリンはただの風邪だからと答えた。

月曜日の朝、エリンは薬局に立ち寄り、妊娠検査キットを購入した。タイとキャビンで過ごしたのが二カ月前。怖いけれど確かめるべきだわ。もし本当に妊娠していたら、私はもうサンアントニオにはいられない。

早めに会社へ着くと、彼女は洗面所でキットを使った。結果は陽性と出た。何度試しても、答えは変わらなかった。

エリンは自分のデスクへ戻り、コンピュータの電源を入れた。しかしパスワードを入力しても、何も起きない。システムに問題があるのだろう。そう彼女は決めつけた。その五分後、インターコムが鳴った。彼女は二カ月ぶりにタイの声を聞いた。

「ミス・ミッチェル、僕のオフィスに来てくれ」

「承知しました」

事務的に答えると、エリンはデスクから立ち上がった。軽い目眩を感じ、一つ深呼吸をする。タイが怒っている。声がいつもより低かった。あの口調は怒りが炸裂する前触れだわ。でも、なぜ彼は怒っているの？

タイのオフィスはいつもより広く感じられた。デスクの向こう側に座るタイは、グレーのスーツに身を固め、髪をきちんと整えていた。エリンの胸に痛みが走った。なんてハンサムなの。あの夜の彼は優しかった。慣れた様子で私を……。

彼女はそこで気持ちを切り替えた。にこりともしないタイに向かって問いかけた。「ご用件はなんでしょうか？」

「座って」

タイがデスクの正面の椅子を示した。エリンはその椅子の端に浅く腰かけた。タイは彼女のほうへ書類を押しやり、身振りで読めと指示した。

エリンは書類を手に取った。その内容を目にしたとたん気絶しそうになった。

読み終えた書類をタイのほうへ押し戻すと、彼女は毅然として顎をそびやかした。「私はあなたを裏切ってなどいません」

「本当に？」タイは冷たい笑みを浮かべた。「君はオートクチュールのドレスを着ていた。君の父親は新型の中古車を現金で買った。その金はどこから来たんだ？」

「パパが私たちの家を担保に借金したのよ」

「確かに売り家の看板が立っていたな。つまり、君はその金を早々に使い果たしたというわけか？」

「パパが使い果たしたのよ。デイトレードで」

「彼が全部使ってしまったのか？　君が我が社の情報を売って得た金も？」タイは手にした書類を振った。「君は僕を裏切った。これが動かぬ証拠だ！」

「動かぬ証拠ね」エリンは彼を見据えた。「私は子供の頃からあなたたちを家族同然に思ってきた。その私にこんな真似ができると思う？」

「ああ、思うね」タイは鋭いまなざしで切り返した。

「君は僕と寝たよな？　君のご立派な道徳観はどこに行ってしまったんだ？」

　私はタイを愛している。彼の子供を妊娠している。でも、今それを言っても、彼が信じてくれるとは思えない。この険しい表情は彼の抑えきれない怒りの表れだ。

　エリンはのろのろと立ち上がった。今も続いている吐き気のせいで足元が少しふらついた。「これは解雇通告なの？」

　タイの顔がこわばった。「そうだ。君には二週間分の給料を出す。小切手にして受付に預けておく」

　残ったプライドをかき集めて、エリンは答えた。

「その必要はありません」

「それが我が社のルールだ」タイも立ち上がった。

「わかっていると思うが、君はもう我が家でも歓迎されない。アニーがなんと言おうと」彼の顔に冷たい笑みが広がった。「キャビンでの一件を知ったら、アニーは君に幻滅するだろう。それは君も避けたいんじゃないか？」

「アニーはそんなに器の小さな人じゃないわ」

「じゃあ、試してみるか？」

「いいえ、もうお宅にはうかがいません」エリンは彼の堅い表情を見据えた。「あなたはいつか真実を知るでしょう。そのときはもう手遅れだけど」

「それはどういう意味だ？」

「そのままの意味よ。もし立場が逆だったら、私はあなたの無実を信じて、命がけであなたを守ったわ。そうしたい理由があるから。でも、あなたには一生理解できないでしょうね」

タイは眉をひそめた。「言い訳をしても無駄だ。君が犯人なのはわかっている。証拠もある。君が妹の友人じゃなかったら、産業スパイとして告発するところだ」

「やりなさいよ」エリンは静かに告げた。「告発すればいいわ。ただし、刑務所へ行くのは私じゃなく、その報告書を捏造した人間よ」

「まともな調査会社が捏造なんかするか！」タイはデスクを手でたたいた。

エリンは椅子の背につかまり、目眩が治まるのを待った。妊婦にショックは禁物みたいね。少なくとも、こういうショックはこれで最後にしたいわ。

「どうした？」タイは問いただした。怒りのほうが大きかったが、エリンにショックを与えた後ろめたさもあった。「昼間から酒でも飲んだか？」

エリンは背筋を伸ばした。「ええ、そうよ。私はお酒を飲む。男遊びをする。そして、日曜日には教会へ行き、聖歌隊で歌うの」おどけた表情で締めくくると、彼女は向きを変え、ドアへと歩き出した。

「なぜ僕を裏切った？」タイの声が追いかけてきた。

エリンは振り返り、悲しげに彼を見つめた。「私が犯した唯一の過ちは……」彼女はそこで言葉を切った。「さようなら、ミスター・モズビー」

エリンがオフィスから出ていった。タイは憤然として閉まったドアをにらみつけた。なぜ彼女は罪を認めようとしない？　調査会社が客に嘘をつくわけがない。そんなことをしたら、会社の信用はがた落ちだ！

彼は経理部に指示を出した。早急にエリンに渡す小切手を用意し、受付に預けるようにと。

それから、渋い顔で椅子の背にもたれた。キャビンでの一件は持ち出すべきじゃなかった。エリンは昔から品行方正だった。男遊びも飲酒もしなかった。自らの信念を貫き、日曜日には教会へ通っていた。そんな彼女がなぜ悪事に手を染めたのか。調査会社によると、エリンは入札情報と引き換えに数千ドルの報酬を得たらしい。その金はどこへ行った？　家を売らなければならないほどの状況なら……。

そうか。原因はアーサーのデイトレードだ。だから、エリンには金が必要だったのか。いずれにしても、もう終わったことだ。アニーには泣きつかれるだろうが、産業スパイを雇いつづけるわけにはいかない。本来なら告発するところだ。それなのに、この罪悪感はなんだろう？　悪いのはエリンのほうなのに！　たぶん彼女にも罪の意識はあるのだろう。だから、僕がデスクをたたいたときに卒倒しそうになったのだろう。エリンは具合が悪そうだった。そんな彼女に僕は怒りをぶつけてしまった。信頼を裏切られた落胆と怒りを抑えることができなかった。でも、デスクをたたいたのはやりすぎだ。エリンは父親と家を失ったばかりなんだぞ。そして、今度は仕事まで……。

タイは小声で悪態をついた。僕は具合の悪いエリンに首を言い渡した。最悪の気分だ。彼は立ち上がり、経理部へ向かった。せめて小切手だけは確実にエリンが受け取れるようにしたかった。

8

エリンは車の中にいた。二週間分の給料に相当する小切手を見つめながら、ぼんやりと考えていた。私はこれからどうすればいいの？　私には住む場所がある。でも仕事はない。そして、おなかにはタイの子供がいる。サンアントニオに留まるだけの余裕はないけれど、遺言書の検認が終わるまでは動けない。

エリンは〈パーリン・エンタープライズ〉のことを思い出した。〈モズビー建設〉を辞めて、うちに来ないかと何度か誘ってくれた会社だ。タイに推薦状を頼む勇気はないが、あの会社なら推薦状がなくても雇ってくれるかもしれない。ミスター・パーリンは彼女のことを知っているのだから。

エリンは〈パーリン・エンタープライズ〉へ行き、社長との面会を求めた。数分後、社長自らが笑顔で彼女をオフィスへ招き入れた。

「よく来てくれたね、エリン」パーリンはデスクの向こう側に腰を下ろした。「タイと喧嘩でもしたのかな？　それでうちへ来る気になったとか？」

エリンは思わず笑った。「いやだわ。私ってそんなにわかりやすいかしら？」

「まあね。でも、たとえ期間限定だとしても、私は君を歓迎するよ。いつから始められる？」

「今からじゃだめですか？」期待を込めて、エリンは聞き返した。

パーリンは虚を突かれたようだった。しかしすぐに笑顔に戻り、椅子から立ち上がった。「一緒に来てくれ。君のデスクと仕事を用意させよう」

「ありがとうございます！」

「感謝なんかしなくていい。君がここにいる理由も説明しなくていい」小さく笑いながら、パーリンは続けた。「私はただ、タイが正気に戻らないことを祈るばかりだ」

私もよ、とエリンは心の中で同意した。

こうしてエリンはミスター・パーリンの会社で働くことになった。それからの三週間、彼女は新しい仕事を楽しんだ。同時に検認の手続きも進めた。父親の遺言書の執行人となり、死亡証明書や遺言執行状といった法律関係の書類を揃えた。手続きは煩雑だったが、彼女は嬉々として取り組んだ。

彼女の家はすでに人手に渡っていた。エリンは悲しんだものの特に驚きはしなかった。そして、詳しい情報を仕入れるために〈バーバラズ・カフェ〉のオーナーに電話した。

「あなた、どうしてこの町を離れたの？」バーバラが尋ねた。「それに、なぜアニーじゃなくて私に訊くの？　アニーはあなたの親友でしょう」

「彼女の兄と揉めたからよ」エリンはため息をついた。「町を離れたのは、パパがデイトレードで大損をしたから。パパはすべてを失ったの」

「そうなの。大変だったのね」

「ええ。でも、家はしょせんただの家よ。家がなくなっても思い出は消えないわ」

「そのとおりよ。あなたは今もタイの会社で働いているのよね？」

「そこが問題なの。彼とは意見の相違があって、今は〈パーリン・エンタープライズ〉で働いているのよ」

「タイは貴重な戦力を失ったわね」

「それより家のことだけど、誰が買ったか知っている？」

「よくは知らないけど、よその町の不動産業者みたいよ。それに、今はまだ誰も住んでいないわ」

「動きがあったら教えてもらえる？　私、今はジェイコブズビルに行きたくないの。私のせいでモズビー兄妹が微妙な雰囲気になっているから。今はアニーへの電話も控えているのよ」電話だけではない。エリンはメールのやり取りも控えていた。アニーからメールが来ても文章は書かず、ハートの絵文字を送るだけにとどめていた。

「動きがあったら電話するわ」バーバラは言った。

「体に気をつけてね」

「ありがとう。あなたもね」

妊娠してからエリンは前ほど動けなくなった。もっとも、その変化はごくわずかで、ミセス・マーロウに気づかれるほどではなかったが。エリンはクリニックへ行き、処方箋を出してもらった。それから、顔を知られていない薬局で吐き気止めの薬と妊婦に必要なビタミン剤を購入した。

少なくとも、私には仕事がある。エリンは自分に言い聞かせた。仕事さえあれば、私一人でも赤ちゃんを育てられる。タイには一生振り向いてもらえないかもしれない。でも、私にはこの子がいる。すべての愛情を注げる存在、その愛情に応えてくれる存在が。なんて幸せなのかしら。ただし、この幸せには難点があるわ。誰にも言えないという難点が。

ある日、エリンは社長のオフィスへ呼ばれた。パーリンの顔に笑みはなかった。

彼は単刀直入に切り出した。「エリン、君はなぜタイの会社を辞めたんだね？」

「タイが入札で他社に敗れたからです。彼はその件について調査会社に調べさせ、私が他社に情報を流した犯人だと決めつけました。私はそんなことはしていないのに」毅然とした態度でエリンは説明した。

「でも、調査会社は私がやったという宣誓陳述書を入手していました」彼女は悲しげに微笑した。「タイを裏切るくらいなら私は自分の腕を切り落とします。何年も前から彼だけを思いつづけてきたんです。報われない片想いでしたけど」

　パーリンは顔をしかめた。エリンの態度にはやましさが感じられない。彼女がタイを好きだったことも嘘ではない。彼女が〈モズビー建設〉で働きはじめた頃から、地元の建築業界ではそういう噂が流れていた。

「誰も私を信じてくれません。まあ、仕方のないことですけど。もしここを辞めろと言われたら、私は従うつもりです」

「私は君にここにいてほしいと思っている」パーリンは言った。今朝、タイから電話で告げられたことを思い返しながら。もしタイがあの情報を広めたら、エリンを雇いつづけるのは難しくなるだろう。

「でも、私がここにいても迷惑をかけるだけです。場合によっては、あなたが顧客を失うことになるかもしれません」エリンは答えた。「タイから電話があったんでしょう？」

　パーリンはうなずいた。

　エリンはため息をついた。「タイはよく〈バーバラズ・カフェ〉で朝食を摂るんです。きっとバーバラから私がここで働いていると聞いたんだわ。でも遅かれ早かれ、電話はかかってきたと思います。彼は敵とみなした相手を徹底的に追い詰める人だから。自分のジャガーの整備で手を抜かれたときは、テキサス南部の自動車修理工場に片っ端から電話をかけて、担当した整備工を雇わないように進言しました。それで救われた命もあったかもしれません。でもその整備工は働けなくなり、最後はよその州へ移ることになったんです」

「私も見たことがある」パーリンはため息をついた。

「タイが裏切り者や敵を追い詰めるのを」

「まさか自分が追い詰められる側になるとは思いもしませんでした。しかも、やってもいないことのせいで」エリンは立ち上がった。「私を信じてくれてありがとうございました。以前はみんな、私の言葉を信じてくれました。でも、今はもう誰も信じてくれません。特にタイは」

「ここを離れて、どこへ行くつもりだね？」

「ワイオミングに遠い親戚がいるんです」エリンは微笑した。「田舎で牧場を営んでいる女性なんですけど。彼女は一人暮らしで、一緒に住まないかと誘ってくれました。その言葉に甘えてみるつもりです。今はこの状況から離れたいので」

パーリンが立ち上がり、片手を差し出した。エリンはその手を握った。

「君と働けて楽しかった。餞別代わりに一カ月分の給料を出そう。タイがどう思おうが……いや、それはどうでもいいか」パーリンは小さく笑った。「とにかく私は君の幸運を祈っているよ」

「私もあなたの幸運を祈っています。ここで働けて本当によかったわ」

「ほとぼりが冷めたら、またうちで働いてくれないかな」パーリンはにんまりと笑った。

「ほとぼりが冷めたら考えます」エリンも笑った。

小切手を受け取ると、エリンは車に乗り込んだ。携帯電話を取り出して、モードにメールを送る。即座に返信が届いた。

〝すぐにいらっしゃい。航空券は必要？〟

エリンは笑い、返事のメールを送った。〝大丈夫。でも、仕事は必要になるわね〟

〝仕事ならあるわ。うちの簿記係をやって。数字に強い夫がいなくなってお手上げの状態なの！〟

ためらった末に、エリンは事実を伝えた。〝それと、もう一つ。私、妊娠しているの。そのことをこっちの人たちに知られたくないのよ〟

それに対する返信は〝タイ・モズビーのくそったれ！〟だった。

エリンは息をのんだ。モードには何もかもお見通しらしい。

〝タイにも知らせないつもり？〟

〝ええ。この子は私の赤ちゃんよ〟

〝それなら架空の夫が必要ね〟

〝私もそう思うわ〟とエリンは返した。もしアニーが妊娠の事実を知ったら、当然、タイの耳にも入るだろう。タイに自分の子供だと気づかれないようにしなくては。

〝夫は軍人で、アフガニスタンで亡くなった、というのはどう？〟

〝完璧よ。彼は親戚じゃないけど、私と同じ名字だったことにするわ。そうすれば私の名字を変えずにすむから〟

〝名案ね。明日にでもいらっしゃい。空港に着いたらメールを送って。うちの若いのを迎えにやるわ〟

〝了解。ありがとう、モード〟

〝大好きな親戚のためだもの。それに、私は寂しいの。簿記係がいなくて困っていたし〟

エリンは笑顔でメールを打った。〝どっちの問題も私に任せて。じゃあ、明日〟

最後に難問が残った。テキサスを離れる事情を家主にどう伝えるかだ。心優しいミセス・マーロウに嘘はつきたくない。だから、エリンは包み隠さず話すことにした。妊娠のことも含めて。

「かわいそうに」ミセス・マーロウは嘆いた。「あなたの無実を証明することはできないの？」

「裁判に持ち込めば、調査員が情報を捏造したことを証明できると思うわ。でも、タイに赤ちゃんのことを知られるわけにはいかないの」わずかに膨らんだおなかに手を当てると、エリンは涙目で続けた。「もし知ったら、彼は中絶を迫るかもしれない。そんな危険は冒せない。私はどうしてもこの子を産みたいの！」

「だったら、どうするの？」

「軍隊にいる男性と知り合って、結婚したことにするわ」エリンはため息をついた。「そして、この町を離れる。タイと顔を合わせずにすむように」

「寂しくなるわね」目に涙をためて、ミセス・マーロウはつぶやいた。

「私も寂しいわ。でも、すぐにいい店子《たなこ》が見つかるわよ。この世界には善良な人が大勢いる。あとはあなたが探すだけ！」

「もう探したわ。でも、その人はワイオミングへ引っ越すことになった」家主は答えた。

そして、二人は声を揃えて笑った。

別れの挨拶と涙の抱擁ののち、エリンはタクシーで空港へ向かった。車は売り払い、現金に換えていた。調理器具は家主に譲った。家計の助けになればと一週間分の家賃も渡した。今は物価だけが高騰し、年金は安いままという厳しい状況だ。早く次の店子が見つかることを彼女は心から祈った。

エリンは飛行機に乗り込んだ。サンアントニオを振り返ることはしなかった。高校を卒業したときから働いてきた場所を離れるのは身を切られるほどつらかった。しかも、両親や祖先が眠るジェイコブズビルからも離れることになるのだ。

本当は行きたくない。でも、そうするしかない。おなかが目立ちはじめる前に、私を知る人たちから距離を置かないと。もしアニーが妊娠のことを知ったら、すぐに察するはずだわ。どうしてそうなったのか。父親は誰なのか。タイだって気づかないはずがない。でもワイオミングへ移って、夫は亡くなったと触れ回れば、結婚指輪をはめて未亡人のふりをすれば、その噂がテキサスまで伝わるかもしれない。ケイトローにはジェイコブズビルに親戚がいる住民が何人かいるもの。

私はただ赤ちゃんの誕生を待てばいい。もう裏切り者として糾弾される心配はないんだから。私が愛したただ一人の男性。彼はいつか事実を知る。そして、私を糾弾したことを悔いるはずよ。

エリンを迎えに来たのは、モードが雇っている牧場監督ジャスティン・トゥーベアーズだった。いかめしい雰囲気の男性で、年齢は三十代半ば、背が高く筋肉質だ。肌はオリーブ色で、端整な顔に黒っぽい瞳をしていた。

飛行機を降りたエリンがコンコースへ出ると、ジャスティンはすぐに彼女に気づいた。

「ミス・ミッチェル？」彼は帽子を傾け、礼儀正しく問いかけた。帽子の下から豊かな黒髪がのぞいた。

エリンは微笑した。「ええ。私ってそんなによそ者っぽく見える？」

ジャスティンは取り出した携帯電話を彼女に見せた。そこには父親の葬儀のときにモードが撮った彼女の姿が映っていた。

「ああ、そういうこと」

キャスター付きのバッグを受け取りながら、ジャスティンは尋ねた。「ほかに荷物は？」

「あるわ。持っている服を全部詰め込んだら、スーツケース一つじゃ足りなくて……」

「任せろ。僕は今朝四百キロの雄牛を投げ飛ばしたばかりだ」きびきびと歩を進めながら、ジャスティンは軽口をたたいた。

エリンはにんまり笑った。さすがはモードが選んだ牧場監督だわ。

「最高ね」ハイウェイを疾走するトラックの中で彼女はつぶやいた。トラックはフル装備の新車だったが、彼女が注目していたのはトラックではなく、雪を頂く遠くの山々だった。「あの雪は夏も消えないの？」

「ああ、あれは万年雪だ」ジャスティンが答えた。

「私が住んでいる、いえ、住んでいたところでは雪はあまり降らないの」

「君の父親のことは聞いている。残念だったね」

「ええ、私も残念だわ。パパはお金に振り回されていたけれど、いい父親だった」

「一族にとって、年長者を失うことは大きな痛手だ。年長者は一族の歴史を知っている。彼らに訊くべきことがいくつもある。でも、そのことに気づいたときはもう手遅れだったりする」

「ええ、そうね」エリンはうなずいた。

彼女の視線を感じて、ジャスティンは肩をすくめた。「僕はラコタ族だ。父親はすでに亡くなったが、母親は今もモンタナ州のワピティ居留地で暮らしている」

「あなたの一族には長い長い歴史があるんでしょうね」エリンはつぶやいた。

「どういう意味だ？」

「あなたの文化は大きな敗北を経験した。私の文化もそうよ。私はテキサス南部で生まれたけど、祖先は南北戦争のあとにジョージアからテキサスへ移住した。つまり、私たちはどちらも敗北した文化を背負った人間なのよ」

ジャスティンは一つ息を吸った。「敗北した文化か。僕にはその考え方はなかった」

「普通はそうよね。私のパパは十代で徴兵され、沖縄に赴任した。パパが言っていたわ。日本人とは話が合った。彼らも同じような歴史を――避けられない悲劇の歴史を背負っているからと」

「僕も日本までは行ったことがある。本当は中国へ行きたかったんだが。一番の理由は言語だ。僕の母語と中国語にどんな類似点があるのか、自分で確かめたかった」ジャスティンは小さく笑った。「結局、ネットの中国語講座で手を打ったけどね。確かに似た部分がたくさんあったよ」

「中国語は声調言語なんでしょう？」

ハイウェイから曲がりくねった泥道へ入ったところで、ジャスティンは彼女に視線を投げた。「ああ。君は中国語が話せるのか？」

「いいえ、全然。前の会社に中国人の会計士がいたの。その人から言葉をいくつか教わっただけよ」エリンはくすくす笑った。「その言葉も人前で使っていいものなのかどうか。彼女はときどきとんでもない悪戯をしたから。でも、いい人だったわ。花が大好きで」

「花が大好き」ジャスティンは考える表情になった。

「花が好きだといい人なのか？」

「私にとってはね」エリンは微笑した。「植物に優しい人はたいてい人間にも優しいものよ」

「確かにそうだ。僕の母親は毎年春になるとハイビスカスを植えている」

「ハイビスカス？　こんな北のほうでは育たないでしょう！」

「だから初霜が降りる前に掘り出して、鉢に植え替えて室内へ移している。太陽光ＬＥＤを備えたハイビスカス専用の部屋へ」ジャスティンは笑った。「元は僕の部屋だったんだが。おかげで僕は、帰省するたびに花と寝起きをともにしている」

「太陽光ＬＥＤが植物の生長を助けるんだとしたら、あなたがのっぽになったのも太陽光ＬＥＤのおかげかしら」エリンは笑った。

ジャスティンはかぶりを振った。「そうかもしれないな。さあ、着いたぞ」

　モードの牧場は広大だった。延々と続く柵の向こうでは、無数の黒い牛が草を食んでいる。エリンはテキサスを思い出し、早くもホームシックに襲われた。トラックが庭で停まった。その正面に母屋があった。それは巨大な丸太小屋のような建物だった。広いポーチには揺り椅子と長椅子が置かれ、鉢植えの花が並べられていた。

「こんなに花を並べて」エリンはため息をついた。「いかにもモードらしいわ」

「これも初霜の前に室内へ移される。男たちがひいひい言いながら運ぶんだ」

　モードがポーチに出てきたのはそのときだった。

「いらっしゃい!」そう叫ぶと、彼女は慎重にステップを降りはじめた。

　エリンもトラックのドアハンドルを頼りにそろそろと地面に降り立った。ジャスティンが手を貸そうとしたが、彼女は丁重に断った。牧場監督はハンドルをつかんでいた彼女の左手に目を留めた。

「結婚しているのか?」

「結婚していたわ」エリンは目を逸らした。「でも、夫はアフガニスタンで……」

「すまない」ジャスティンは即座に謝罪した。

「いいのよ。あなたは知らなかったんだから。ただ、その話はまだしたくないの」

　駆け寄ってきたモードがエリンを抱擁した。「よく来てくれたわね!　ここでゆっくり体を休めてちょうだい」彼女は牧場監督を見やった。「ジャスティン、洗濯室で洗濯機がダンスをしているの。ドライヤーのベルトも外れそうで……」

「わかった。すぐにタンディにやらせるよ」女性二人に向かって帽子を傾けると、ジャスティンは客人の荷物を運びはじめた。

　モードはエリンをかたわらに引っ張っていった。

「ジャスティンに〝夫〟の話をしたの?」

「彼がこの指輪に気づいたから」エリンは答えた。

「これ、サンアントニオで買ってきたの」

「あなたの亡き夫だけど、なんて呼んだらいい？」

「リチャードはどう？　小学三年のときに好きだった男の子の名前よ。本人は気にしないと思うわ。四年生の途中でよその州に引っ越したから」

モードは笑った。「オーケー。じゃあ、愛称はディックね？」

「彼は職業軍人だから、リチャードと呼ぶべきね。リチャード・ミッチェル」

「了解。それで、体調のほうは？」モードが心配そうに尋ねた。「父親を亡くしたばかりなのに、こんな理不尽な目に遭って。ストレスまみれよね」

「私はいざというときにはタフになれる人間よ」エリンはため息をついた。「でも、ここに来られて本当によかったわ。新しい世界でなら新しい人生を歩める。新しいチャンスをつかめるもの」

戻ってきた牧場監督を意識して、モードは言葉を選んだ。「妊娠中に夫を亡くすなんて、本当に大変だったわね。でも、ここにいれば安全よ。私があなたを守ってあげる」

「過保護はやめて」エリンは笑った。「自分の面倒くらい見られるわ。あなたの帳簿の面倒もね！」

「彼女は帳簿が読めないんだ」ジャスティンがモードをにらんだ。

「読めるわよ、英語で書いてある本なら！　紙でできている本物の本ならね！」

「材料にされる木が気の毒だ」

「木より自分の首を心配したら？」

「好きでこの仕事に就いたわけじゃない」

モードがお手上げのポーズを取る。ジャスティンはにやりと笑っただけだった。エリンに向かって眉を上げると、彼はトラックで走り去った。モードはまだぶつぶつ言っていた。

「彼はとてもいい人みたいね」エリンは言った。モードが夕食を用意する間、彼女は小さなテーブルの前に座って、カフェイン抜きのコーヒーを飲んでいた。「彼というのはここの牧場監督のことだけど」

「いい人よ。女性に関しては純真すぎるところもあるけど」モードはため息をついた。「彼には忘れたい過去があるの。結婚を約束した女性に裏切られた過去が。相手はプリンストン大学の学生で、祖父と夏を過ごすためにこっちに来ていた。でも、大学へ戻る前に彼女は女友達にこう話したの。これで教授たちからの評価が上がりそうだと。先住民の文化には秘密の部分が多いけど、ジャスティンのおかげで彼らの世界観や文化的表現や信仰をじかに知ることができた。そのために婚約までしなきゃならなかったのは最悪だけど、彼と一緒にいるときは人に見られないように気をつけたから問題ないと。ジャスティンはその会話をたまたま聞いてしまったのよ」モードは一つ息を吸った。「そのときの彼の気持ち、あなたに想像できる？」

「立ち直るのに何日もかかったでしょうね」

「二カ月かかったわ。もう少しで命を落とすところだった。ジャスティンは蛇対策に大きなリボルバーを持ち歩いていた。彼がそのリボルバーを手にしたところへ、焼き印とタグ付けの作業を手伝いに来ていた近所の娘が駆けつけた。その子は失恋のことを知り、彼の気持ちを案じて探していたのよ。ジャスティンがリボルバーを口にくわえるのを見て、彼女はとっさに飛びかかり、銃を押しのけた。現場になった納屋には今もそのときの弾痕が残っているわ」

「その子が間に合って本当によかった！」

「でも、銃弾は彼女の腕をかすめて、彼女を救急処置室へ運ぶ必要があった。ジャスティンは運転できないほど動揺していたけど、自分も病院へ行くと言い張った。彼女はみんなに、自分で腕を撃った、銃の練習中に誤射したのだと説明したわ」モードはかぶりを振った。「でも銃創であることには変わりないでしょう。銃による事故は報告の義務がある。だから、保安官が呼ばれたわ。ジャスティンは保安官に真実を打ち明けた。結局、起訴されることはなかったけれど、ジャスティンは彼女が命がけで自分を救ったことに激怒していた。だから、彼女に説教した。彼女は笑顔でそれを受け止め、痛みをこらえて作業に戻ったの」

「この世界には、報われない愛に苦しんでいる人間が大勢いるのね」エリンは悲しげにつぶやいた。

モードはエリンに視線を投げながら、グリルのステーキ肉を裏返し、オーブンからポテトのキャセロールを取り出した。「あなたは勘がいいのね」

「ジャスティンはいい人よ。彼を大切に思う人がいるのはいいことだわ」

モードはコーヒーを飲むためにいったんグリルのそばを離れた。「あなたはどうなの？ どういう事情で急にこっちへ来ることになったの？ 赤ちゃんのことは別にして」

「タイに責められたのよ。大きなプロジェクトを他社に取られたのは、私が情報を流したせいだと。私はそんなことはしていない。でも彼の依頼を受けた調査会社が、二人の人間から証言を取ったの。私から事前情報を受け取ったという宣誓陳述書も」

「それは証明可能な話なの？」

「まさか」エリンは吐き捨てた。「タイに私を告発させるべきだったわ。もし宣誓陳述書の内容を証明しろと言われたら、困るのは向こうだもの」

「そういうことだったのね。でも、あなたはそのあと違う会社に転職したはずじゃ……」

「タイが新しいボスに電話をかけて、私は産業スパイだと警告したの。ボスはその警告を無視して、私に仕事を続けてほしいと言った。私の無実を信じてくれた」エリンは視線を上げた。「皮肉な話だと思わない？　私が命がけで愛した男性は、私を裏切り者と決めつけた。でも、私のことをよく知らない男性は、私を信じて支えようとしてくれた」彼女はかぶりを振った。「人生って不思議なものね」

「ええ、本当に」モードは同意した。「とにかく、ここにいれば安全よ。あなたのことは私たちみんなで守るから。うちのスタッフの大半は親の代からのカウボーイなの。ジャスティンは十代の頃からここにいるわ。彼は家出してきたのよ。父親がひどい男でね」

「酒飲みだったの？」

「もっと質が悪いわ。ジャスティンの父親は精神に深刻な問題を抱えていたの。彼は酒が嫌いだった。でも、息子を殴るのは大好きだった。そもそも彼はジャスティンが自分の息子だと信じていなかったんだけど。ジャスティンは虐待に耐えたけれど、母親の泣く姿を見ていられなくて、仕事を探してここまで流れ着いたのよ。サムはその場で彼を雇うことに決めた。私たちには子供ができなかったから、ジャスティンが我が子のように思えたの。その気持ちは今も変わらないわ。彼とは言い合いばかりしているけど、それもおふざけなの。彼のためなら私はどんなことでもするわ」

「向こうもそう思っているはずよ」エリンは微笑した。「私、彼が好きだわ」

モードの眉が上がった。

エリンは首を横に振った。「私が死ぬほど愛しているのはタイよ。タイにそれだけの価値があるとは思えないけど」彼女はおなかに手を当てた。「私はもうタイとは関わらない。だから、彼がこの子の存在を知ることもないわ」

「今は許せない気持ちが強いわよね。でも何カ月かここで過ごすうちに、許せるようになるかもしれない。来年の春には、心の底からほほ笑むことができるようになっているかもしれないわ」

エリンは笑顔を作った。モードはグリルの前に戻った。

ジャスティンはワイオミング州の生き字引で、この土地固有の植物にも詳しかった。エリンが牧場の小道を散歩するときは、彼もかたわらを歩き、目に留まった植物のことを教えてくれた。

「君は夫の話をしないね」ジャスティンが唐突に言った。

「つらくて話せないの」エリンは答えた。

「彼はどういう死に方をしたんだ？」

死に方までは考えていなかったわ。あとでモードと口裏を合わせておかないと。「彼は軍用車に乗っていたの。その軍用車が……爆弾に接触して」

「ＩＥＤ？」ジャスティンが尋ねた。

エリンはぽかんとした顔で相手を見返した。

「簡易爆発物のことだよ。僕たちもあれにやられた。二〇一〇年にイラクにいたときに」

エリンの足が止まった。「イラク？」

ジャスティンは悲しげに微笑した。「僕はその話をしない。あそこで戦った人間は誰もその話をしない。仲間同士で話すことはあっても、民間人には聞かせない」

「そう」エリンは再び歩き出した。「あなたは陸軍にいたの？」

「まあ、そんなところだ」

エリンは眉を上げ、大男を見上げた。

ジャスティンはただ微笑した。彼の控えめな性格を象徴するような曖昧な微笑だった。

「なるほど」エリンは冗談めかして言った。「私も民間人だものね」

「そういうことだ。あとどれくらい歩く？」

「そろそろ引き返そうかと思っているけど。何か大事な用でもあるの？」

「彼女しだいだな」

「彼女しだい？」

「彼女が僕に頼んだ用件を覚えているかどうかによる」

「モードのこと？」

「いや」近づいてくる馬の蹄の音に気づき、ジャスティンは肩ごしに振り返った。「彼女のことだよ」

9

栗毛の牝馬にまたがった女性は若かった。美人とは言えないまでも、長く豊かなブロンドの髪や淡い灰色の瞳も含めて、感じのいい風貌をしていた。

「ギャビー、その馬はやめておけと言っただろう」ジャスティンが馬上の女性をにらみつけた。

ギャビーと呼ばれた女性は顔をしかめた。「わかってるわ。でも、ベスはバディに取られちゃったし、ハーリーはジョンソンが連れ出したばかりで、ジェシーしか残ってなかったのよ」

「君に気性の荒い馬は扱えない。ジェシーは君を振り落として、自分だけ厩舎に戻ってしまうぞ」

相手は顎をそびやかした。「私を甘く見ないで」

ジャスティンはため息をついただけだった。

ギャビーは遅ればせながらエリンに気づき、笑顔で話しかけてきた。「ハイ。私はガブリエル・デイン。みんなからはギャビーと呼ばれてるわ。あなたがミセス・ミッチェルね？　あなたがモードと暮らしていることは私たちも聞いてるわ。夫を亡くしたってことも。苦労したのね」

エリンはわずかに膨らんだおなかに手を当てた。

「ええ、苦労したわ」

「それで、彼女には頼んでくれたの？」ギャビーがジャスティンに問いかけた。

「本人が目の前にいるんだから自分で頼めばいい」

エリンは二人の顔を見比べた。「私に何を頼みたいの？」

ギャビーが顔をしかめる。「実はパパが家の建て替えを考えているの。私も建て替えには賛成なんだけど、うちの蓄えで足りるかどうか心配で。パパはお金のやりくりが得意じゃないのよ。ママは得意だったけど、二年前に亡くなったし。あなたは建築会社で働いていたんでしょう？　モードが言っていたわ。あなたなら建て替えの費用がわかるはずだって。それで私……もしできれば……」

　エリンは微笑した。「いいわよ。基本的な情報を教えて。希望する材料。家のプラン。建材の購入先。それがわかれば、あとは私がやるわ」

「ありがとう！」ギャビーが叫んだ。曇っていた顔が日光に照らされた蝶の羽根のように輝いた。

　この子は笑顔がとてもキュートだわ。エリンは考えた。仏頂面の牧場監督もそのことに気づいているみたいね。

　にやつきたいのを我慢して、エリンは問いかけた。

「明日の朝、遅めの時間に来てもらえる？　私、一日中体がだるくて。朝も早くは起きられないのよ」

「歩くのは平気なの？」ギャビーが心配した。

「ええ。ドクターにも歩くように言われているの」エリンは答えた。彼女は今、ケイトローでも評判のいい産科医に診てもらっていた。「運動が安産につながるんですって。そろそろ五カ月に入るからラマーズ法の教室に通うように言われているんだけど、どうも気が進まなくて。あれは夫と一緒に通うものでしょう」もしタイが私を信じてくれていたら。私を愛してくれていたら。彼と一緒に教室へ通えたのに。赤ちゃんの成長をともに見守れたのに。

「夫じゃなくてもいいのよ。メイン州に住む姉は、私を教室に連れていったわ。当時は義理の兄が軍務に就いてたから」ギャビーは目を大きく見開いた。

「なんなら私と通う？　私はパパの便利屋みたいなものだから、時間は自由に使えるの。パパからはおまえみたいな世間知らずは牧場から出るなと言われているけど」ギャビーはにんまり笑った。「私、基本的に悪い子だから」

「まったくだ」ジャスティンが真顔でうなずく。

「あなたにとってはいい子でしょう。雪の日に被る帽子も編んであげたじゃない！」

「でも……サイズが……」

「私が悪い子なら、あなたはろくでなしよ！」

ジャスティンは笑いをこらえた。

「じゃあ、また明日ね、ミセス・ミッチェル」ギャビーはエリンに告げた。

「エリンと呼んで」

「オーケー。じゃあね、エリン！」

ギャビーは牝馬の向きを変えた。牝馬はこれ以上厩舎から離れるのをいやがっているようだった。

「だから言っただろう……」ジャスティンが口を開いた。

牝馬が駆け出した。「バイ！」手綱にしがみつきながら、ギャビーは叫んだ。

「まったく、あのばかは！」ジャスティンが帽子を地面にたたきつけた。「なぜ人の話を聞かない？制御できない馬に乗るのは自殺行為だ！」

普段は物静かな牧場監督が激高する様子を、エリンは興味深く眺めた。驚いたものの、怖いとは思わなかった。彼女はタイを思い出していた。タイがデスクをたたいたとき、私はびくっとした。でも怖かったわけではない。癇癪を起こしたときでも、タイはそんなに怖くない。女性には絶対に手を挙げない人だから。

胸の痛みを隠すように、エリンは笑顔を作った。

「ギャビーはいくつなの？」

「二十二歳」

「二十二歳ならもう子供じゃないわ」

「三十六歳から見れば子供だ」ジャスティンは唇を歪めて微笑した。「このあたりで引き返すか。種牛たちの様子を確認しないと。そろそろ彼らを新しい牧草地へ移す時期だからな」

「賛成。歩くのはいいことだけど、かなり疲れるのよね」

「それは君が妊婦だからだ」

エリンは笑った。だんだんわかってきたわ。ギャビーはジャスティンが好きなのに、ジャスティンは年の差を気にしてギャビーと距離を置こうとしているのね。気の毒なギャビー。彼女には私のような苦しみは味わってほしくない。タイが私を食事に誘わなかったら、こんな苦しみを味わわずにすんだのに。でも、私の中にいる小さな命のことを考えたら後悔なんてできないわ。

アニーが親友の近況を知ったのは、〈バーバラズ・カフェ〉でワイオミングから来たという中年男性と言葉を交わしたのがきっかけだった。彼がさりげなく言ったのだ。カーン郡にジェイコブズビル出身の女性がいる。その女性は軍人と結婚して身ごもったが、今は遠縁のモードと暮らしていると。

アニーは愕然とした。三十秒は言葉が出てこなかった。「結婚した？　身ごもった？」男性のコートの袖をつかんで、彼女は聞き返した。

「ああ」一息入れてから男性は続けた。「彼女はモードの牧場で簿記係をやっている。夫のことはあまり話さないが、アフガニスタンにいたらしい」

「そう」つまり向こうで亡くなったということね。

「でも、私に内緒で結婚するなんて。妊娠したのに私に黙っているなんて」アニーは泣きそうな声でつぶやいた。

静かな午後だった。アニーとワイオミングから来たハミルトンという男性を除けば、客は一人もいなかった。二人の会話を耳にしたバーバラが、カウンターの奥から出てきた。

「私のせいじゃないといいけど」バーバラは言った。

「私、うっかりしゃべってしまったのよ。エリンがパーリンという人の会社で働いているって。あとでその会社に勤めている人から聞いたけど、あなたの愚かな兄が」アニーに向かって、彼女は吐き捨てた。「わざわざ電話をかけてきて、エリンに裏切られたと話したんですって。あれから三カ月近くたつのに、エリンからあなたに連絡はないの？　彼女はあなたにも嫌われたと思ったのかしら」

アニーは涙をこらえ、椅子に腰を落とした。「私の兄は何をしたの？」

「エリンを解雇させたのよ。たぶん、ほかの建築会社にも警告したんでしょうね。エリンを雇うのはやめたほうがいいと」

「タイは私には何も言わなかった」アニーはつぶやいた。「私はエリンが今もサンアントニオにいると思っていたの。何度メールを送っても、ハートの絵文字しか戻ってこなかったけど、それはタイに首にされたせいだと、だから私にも腹を立てているんだと思っていた。だけど、結婚？　妊娠？　ワイオミング！」

バーバラは一つ息を吸った。「あなたの兄は正真正銘の愚か者よ。彼以外のみんなが知っていたわ。エリンが彼に恋をしているって。エリンが彼を裏切るなんて絶対にありえない話よ」

「わかっているわ」アニーは力のない声で答えた。「あなたの言うとおりよ。私の兄は正真正銘の愚か者だわ！」

「君も彼女の夫のことを知らなかったわけか」ハミルトンが口を挟んだ。「夫は彼女と同姓だが、親戚ではなかったそうだ。最近では彼女も少しずつだが夫のことを話すようになったよ。結婚指輪もつけたままだ」彼は小さく笑った。「モードの牧場のカウボーイが彼女にご執心だが、彼女のほうは夫と赤ん坊のことしか頭にないみたいだ。予定日はクリスマス前後だとか。最高のプレゼントになるな！」

「ええ、そうね」アニーは悲しみが全身に広がっていくのを感じた。人生最高のクリスマス。エリンはそのクリスマスをほかの人たちと迎えるの？　なぜ私とじゃないの？　私は彼女の親友なのに。姉妹同然の仲なのに。全部タイのせいよ。悲しみが怒りに変わった。その怒りを隠して、アニーはバーバラたちに笑顔を見せた。

だが、それも長くは続かなかった。

アニーは自宅に戻った。タイもボーレガードの散歩から戻ったところだった。

妹の表情を見るなり、タイは眉を上げた。「喧嘩してきましたって顔だな。相手は誰だ？」

「喧嘩するのはこれからよ！　話があるからリビングに来て」アニーは家政婦へ視線を移した。「あなたは遠慮して」

「もしミスター・タイを殺すつもりなら、木の床じゃなくリノリウムの床の上でやってちょうだい。そのほうが掃除がしやすいから」瞳をきらめかせて、ミセス・ダブスは言った。

「そうするわ」アニーは約束した。

タイはため息をついた。ボーレガードを家政婦に託して、妹のあとに続いた。リビングに入ると、アニーはドアを閉め、さらにロックまでかけた。

「ここは木の床だぞ」タイは注意した。

アニーは兄をにらみつけた。「エリンがミスター・パーリンの会社にいられなくなったのは兄さんのせいなの？」

タイは一瞬目を閉じた。彼もそのことで自分を責めていた。エリンをそこまで苦しめるつもりはなかった。ただ、彼はエリンを信頼していた。家族以外では一番の信頼を寄せていた。その信頼を裏切られたせいで、怒りに任せて行動してしまったのだ。

「ああ、そうだ」タイは肘掛け椅子に腰を落とした。

「僕はエリンにひどいことをした。彼女を首にしたうえに、ほかの会社でも働けないようにした」

「そう。兄さんの損が誰かの得になったわけね」アニーはもったいぶった口調で言い渡した。

「どういう意味だ？」

　彼女は冷笑を浮かべた。じわじわといたぶってあげるわ。いい気味よ。「エリンは結婚したの」

　タイの顔がわずかに青ざめた。「結婚」彼は声を荒らげた。「いつ？　誰と？」

「そこまでは知らないわ。兄さんのせいで私も彼女に嫌われてしまったから。ただ、彼女がワイオミングへ引っ越したのは事実よ」

「ワイオミング？　なぜ？」

「向こうのほうが落ち着けるからじゃない？　だってエリンは――」アニーは目を伏せ、意地の悪い笑顔で続けた。「妊娠しているんだから」

　タイの中で様々な感情が駆け巡った。もし立っていたら、その場に崩れ落ちていたかもしれない。僕に抱き寄せられても、エリンは抵抗しなかった。キャビンでは自ら進んで僕を受け入れた。僕はそのことで彼女を責めた。品行方正に生きてきた彼女の道徳観を批判した。簡単に捏造できる報告書を真に受けて、彼女をゴミのように投げ捨てた。だからエリンは深く傷ついたんだ。だからほかの男と結婚して、僕と顔を合わせる恐れがない土地へ移ったんだ。

　自分のしたことが信じられない。僕はなぜそこまでしてしまったんだろう？　エリンは一度も僕を傷つけなかった。僕が間違いを犯してみんなに白い目で見られたときも、彼女だけは僕の味方でいてくれた。なぜ僕は他人を信じた？　なぜ命がけで僕を守ろうとしてくれた味方を信じなかった？　ようやく目が覚めた。現実を直視することができた。だが、もう手遅れだ。

「結婚」タイは声を絞り出した。「妊娠！」

　なんだか思っていたのと違う。ちっとも気が晴れないわ。アニーはソファの端に腰を下ろした。「エリンの夫はアフガニスタンで亡くなったそうよ」

　タイが視線を上げた。その顔には苦悩の表情が浮かんでいた。「調査会社の報告を真に受けて、僕はエリンが裏切り者だと決めつけた」彼は安楽椅子から立ち上がり、窓辺に歩み寄った。「一つの調査会社だけですませるべきじゃなかった。別の調査会社に情報の再確認をさせるべきだった」

「だったら、そうしたら？」アニーは冷淡な口調で提案した。「今さら手遅れでしょうけど、それはするべきなんじゃないの？」

　タイは妹に視線を投げた。「本気で怒っているんだな」

「当然でしょう！　私は世界で一番大切な友達を失ったのよ。でもエリンは、父親を失い、家を失い、仕事を失い、夫までも失った。そして、おなかの子供だけが残された！　兄さんが彼女の立場だったらどう思う？　もしモードがいなかったら、エリンは車で暮らしていたかもしれないわ！」

　タイはあんぐりと口を開けた。考えもしなかった。僕はエリンをそこまで追い込んでしまったのか。

「それだけじゃないわ」アニーが続けた。

「なんだ？」

「エリンのパパはすべてを失っていたの。立ち退きを命じられたエリンは、一日で家財道具を整理して、家を出なければならなかったのよ」

　タイは愕然として振り返った。「立ち退きを命じられた？　誰に？」

「裏社会とつながりのある怪しい金融会社よ。エリンのパパはデイトレードで大金を失っていた。その損を取り返すために、家を担保に資金を調達したの。だから、新しい車を現金で買えたのよ」

「エリンのオートクチュールのドレスは？」

「あれは古着屋で見つけたものよ。元の持ち主はどこかのご令嬢だったんだけど、予定外の妊娠で着られなくなって手放すことにしたらしいわ。だから、エリンでも買うことができたのよ！」

　タイは心にあった重石が消えていくのを感じた。

「一つだけ兄さんを褒めるとしたら、エリンをキャビンから早く帰したことね」氷のような声でアニーは告げた。「エリンが言っていたわ。兄さんは彼女を送ったあと、別の誰かと会っていたみたいだと。ちなみに、キャビンのシーツはミセス・ダブスが洗ってくれたわ」

　タイの顔から血の気が引いた。「そうか」僕はそこまで考えていなかった。でも、エリンは考えた。だから僕をかばうために嘘をついたんだ。

　アニーはまだ彼をにらんでいた。「兄さんの私生活はどうでもいいわ。でも、もし兄さんがエリンを誘惑したのなら、私は今日この家を出ていくから。エリンはずっと兄さんだけを愛して……タイ！」いきなり腕をつかまれ、アニーは叫んだ。

「ああ、すまない」タイは力を抜いた。「今なんて言った？」

「エリンは十六のときから兄さんに恋をしていたのよ。ジェイコブズ郡の誰もが知っているわ。知らないのは兄さんだけ。そんなエリンが兄さんを裏切るわけがないのに」アニーはかぶりを振った。

　タイは妹の手を放し、再び肘掛け椅子に腰を落とした。パズルのピースがはまっていく。多くの謎が解けた。エリンは僕を愛していた。だから、キャビンで僕を受け入れた。彼女がバージンだったことは明らかだ。彼女は何年も僕を待っていた。しかし、その思いは打ち砕かれた。僕に裏切り者扱いされたことで。

「僕が耳を貸すべきだった。エリンの話を聞くべきだった！」

「ええ、そうね。でも、今となっては手遅れよ」アニーは髪をかき上げた。「私はサンアントニオで古い友人と食事をしてくるわ。帰りは遅くなるから」

「わかった」

タイは妹の言葉を聞き流した。頭の中ではエリンを解雇したときのことを考えていた。僕は彼女を脅した。告訴をちらつかせ、彼女の道徳観を嘲った。彼女は具合が悪そうだった。僕がデスクをたたいたときは、怯えて卒倒しかけた。

タイは息をのんだ。エリンは妊娠している。妊娠したのはあの夜か？　赤ん坊は僕の子供なのか？

タイはカレンダーを取ってきた。しかし、エリンとキャビンへ行った日付を覚えていないことに気づき、携帯電話で確認した。彼はメールで妹に頼んでいたのだ。ケータリング業者に連絡して、キャビンにエリンの好きな料理を用意させてほしいと。

ここからは探偵の仕事だ。慎重に事を進めなくてはならない。サンアントニオではだめだ。ヒューストンの〈ラシター探偵事務所〉に頼もう。ついでに入札情報をライバルに売った犯人についても再確認してもらおう。セカンド・オピニオンを求めるのは悪いことではない。僕が間違っていた可能性もあるのだから。

僕が間違っていた可能性。タイは目をつぶった。もしそうなら、僕はエリンの人生だけじゃなく、僕自身の人生までぶち壊したことになる。彼女は絶対に僕を許さないだろう。彼女は結婚した。今、彼女のおなかには子供がいる。そこが一番の問題だ。その子供が僕の子かどうか確かめなくてはならない。エリンが無実かどうかも重要な問題だ。僕は真実を知りたい。真実を知ってどうするかはあとで考えよう。この胸の痛みが薄れてから。

これほど重要な依頼を電話ですませるわけにはいかない。そう判断したタイはヒューストンへ飛び、デイン・ラシターと直接顔を合わせた。ラシターは伝説の男だった。最初はヒューストンで警察官として働き、テキサス・レンジャーに転身してから銃撃戦で瀕死の重傷を負った。それで肉体を酷使する警察の仕事ができなくなり、探偵事務所を設立して、業界一の評判を築き上げたのだ。

　中年になった今でも、ラシターは存在感のある男だった。彼の妻と娘もスキップ・トレーサーとして行方不明者を捜す仕事をし、息子はコロラド州で独自に調査をおこなっている。どうやら〈ラシター探偵事務所〉は家族経営のビジネスのようだった。

　タイがそう指摘すると、ラシターはくすくす笑った。「いつの間にかそうなったようだね。では、依頼内容を聞かせてもらおうか」

　タイは情報流出事件の概要をまとめたフォルダーと、ライバル企業から手に入れた宣誓陳述書を差し出した。

「ああ、あの連中か」ラシターが冷めた口調で吐き捨てた。「ハロルド・ブラッドリーの建設会社だな。前に彼らが関わった事件を扱ったことがある。他社に勤める若い女性が入札情報を持ち出し、二万ドルの金に換えた。もちろん、彼女の雇い主は彼女が犯人だとは知らなかった。手抜き工事で事故が発生し、責任者たちが法廷に引っ張り出されるまでは。結局、有罪にはできなかったが、ああいう手合いを野放しにしてはだめだ。でないと、いつか人命が失われることになる」

「我が社の情報も流出した。犯人として名指しされたのはエリン・ミッチェルだった。証拠はすべて彼女の犯行を示していた。あなたが手にしているのがそれだ。でも、今になって疑問が湧いてきた。本当にエリンの犯行だったのか、確かめたくなった」

「君は彼女をよく知っているようだね。彼女は金のために人を裏切るような人間か？」

「エリンとは親の代から家族ぐるみの付き合いをし

てきた。彼女は妹の親友だった」

「だった？」

「彼女は妹にも連絡をよこさなくなった」

仕事で鍛えた鋭い観察眼のおかげだろうか。ラシターはそれだけでおおよその状況を把握したようだ。

「なるほど。それで私にどうしてほしいんだ？」

「我が社の情報を売った真犯人を見つけてほしい。そして」タイはそこで言葉を切った。「もう一つ、お願いしたいことがある」

ラシターが辛抱強く待っている。

タイは自分のブーツを見下ろした。「エリンは妊娠している。死んだ夫の子供と言われているが」彼は視線を上げた。顔がこわばっていた。「僕は自分の子供だと考えている」

「それなのに、彼女は君に話さなかったと？」

「僕には黙っているつもりだろう」タイは目を逸らした。「僕は……彼女にきつく当たった。もし僕から妊娠のことを尋ねたら、エリンは何か裏があると考えるはずだ」

「君が中絶を要求するんじゃないかと？」

タイは歯を食いしばった。「ああ」

ラシターはタイに同情した。彼自身も似たような経験をしたからだ。「日付はわかるか？」

「彼女とキャビンへ行った日付なら。あと、彼女の居場所もわかっている。ワイオミング州のカーン郡だ」

「オーケー。あとはこっちで調べよう。もし彼女がワイオミングにいるなら、向こうで産科医の診察を受けているはずだ」

「でも、医者は患者の情報を口外しないだろう」

ラシターは微笑した。「方法はいくらでもある。具体的には言えないが。さっそく今日から始めよう。ただし今は仕事が立て込んでいるから、目処がつくのは一、二週間ほど先になるかもしれない」

「では、よろしく」タイは立ち上がり、ラシターの手を握った。

　エリンはギャビーに頼まれた仕事――デイン家の改築費用の見積もり――に取り組んでいた。ささやかな形でも自分の能力を発揮できるのは嬉しいことだった。数字と格闘していると、自分が解雇されたときのつらい記憶がよみがえった。その記録を振り払って、彼女は作業を続けた。

　そして二週間が過ぎた頃、エリンは費用見積もりをまとめ上げた。

　ギャビーは小躍りして喜んだ。「これなら私たちでも払えるわ！」そう叫ぶと、彼女は衝動的にエリンに抱きついた。「本当にありがとう！　この数字を見たら、パパも重い腰を上げるはずよ。実際、うちの屋根は今にも崩れ落ちそうなの。井戸小屋もぼろぼろだし、馬房も修理が必要だし」

　エリンは笑った。「元手があるなら、増改築ローンを利用してでも家を建て直すべきね」

「ほんと、そのとおりよ！」ギャビーは周囲を見回し、近くに誰もいないことを確かめた。「一つ訊いてもいい？　個人的なことなんだけど」

「いいわよ。何？」

「ジャスティンのことよ」ギャビーは下唇を噛んだ。「彼はよくあなたと一緒にいるでしょう。笑顔も前より増えたわ。もしかして……その……」

「いいえ」エリンは笑顔で否定した。しかし、その笑顔はすぐに消えた。「理由を知りたい？　それは私が愚かだからよ！　私は今もおなかの子供の父親を、ろくでなしの薄情者を愛しているの！」そして、彼女は泣き出した。

　ギャビーは彼女を抱きしめた。「その気持ちは私にもわかるわ。つらいわよね。本当に」

「知っているわ」エリンは泣きながら答えた。「あなたもつらい思いをしているのよね」

「私なんてただのゴミ扱いよ」

エリンはギャビーの耳元でささやいた。「彼はあなたの若さを気にしているのよ」

ギャビーの表情が明るくなる。「そうなの？」

エリンは涙を拭い、息を整えた。「あなたを見る彼の目つきでわかるわ。だから、今は辛抱して」

ギャビーはすっかり舞い上がっていた。「あなたはほかの人には見えないものが見えるのね」

「ええ。私の特技よ。肝心なときには役に立たなかったけど。あの薄情者！」

「落ち着いて。赤ちゃんがびっくりしちゃうわ」

「自分の父親がどんな男なのか、彼も知っておくべきよ。父親みたいにならないためにね！」

ギャビーはくすくす笑った。「今、〝彼〟って言ったけど」

エリンは肩をすくめた。「タイには妹がいるけど、親戚はほとんど男性ばかりなの。だから、男の子の確率が高いと思うわ」

「タイ。それがあなたの夫の名前なの？」

「いいえ。私が十六のときから恋をしていた男、私を裏切り者と決めつけて解雇した男の名前よ。だから、私は今ここにいるの。彼が穴に落ちて、ミミズの餌になればいいと思いながら！」

ギャビーは目を丸くした。「だけど、あなたの夫は……」

「私に夫はいないわ。でも、これは内緒の話ね。私は逃げたの。そうするしかなかったのよ」

「逃げる。私もそうしようかしら」ギャビーはため息をついた。「希望が見えないときは撤退するのも悪くないわよね」

「ええ」エリンはおなかを軽くたたいた。「男の子のような気がするけど、私は女の子がいいわ」

「結局、どっちでもいいんでしょう？」

「まあね。でも、もし女の子だったら、信頼すべき相手を解雇するような度量の狭い頑固者には育たないでしょう！」エリンはぶつぶつ言った。

「頑固な女の子もいるわよ」ギャビーが指摘した。

「そのとおり」戸口から低い声が聞こえた。「たとえば、自分の手に負えない牝馬に乗る頑固者とか」

　ギャビーはきっとジャスティンを見やった。「今日はベスに乗ってきたわ。私にもそれくらいの分別はあるのよ」

「ほかの馬たちが出払っていただけだろう」そう切り返すと、ジャスティンはエリンに向かって問いかけた。「これから郵便局へ行く。ついでに切手を買ってこようか？」

「なぜ切手を？　私には電話があるわ」

「誰かに手紙を書きたいんじゃないかと思って。赤ん坊のことについて」

　エリンは椅子の上で身じろぎし、牧場監督をにらみつけた。「私はこの子について誰かに手紙を書きたいとは思わないわ」

「そいつは残念だ。子供には親が二人いるのにな」ジャスティンが含みのある言い方をした。エリンの子供の父親が生きていることを、彼は知っているようだった。

　そのことに気づかないまま、エリンは息巻いた。

「父親がいないほうが彼は幸せなのよ」

「いるほうがいいだろう。たいていの場合は」

「私は手紙は書きません」

　ジャスティンは肩をすくめた。「メールでもいいと思うが」

「あなた、郵便局に行くんじゃなかったの？」エリンは彼をにらんだ。

　ジャスティンは帽子を目深に被った。「今から行く」そう言って、彼は去っていった。

　その背中をギャビーは熱いまなざしで見送った。

「だめだめ」エリンはささやいた。「恋心は隠しておきなさい。相手に知られたらろくなことにならないわ」

ギャビーは顔をしかめた。「そうね。でも彼があまりにゴージャスだから」

「まあ、不細工ではないわね」

「赤ちゃんの父親の写真はあるの？」ギャビーが尋ねた。「一枚だけ見せてくれない？」

エリンは携帯電話の写真アプリを開き、ギャビーに写真を見せた。それは去年のパーティで撮った一枚だった。タイは地味な紺色のスーツに身を包み、彼女をにらんでいた。彼女が写真を撮ろうとすると、タイはいつもそういう態度を取るのだ。

「彼は写真嫌いなの。彼の妹に協力してもらって、ようやく撮影できたのよ」

「とてもハンサムな人ね。赤ちゃんもかわいい子が生まれそうだわ」

エリンは携帯電話をしまった。「彼はハンサムだけど、私が地味だから」

「地味じゃないわよ」ギャビーは言った。「彼の話をしているときのあなたは輝いているわ」

エリンは長々と息を吸った。「薄汚いネズミ」

「その台詞、ジェームズ・キャグニーふうに言ってくれない？　私、ユーチューブで彼の古い映画を観たの。その中で彼が言ったのよ。凄みが効いてて最高だったわ！」

エリンは思わず笑った。「私もユーチューブで探して、観てみるわね」

「ぜひそうして。それじゃあ、私ももう行くわね。見積もりのこと、改めて感謝するわ。この借りはきっと……」

「友達からお金を取る気はないわ」エリンはきっぱりと断言した。

「うん、わかった。ありがとう」

「牝馬があなたを乗せて走り出したとき、ジャスティンは本当に心配していたのよ」

ギャビーは肩をすくめた。「彼は誰のことでも心配するの。でも、私のことはほかの人より少し余計に心配してるかも。今はそれで満足するしかないわ。パパは私が大学に戻ることを望んでいるの。もしこの状態が続くようなら、そうしようかな」

「辛抱よ」

「私は普通の人間よ。実現しそうにないことを待ってたら、頭が変になっちゃう。それに、待つことなら大学でもできるでしょう。じゃあ、またね！」ギャビーは立ち止まり、振り返った。「励ましてくれてありがとう。おかげで元気が出たわ」

エリンが答える前に、ギャビーは行ってしまった。

ラシターからの連絡はまだなかった。それでも、タイは探偵を雇ったことを妹に打ち明けた。

「やっと動いたわけね」素っ気ない口調でアニーは言った。

タイはポケットに両手を押し込んだ。「結果は最初に頼んだ調査会社と同じかもしれないが」

「そんなわけないでしょう」強い口調で突っぱねると、アニーはキッチンへ行ってしまった。

妹には言えなかったが、タイはラシターの報告を恐れていた。真実が明らかになれば、自分が非難される立場になりそうな予感がしていたからだ。しかし、真実は彼の予感をさらに上回るものだった。

タイがちょうど自宅へ帰り着いたとき、携帯電話が鳴った。番号を確認すると、発信者はラシターだった。

「何かわかったのか？」

「ああ、色々と出てきたぞ。複数の人間に関わる深刻な問題が。一番の問題は君が使った調査会社だ」

素っ気ない口調でラシターは告げた。「単刀直入に言うと、君の依頼を担当した調査員は賄賂を渡され、情報と関係者の署名を捏造していた。彼は二時間前に逮捕されたよ。まず間違いなく実刑になるはずだ。調査会社の代表は関与を否定しているが、彼の娘が関わっているから、裁判では苦しい立場に立たされるだろうね」

「ちょっと待ってくれ」タイは肘掛け椅子に腰を下ろした。「彼の娘？　彼女はうちの従業員だぞ！」

「君の会社に勤めながら、情報を売るという副業もやっている。以前勤めていたダラスの企業でも、産業スパイとして告発されたらしい。さる情報筋の話によると、彼女はエリン・ミッチェルのバッグから鍵を盗み、合鍵を作ったそうだ。その合鍵でひきだしを開け、中に入っていた入札の資料をコピーして、ライバル企業に売り渡したんだな」

　心臓が凍りつきそうだ。タイは呆然としてつぶやいた。「エリンの仕業じゃなかったのか」

「ああ。彼女は何も悪くない。むしろ、ミズ・テイラーを名誉毀損で訴えてもいいくらいだ」

「エリンはそういうことはしない」タイは力のない声で答えた。胃がむかむかしていた。「僕が知る中で最も寛容な人間だから」

「これだけひどい目に遭ったのに？」ラシターは聞き返した。「私が彼女の立場なら、絶対に許さないだろうね」

「その件はあとで対処する。ほかの問題は……」

「ああ、赤ん坊の件だな。ミズ・ミッチェルは結婚していなかった。夫が死んだというのは作り話だ。赤ん坊の父親は……ほぼ間違いなく君だな。彼女はサンアントニオの医者に、君以前には男性経験がなかったと説明している。だから、疑問の余地はないだろう」

　タイは目頭が熱くなるのを感じた。視界がかすむ。

そのかすみを消すために、彼は首を振った。「あなたには感謝しかない。いくら感謝してもしきれないくらいだ」

「私は雑な仕事をする同業者が好きじゃないんだ」ラシターは言った。「君もそうだろう。手抜き工事をする同業者はいやなはずだ。ところで、君が受注を逃したサンアントニオの大規模プロジェクトだが、二日前に壁が崩れて二名の作業員が死亡した。粗悪な材料を使った結果だ。工事を請け負った会社はただではすまないだろう。ハロルド・ブラッドリーは遺族から訴えられ、刑務所送りになるかもしれない。もしまた私に頼みたいことができたら、なんでも言ってくれ。今回の調査結果は今日中に発送する。明日の朝には君のデスクに届いているはずだ」

「楽しみに待っている」タイは嘘をついた。

　遠慮して廊下をうろついていたアニーが、リビングに入ってきた。「それで？」

　タイは大きく息を吸った。「エリンは僕を裏切っていなかった。犯人はジェニー・テイラーだ。彼女が父親の部下を買収して、情報漏洩に関する調査結果を捏造させたんだ」

「私は何度も言ったわよね。エリンは無実だって」

「それなのに、僕は聞く耳を持たなかった。エリンが別の会社に採用されると、その会社の社長に電話して、彼女が解雇されるように仕向けた」

「さすがは兄さんね」アニーは嫌味を言った。「なんてお優しいのかしら。もしかして弱った犬を蹴ったりもするの？」

　タイの顔が苦悩に歪んだ。「まだあるんだ、アニー」

「今度は何？」

　彼は虚ろなまなざしを妹へ向けた。「エリンの赤ん坊。彼女に夫はいない。赤ん坊は僕の子だ」

10

　アニーは真っ直ぐ兄を見据えた。「私は知っていたわ。エリンが兄さんを裏切らない理由を。知っていたけど、彼女の気持ちをくんで黙っていた。でも兄さんが彼女を悪者扱いしているのを見て、黙っていられなくなった。だから、なんとかして兄さんに伝えようとしたのよ」

「エリンは僕を愛しているのか」タイは目を伏せ、ぽつりとつぶやいた。

「ええ、昔からずっと。でも、今はわからないわ。あんなひどい目に遭っても、兄さんを愛しつづけられるかしら。私は無理だと思うけど」

　長いため息のあと、タイはかぶりを振った。「僕もそう思う」

「やっぱり、キャビンで何かあったのね」

　タイは落ち着かなげに身じろいだ。「僕はそのことでもエリンを愚弄した。でも、彼女が言ったんだ。酔った勢いで羽目を外したことは前にもあると」

「そんなの嘘よ」アニーは断言した。「エリンが男性と飲みに出かけたことは一度もなかった。そもそもデートすら避けていたわ。私、前に兄さんに言ったわよね？　エリンは生まれてから一度もバーへ行ったことがないって？」

「そうだったな」タイは椅子の背にもたれた。「ジェニー・テイラーは僕に付きまとっていた。僕は獲物として狙われているんだと思っていたが、彼女の目的は僕の目を眩《くら》ましてエリンに罪をなすりつけることだったのか」

「たいした女性よね。そういう人はバナナの皮で滑って転べばいいのよ！」

「ジェニー・テイラー」タイは悪態をつくようにその名前を口にした。「確かに何をするかわからない女だった。でもまさか、報告書を捏造するために調査員まで買収するとは。ちなみに、その調査員はすでに逮捕されたし、ジェニー・テイラーも産業スパイの容疑で捕まった」

「そう。でも、それでエリンの問題が解決したわけじゃないわ」

「花を贈ってみるか」タイは情けない声でつぶやいた。「あるいは子犬を。彼女に子犬をあげると約束したんだ。僕が彼女の人生をぶち壊す前の話だが」

「今は控えたほうがいいでしょうね」アニーは忠告した。「エリンは私への連絡すら絶っているのよ。兄さんのプレゼントなんて受け取るわけがないわ」

タイは顔をしかめた。「おまえにも連絡をよこさないのか？　まったく？」

「私からメールは送ったわ。でも、返ってきたのはハートの絵文字だけ。電話もかけてみたけど、彼女は一度も出なかった」

「でも、メールは届いているんだな」

「いちおうね」アニーは椅子に座った。「私がもっと強く主張すればよかった。もし調査結果を再確認するよう兄さんに迫っていたら……」

「結果は変わらないだろう。その時点で、僕はすでにいくつもの大きな過ちを犯していた」タイは自分のブーツを見下ろした。「いちおうメールだけでも送ってみようかな」

「メールを送るのはいいけど、赤ちゃんの話を出しちゃだめよ」

「わかっている。僕がその話を持ち出したら、エリンは中絶を迫られると思うだろう。あるいは、生まれた子供を僕に取られると」

「でしょうね」

タイの顔が歪んだ。「エリンはオフィスで目眩に襲われ、卒倒しそうになった。僕が腹立ち紛れにデスクをたたいたせいだ」喉が詰まった。無数の針をのみ込んだ気分だ。一分ほど沈黙してから、彼は続けた。「エリンは僕と口を利いてくれないだろう。それでも、やってみるしかない」

「なぜやってみたいのか、まずはその理由を考えてみたら？」アニーは提案した。「自分の気持ちがわからないうちはエリンに連絡しないで。憐れみや罪悪感から人と関わるべきじゃないわ」

「憐れみ」タイは冷たい声で笑った。「僕が憐れんでいるのは僕自身だよ。僕自身の愚かさだ。エリンが昔、僕に熱を上げていたことは知っていた。でも、その熱はとっくに冷めたと思っていた」

「気持ちを隠していただけよ。兄さんは彼女に関心がなかった。エリンはそのことを知っていたの」

「あとでエリンにメールを送ってみる。彼女が結婚し、夫を失った話をジェイコブズビルで聞いたということにして」

「うまくいくように祈っているわ。私も親友を取り戻したいから」冷ややかにアニーは付け加えた。

「努力する」タイは約束した。

彼をじっと見据えてから、アニーはかぶりを振った。「もし私が姪か甥に会うことすらできないとしたら、モズビー家の歴史上最悪の事態よ」

「直接向こうへ行ってみてもいいな」タイが独り言のようにつぶやいた。

「私ならやめておくわ。モードは散弾銃を持っているの。あの銃口を向けられたくはないわ」

「そこまでは考えていなかった。最近の僕は思考が鈍っているみたいだ」タイはポケットに両手を押し込み、書斎へ向かった。

アニーは悲しみとともにその背中を見送った。兄さんがどんなに努力しても、エリンから返事が来るとは思えないわ。運がよければ、絵文字くらいは送られてくるかもしれない。たぶんろくな絵文字じゃないだろうけど。

その夜、タイはついに覚悟を決めて、エリンにメールを送ることにした。エリンの電話番号はわかっていた。幸い、ブロックもされていないようだった。彼からの連絡はないと決めつけて、ブロックしていないだけかもしれないが。

タイは何時間も考えた。メールで何を伝えればいいのか。どうすれば二人の間にできた距離を少しでも縮められるのか。彼はエリンが恋しかった。会社でも自宅でもエリンのことばかり考えていた。

今日、彼は帰宅途中にエリンの家の前を通りかかった。〝売り家〟の看板は撤去されていたが、まだ人は住んでいないようだった。エリンは父親と我が家と仕事を失った。すべてを失った。彼がエリンを信じなかったせいで。最後に会ったとき、エリンは言った。もし立場が逆だったら、私は命がけであなたを守ると。あなたはいつか真実を知る、そのときはもう手遅れだと。

携帯電話をもてあそびながら、タイは考えつづけた。短いメールでこの思いを伝えるにはどうすればいいのだろう？ いや、メールでは無理だ。エリンに会いたい。じかに話をしたい。抱擁したい。彼女の中で育ちつつある小さな命を思うと、胸が熱くなる。僕は子供が大好きだ。自分が父親になることは考えていなかったが、名付け子たちのことはかわいがってきた。自分の子供を腕に抱くのはどんな気分だろう？

でも、僕は我が子を抱けない。エリンの信頼を取り戻さない限り。

考えているだけでは何も変わらない。とにかく行動あるのみだ。タイは携帯電話に短い文章を打ち込んだ。〝僕が間違っていた。本当に後悔している。

話せないか?〟

　メールを送信し、彼は待った。ひたすら待ちつづけた。そして三十分が過ぎた頃、二つの返信を受け取った。一つ目は怒った顔の絵文字だった。口がテープで塞がれているのは、悪態を我慢しているという意味だろう。二つ目は彼の番号がブロックされたことを伝える通知だった。

　タイは携帯電話を振り上げた。こんなもの、壁に投げつけて壊してやりたい。でも壊したところでなんになる?　エリンがこういう反応をするのは最初からわかっていたことだ。これでメール作戦は使えないことがはっきりした。でもアニーなら、そのうちエリンと連絡を取れるようになるかもしれない。アニーにならエリンも心を開くかもしれない。

　僕にはその間にやるべきことがある。ジェニー・テイラーの裁判に向けた準備だ。きっといい憂さ晴らしになるだろう。


　ワイオミングの美しい秋が駆け足で過ぎようとしていた。エリンはモードと穏やかな日々を送っていた。夜はテレビの前で赤ん坊のものを編み、昼は牧場の周辺を散歩した。ジャスティンと歩くときもあれば、カウボーイの妻たちと歩くときもあった。

　タイから短いメールが届いた日、エリンはそのことをモードに話した。「勝手すぎると思わない?　私にあんな仕打ちをしておいて、今さら話がしたいなんて」

「歩み寄れば戦争は防げる」皮肉っぽい笑みとともに、モードはそれだけ言った。

「タイと話すくらいならツタウルシの中を裸で転げ回るほうがましよ!」

　モードは遠いまなざしになった。「死んだ夫を思い出すわ。彼とはよく喧嘩をしたけど、喧嘩のあとの仲直りが楽しかった」

「この喧嘩に仲直りはないわ」

「じゃあ、おなかの子供が小学生になって、発表会のためにパパのことを知りたいと言ったら、あなたはどう答えるの？　子供には親が二人いるのよ。それを隠しておくのはフェアじゃないわ。タイは最低のろくでなしかもしれない。でも、大の子供好きだわ。子犬たちのこともあんなに大切にしているじゃないの」

子犬。タイは私に子犬をくれると約束した。でも、そのあと私は家を失い、パパを失った。仕事を失い、愛までも……。あふれ出た涙がエリンの頬を濡らした。

「まあ、だめよ」モードは彼女を抱擁した。「泣いちゃだめ。大丈夫。きっとうまくいくから」

「彼は私と一緒にいるべきなのよね」エリンは涙声で訴えた。「赤ちゃんがおなかの中で育つ間も。生まれるときも。初めてしゃべるときも！」

「赤ちゃんのことを隠しつづけても、あなたがつらい思いをするだけよ。向こうは知らないんだから、隠されたって痛くも痒くもないわ」

エリンは怯えた目でモードを見返した。「でも、もし彼が中絶を望んだら？」

「タイが？　あの小さいものが大好きな人が？」

確かにそうね。タイは小さいものには優しいわ。子犬にも。子猫にも。子馬にも。人間の赤ちゃんにも。牧場のスタッフが子供のものを必要としているときは、必ず資金援助をしてきたし、その子供たちの名付け親にもなった。彼は小さいものが大好きなのよ。だから、小さいものを傷つける人間が許せないんだわ。

エリンはまた泣き出した。

「よしよし」モードはなだめた。「私はもう何も言わないわ。でも、よく考えてみて」

エリンは目をこすった。「あなたには感謝しかないわ。あなたは住む場所と仕事をくれた。この恩にどうやって報いたらいいのかしら？」

「そんなことは気にしないで」モードはため息をついた。「遺言書を作成する前に、あなたのことをもっとよく知っていたかったわ。私はワイオミングで暮らす大姪にすべてを譲ることにしたの。都会暮らしが好きでここに住みたがるとは思えない大姪に、この家を託してしまったの」彼女は視線を上げた。「大姪もいい子なのよ。あなたと同じくらい。家族がいないのもあなたと同じね」

「悲しい話ね」

モードはうなずいた。「私も二十代で両親を亡くしたのよ。そのあと夫と出会って、結婚して。とても幸せだったわ。一昨年までは。夫は納屋から馬を引き出していたときに心臓発作を起こして、すぐに救急車を呼んだけど助からなかった。救急処置室のドクターにはほぼ即死だったと言われたわ」

「残念だわ」

「ええ、本当に残念。でも、生きていれば必ず試練に出会う。その試練を乗り越えることで、私たちは強くなっていくのよ」

エリンは大きくうなずいた。「その分、悲しみも増えていくけど」

「確かにそうね」モードは自分の席へ戻り、刺繍を手に取った。「明日があると思っちゃだめよ。先のことは誰にもわからないんだから。昨日は思い出。明日は希望。私たちに約束されているのは、今この瞬間だけなの。そんなふうに考えると気持ちが楽になるわ。特に傷ついているときはね」

「覚えておくわ。でも、私はまだ和平交渉をする気分じゃないの」

「いつかそのときが来るわよ」瞳をきらめかせて、モードは断言した。

しかし、そのときはまだ訪れていなかった。秋が深まり、牧場全体がクリスマス・モードに切り替わると、エリンは過去のクリスマスを思い出すことが増えた。タイとアニーの両親が生きていた頃も、そして彼らが亡くなったあとも、彼女はモズビー家でクリスマスイブを過ごしていたのだ。

クリスマス前のジェイコブズビルは最高に楽しかった。毎年キャトルマンズ・ボールが開かれ、地元の動物保護団体の資金集めパーティもあって、私もアニーやタイとともに参加していた。当時のタイは私に目もくれなかった。そもそも女性に興味を示さなかった。それが数年前から様子が変わった。そわそわと落ち着かなくなった。ようやく大人になったのよ、とアニーは言っていたけど。

そしてタイはルビー・ドーズと出会い、結婚したいと考えた。でもルビーは彼をだまして、あざ笑っていた。最後には石ころのように彼を放り捨て、カリフォルニアへ帰っていった。

それからタイは女性と遊ぶようになった。今では女たらしとまで言われている。だから、ジェイコブズビル近辺の真面目な女性たちは彼に近づこうともしない。

タイは保守的な人ではない。家庭に落ち着く気もなさそうだ。それでも、私は彼と生きていきたいと願っていた。だけど今は、子供のために生きたいと思っている。胎動を感じるたびに胸がときめく。夜は赤ちゃんに話しかけて、子守歌を歌っている。早くこの子を腕に抱きたい。あやしたり、ミルクを飲ませたりしたい。母になりたい。

エリンは自分の母親のことを考えた。亡き母親は家族を大切にする真面目で優しい女性だった。一攫千金を夢見る夫のせいで苦労が絶えなかったが、彼女は穏やかに夫を諭し、危険な道から引き戻した。エリンの父親は様々な仕事をしていた。一番長く続いたのは便利屋の仕事だ。しかし、妻が亡くなる頃には便利屋稼業にも飽きていた。その後、彼は働くことがいやになり、デイトレードに興味を抱いた。そして専門知識もないままデイトレードを始め、自分と娘の人生を破壊したのだった。

そういえば、ミスター・ジョーンズが謝っていたわ。パパがデイトレードに興味を持ったのは、自分がデイトレードで儲けていたせいだろうと。私は何も知らなかった。パパがミスター・ジョーンズと隔週でコーヒーを飲んでいたことも。ミスター・ジョーンズがママと知り合いだったことも。私が仕事にかまけていたせいね。仕事を始めて以来、私はタイのことしか頭になかった。だから、我が家で起きつつある異変に気づくことができなかった。

そして、パパは自分が家計を管理すると言い出した。私は喜んで小切手帳を預けた。ばかな真似をしたものだわ。もし銀行へ足を運んで、口座の残高を確認していたら。もし銀行の取引明細書に目を通していたら。もしパパに毎日ランチ代をねだる理由を尋ねていたら。もしローンの件をパパに任せきりにしなかったら。エリンはうめいた。これは私の不注意が招いた結果でもあるんだわ。

私はタイのことばかり考えていた。毎日オフィスで彼と顔を合わせ、彼の低い声を聞き、報われない恋に悶々としていた。つまり、私は奇跡を求めて、人生を無駄にしていたのよ。タイは私を愛していない。私を愛したことなど一度もない。キャビンでの出来事も彼にとってはただのセックスだった。それがわかっていたから、私は遊び慣れたふりをした。彼を罪の意識から救うために、完璧だった私の評判に自ら傷をつけた。

あのときの私は頭がどうかしていたのね。でも、今の私はワイオミングにいる。安全で幸せな日々を過ごしている。知り合いも増えたし、ずっとここにいたいくらいだ。ドラッグストア、カフェ、郵便局、クリニック。どこへ行っても、顔見知りがいる。しょっちゅう家へ遊びに来ないかと誘われる。モードがかぎ針編みの毛布やベビー服をもらってくることもある。ケイトローで暮らすのもなかなか悪くなさそうだわ。

ただ、ここにはアニーがいない。テキサスに戻りたいとは思わないし、タイの顔なんか二度と見たくない。あの短いメールから判断して、彼は誰かから真実を知らされたのだろう。向こうの状況は気になる。でも、タイやアニーと連絡を取るつもりはない。タイがいないほうが私の人生は安全なのよ。そのためにはアニーを、私の唯一の親友をあきらめなければならないけれど。

クリスマスが近づいてきた。エリンはキッチンでモードとクッキーを作っていた。破水が起きたのはそのときだった。彼女は思わず悲鳴をあげた。

落ち着かせるために、モードはエリンの肩を軽くたたいた。バスタオルを二枚取ってくると、一枚を床に広げた。もう一枚を椅子に敷いて、そこにエリンを座らせた。

「ここでじっとしていて」そう言うと、モードは携帯電話を取り出し、九一一に通報した。

すぐに救急車が駆けつけた。エリンにはこれといった自覚症状がなかった。昨日からずきずきするような軽い痛みがあっただけだ。しかし病院に到着する頃には、その痛みは感電したような激痛に変わっていた。彼女は歯を食いしばり、絶叫したいのを我慢した。

病院に着いてからは検査の連続だった。赤ん坊の位置を確認するためのスキャナー検査もおこなわれた。そこで問題が発覚した。

「オーケー」ドクター・タナーが冷静な口調で告げる。「問題が二つある。一つ目は子宮口が開いていないこと。二つ目は赤ん坊の位置に異常が見られることだ。私は帝王切開を選択したい。それも、今すぐに」

「帝王切開……」エリンは愕然として医師を見つめた。「私、保険に入っていないの！」

「その件はあとで話し合おう。まずは赤ん坊を無事に誕生させることだ」ドクター・タナーは微笑した。「大丈夫。私に任せなさい」

「わかったわ。すべてドクターに……」強い痛みが襲ってきた。エリンは歯を食いしばって悲鳴を押しとどめた。

「では、準備に取りかかろう」そう言うと、ドクター・タナーは看護師を呼ぶために出ていった。

一方、モードはエリンの携帯電話を手にして、届いたメッセージをスクロールしていた。タイの番号はブロックされていてわからなかったが、アニーの番号はわかった。

モードはその番号にメールを送った。

〝モードよ。エリンはカーン郡医療センターにいるわ。これから帝王切開手術が始まるの。タイには内緒にして。でないと、私がエリンに殺される〟

すぐに返信が来た。〝どのみちタイは国外にいるわ。私は飛行機を手配したところ。私は行くわよ。エリンがなんと言おうと！〟

モードは小さく笑いながらまたメールを送った。

〝あなたはいい友達ね。こっちに着いたらメールで知らせて。ジャスティンに空港まで迎えに行かせるから〟

〝ジャスティンを見分ける方法は？〟

〝簡単よ。身長百八十五センチ。体重九十キロ。大きな足にブーツを履いて、大きな白いカウボーイハットを被っているわ〟

最後にアニーがよこしたのは笑い顔の絵文字だった。

ドクター・タナーが待合室に入ってくるまで、モードは生きた心地がしなかった。

「エリンは無事だ」開口一番、ドクター・タナーは言った。緊張から解放されたモードは、笑いながらかぶりを振った。「一時間ほど回復室で様子を見て、それから病室へ移すことになる。赤ん坊に会いたいかね?」

「もちろん!」モードは立ち上がった。「男の子なの? それとも女の子?」

「男の子だよ。三千五百四十グラムの健康な男の子だ。私が新生児室まで案内しよう」

医師と並んで歩きながら、モードは言った。「ほっとしたわ。エリンはよく散歩に行くから、その最中に陣痛が起きたらと、みんな冷や冷やしていたの。あなたに勧められたラマーズ法の教室にも通わなかったし」

「あれは好みが分かれるからね」ドクター・タナーは言った。「それに、彼女にはちょっとした問題もあった。だから無理強いはしたくなかった」

「ちょっとした問題? あんなにぴんぴんしているのに?」

「エリンに口止めされていたんだが、彼女の心臓には少し気になる点があってね」医師は堅い表情でモードに視線を投げた。「だから念のために、手術中は心臓の専門医を待機させておいた」

「そう」モードは足元がふらつくのを感じた。彼女の一族には心臓に問題を抱える者が多かった。エリンの母親も心臓発作で亡くなっている。「これは遺伝的な問題なのかも……」

「そのうちエリンから君に話すだろう」ドクター・タナーは大きなガラス窓の前で立ち止まり、看護師に合図を送ってから、新生児室でただ一枚の青い毛布を指さした。

モードは笑った。「みんな女の子なのね」

「あの子以外はね。今日、私は三人の赤ん坊を取り上げた。ドクター・ハモンドは二人だ。そのうち四人は女の子だった」

「エリンは女の子がいいと言っていたのよ。でも、赤ちゃんのものは全部黄色い糸で編んでいたわ」

「黄色、大いにけっこう」ドクター・タナーはくすくす笑った。「さて、私は回復室へ戻るとしよう。じゃあ、また」

「ええ、また。本当にありがとう！」

ドクター・タナーが手を振った。しかし、モードは青い毛布に包まれた小さな赤い顔しか見ていなかった。赤ん坊は目を開けていた。その目はモードへ向けられていた。この瞳。モードは笑みを漏らした。タイ・モズビーと同じ色だわ。

11

エリンはうっすらと目を開けた。頭がぼんやりしている。部屋に入ってきた看護師が何か言った。彼女の肩を軽くたたき、ほほ笑みかけた。エリンはたじろぎ、力のない声でうめいた。

「心配しないで。私が対処するから」そう言い残して看護師は消えた。しかしすぐに戻ってきて、エリンの肘の挿管に注射をした。「これで痛みは治まるはずよ」

「私の赤ちゃん」エリンはささやいた。

看護師は笑みを浮かべた。「男の子よ。頑丈そうな男の子。新生児室の白一点なの」

「男の子」エリンは微笑し、再び意識を失った。

次に意識が戻ったときには、病室へ移る準備が始まっていた。

「病室へ移ったら、私の赤ちゃんに会える？」

「もちろん、会えるわ」看護師は断言した。「お見舞いの人たちも来ているわよ」

「のっぽの男性も一緒？」

「熊みたいな男性なら」看護師が冗談ぽく答えた。

エリンは小さな声で笑った。

病室への移動にはストレッチャーが使われた。彼女は清潔なシーツの上に横たえられ、点滴のチューブにつながれた。

作業を終えると、看護師が尋ねた。「何か質問はある？」

「あの……これは」エリンは決まり悪そうにつぶやいた。

「この管？」看護師がにっこり笑う。「用を足したいときはそのまま出して。この管を通って、ここに入るから」彼女は透明な容器を示した。「大きいほうのときは私たちを呼んで。おまるを持ってくるわ。絶対にベッドから出ようとしないこと。このベッドはアラーム付きで、あなたが片足を床につけたらアラームが鳴り響くようになっているのよ」

エリンはため息をついた。「わかったわ」

「さあ、いよいよご対面よ！」青い毛布を抱えてきた同僚を見て、看護師は声を張った。

「私の赤ちゃん！」エリンは叫んだ。隣に横たえられた赤ん坊を見るために、うなりながらもなんとか体の向きを変えた。「なんて……かわいいの」彼女はささやいた。今にも涙があふれそうだった。

「名前はもう決めたの？」

エリンはうなずいた。「私の父親のミドルネームがキャラウェイだったの。そして私の……もう一つのミドルネームはリーガン。だから、キャラウェイ・リーガン・ミッチェルよ」

「リーガンは亡くなった夫のミドルネームね」

いいえ、タイのミドルネームよ。エリンは悲しげに微笑した。「ええ」

「立派な名前だと思うわ」看護師が言った。

「でも、私はカルと呼ぶつもりよ」

「いいじゃない」

「でしょう？　本当は母乳を飲ませてあげたいんだけど、手術の傷跡が痛くて……」

「その点については考慮ずみよ。ドクター・タナーと相談してから決めてもいいけど、いちおうミルクを持ってきたわ。はい、どうぞ」

エリンは感謝とともに哺乳瓶を受け取り、赤ん坊の口へ運んだ。「ずいぶん小さいのね。赤ちゃんがこんなに小さいなんて知らなかったわ」

「すぐに大きくなっちゃうけど」看護師は笑った。「私は子供が三人いるの。みんな、もう十代よ。あの子たちが生まれたばかりの頃が懐かしいわ。当時は抱っこで持ち運べたのに！」

エリンも一緒になって笑った。

そのとき、ドアがわずかに開き、モードが遠慮がちに顔をのぞかせた。彼女は笑って後ろを振り向いた。「哺乳瓶よ。みんな、入れるわ！」

エリンは牧場の人たちだろうと思っていた。しかし、病室に入ってきたのはアニーだった。

エリンは思わず泣き出した。「ああ、アニー」

アニーはそっと親友を抱擁した。授乳の邪魔をしないように気遣いながら。「夫を亡くしたなら、そう言ってよ。すぐに駆けつけたのに！　力になれなくてごめんなさい。本当に……」

「大丈夫。もう平気だから」エリンは友人を抱きしめ返そうとした。しかし、痛みのせいで腕を上げられなかった。小さな男の子を示して、彼女は問いかけた。「かわいい子でしょう？」

「最高にかわいいわ」涙を拭いながらアニーは笑った。「名前はもう決めたの？」

「ええ。パパの名前を取って、キャラウェイにしたわ」エリンは答えた。看護師が赤ん坊のミドルネームを明かさないことを祈りながら。もしリーガンだと知ったら、アニーはすぐにぴんと来るだろう。

「キャラウェイ。いい名前ね」アニーは言った。

「どうしてここがわかったの？」エリンは質問した。

モードが前へ進み出た。「私のせいよ」

「でも、あなたにはアニーの連絡先を教えていなかったのに」

「あなたの携帯電話で調べたの」モードはポケットからエリンの携帯電話を取り出し、充電器を外してベッドに置いた。「充電もしておいたわ」

「私も予備の充電器を持ってきたのよ」アニーは自分のバッグを探った。取り出した充電器を壁のコンセントにつなぎ、ベッドの柵にコードを巻きつけた。

「これなら手が届くでしょう？」

「ええ。携帯電話のケースをバッグに入れておいたんだけど、そのバッグは……」

モードがベッドの脇のロッカーを開けた。バッグはそこに入っていた。「はい、これ。紐付きのケースなのね。ちょうどよかった」ケースの紐をベッドの柵に固定してから、彼女はそこに携帯電話を入れた。「これならなくす心配はないわ」

「二人とも、ありがとう」エリンは礼を言った。しかし、その視線は赤ん坊に向けられたままだった。

戸口に立つジャスティンも、赤ん坊をしげしげと眺めていた。「赤ん坊を間近で見るのは初めてだが、ハンサムな小悪魔って感じだな」

「ありがとう」エリンは答えた。「アニーとはこれが初対面よね？」

「いや、僕が空港まで彼女を迎えに行った。なかなか茶目っ気のある女性だね」

「あなたには負けるけど」アニーが言い返した。

「ご覧のとおり、仲良くやっているわ。アニーが彼にジンジャーエールをかけようとしたとき以外は」モードは説明した。片手を挙げて、エリンの質問を制した。「些細な事故よ。蒸し返す必要はないわ」

「そのとおり」アニーが相槌を打つ。

ジャスティンも無言でうなずいた。

「コーヒーを飲みたいが、ここにはないようだな。一緒に来るだろう、モード？」

「ええ、コーヒーを飲んだら、三人で牧場に引き揚げましょう」

「三人で？」エリンは問いかけた。

「私はあなたから離れないってことよ」アニーは宣言した。「それに、パイロットはもうジェイコブズビルへ帰したから、私が家に帰るには歩くしかないわ」

「よく言うわ、航空会社の株主様が。航空券を買いなさいよ」

「手元に現金がないのよ。クレジットカードもシュレッダーにかけちゃった」

「嘘ばっかり」

「だから家へ帰る気になるまでは、モードのところに泊めてもらうわ」

　タイのことを気にしながらも、エリンは反論の言葉をのみ込んだ。

　モードはすぐに察した。「また戻ってくるから」そう言うと、ジャスティンを追い立てるようにして、病室から出ていった。

　アニーはベッドのかたわらに座り、赤ん坊を見つめた。「この子は大切な宝物ね」彼女の表情が曇る。「この子の父親もここにいられたらよかったのに。あなたの夫のことを聞いたときは本当に驚いたわ。結婚したこと、なぜ私に黙っていたの？」

「急な話だったから」エリンは嘘をついた。「彼とはサンアントニオで知り合ったの。彼は休暇でワイオミングへ戻る途中だった。知り合って一週間ほどで、ワイオミングに来て妹に会ってほしいと言われたわ。でも彼は急な召集でアフガニスタンへ戻ることになって。それで、急いで結婚したの」

「赤ちゃんのことはいつ気づいたの？」

　エリンはため息をついた。「そのすぐあとよ。私はミスター・パーリンの会社で働いていた。いい仕事だったけど……」

「何があったかは知っているわ。タイも深く反省して、ヒューストンの探偵事務所に再調査を依頼したの。それでジェニー・テイラーが前の会社でも情報を流出させていたことがわかったのよ」

「あの調査結果は……」

「ジェニーが父親の部下をたぶらかして、あなたに罪を着せる書類を捏造させていたの。気の毒なのは彼女のパパよ。彼自身は誠実な人なのに、これで彼の調査会社の評判はがた落ちだわ」

「そう」エリンはため息をついた。「私は前から思っていたのよ。ジェニーは愛想がよすぎるって」

「本当に大変だったわね。ごめんなさい」アニーは力のない声でつぶやいた。

「あなたは何も悪くないわ」

「あなたがミスター・パーリンに解雇されたのは私のせいよ。私がバーバラから聞いた話をしゃべったから。本当にごめんなさい！」

「わざとやったわけじゃないでしょう。あなたは私の親友よ。あなたがここに来てくれて本当によかった」エリンは涙をこらえた。「私にはモードとジャスティンしかいなかったから」

「でも、二人とも頼れる味方だわ」アニーは微笑した。「私はあの二人が好きよ」

「私も」エリンは哺乳瓶が空になったことに気づいた。「この子にげっぷをさせないと。でも、起き上がれない状態でどうやればいいのかしら？」彼女は少し考えた。「わかったわ」そう言って赤ん坊をうつ伏せにし、肩甲骨の間をさすった。赤ん坊がげっぷをした音で二人は笑った。

「服が汚れちゃったわね。ちょっと待ってて」

アニーが看護助手を呼んできた。看護助手はすぐに状況を理解し、問題に対処した。

「赤ちゃんのげっぷもさせましょうか？」

エリンはにんまり笑った。「必要は発明の母よ。うつ伏せにして背中をさすったら出たわ」

「母は強しね！」看護助手はエリンに向かって親指を立てた。

あとからやってきた看護師がエリンの顔色に気づいた。「そろそろ休んだほうがいいんじゃない？　今、薬を用意するわ」

看護師が助手に指示を出した。母親の盛大なキスを受け、赤ん坊は新生児室へ戻っていった。

「ジャスティンとモードが戻ってきたら、私も二人と一緒に帰るわね」アニーが言った。「それとも、ここに残ったほうがいい？　私はどっちでもかまわないけど」

　エリンはふっと息を吐いた。「ありがとう。でも私、本当にくたくたなの。この二週間はあまり眠れなかったから」

「無理もないわ」看護師がエリンに薬と水を手渡した。「これをのんで。早く元気になるために」

　エリンは微笑した。「ありがとう」

　アニーは考えていた。エリンの様子がおかしい。どうやら手術の影響だけじゃなさそうだわ。少し調べてみるべきかしら。エリンにはモードという頼もしい身内がついている。でも私だって、赤ちゃんにとっては血のつながった叔母なんだから。

　アニーは携帯電話で撮った母子の写真を友人に見せた。

「よく撮れているわ」エリンは微笑した。「この写真、私ももらっていい？」

「もちろん。すぐにメールで送るわ」携帯電話を操作すると、アニーは自分の荷物をまとめた。「あなたが休めるように、私はいったん撤退するわね。でも明日の朝には戻ってくるから、それまでに体力を回復させておくのよ」

「ほんと、お節介なんだから」エリンは笑みを浮かべ、ブロンドの髪に縁取られた友人の顔を見つめた。「あなたが来てくれてよかった」

「来るに決まっているでしょう。私の……」一瞬口ごもってから、アニーはさりげない口調で続けた。「私の親友の息子が生まれたんだから」

　エリンはそのことに気づかなかった。「あなたがいるのといないのとでは大違いよ」

「あなたは夫を亡くしたんだものね」アニーは悲しそうな表情を作った。「一人で子供を産むのがどれほど大変なことか、私にも想像がつくわ」

エリンはタイのことを考えた。思わず泣きそうになった。タイが我が子に会うことはない。我が子の存在を知ることさえない。身から出た錆だとわかっているけど、それでも考えてしまう。もし事情が違っていたらと。もしタイが女性不信じゃなかったら。もし彼が私を愛してくれていたら。もし彼と結婚したあとに子供が生まれていたら。

でも、今さら後悔しても仕方ない。赤ちゃんのために私は強くならなくては。妊娠中に心臓に問題が見つかったけれど、今のところ私は元気だわ。ただし、先のことはわからない。あの子はまだ生まれたばかりよ。もし私とモードに何かあったら、あの子は……。いえ、そのときはアニーがいるわ。

アニーならきっと力になってくれる。

手に触れられて、エリンは我に返った。アニーが笑顔で話しかけてくる。「私はもう帰るけど、くよくよ考えちゃだめよ。きっとすべてうまくいくわ」

「本当にそう思う？」

「ええ」アニーは友人の手を軽くたたいた。「じゃあ、また明日。よく眠るのよ」

「努力するわ。ありがとう」

「あなただって私のために同じことをしたはずよ」アニーは指摘した。

「当然じゃない」エリンはきっぱりと言い切った。

トラックに乗り込むと、アニーはモードに礼を言った。「私は何度もメールを送ったの。でも、エリンは返事をくれなかった。あなたがいなかったら、私は何も知らないままだったわ」

「お節介を焼くなら今しかないと思って」モードはそこでためらった。「実は気になることがあるの。エリンは産科のドクターから薬をもらっているらしいのよ。分娩室には心臓の専門医も待機していたという話だし」

「心臓」アニーはうなった。「彼女のママは心臓発作で亡くなったの」

「うちの一族はみんなそうよ。そういう体質なんでしょうね」モードは答えた。「ねえ、アニー、もし私の身に何か起きたら、エリンは独りぼっちになってしまうわ。私の財産はすでに大姪へ譲ることが決まっているの。牧場は絶対に売らない、ジャスティンに牧場監督を続けさせる、という条件で。大姪がここに住むことはないし、ジャスティンがここを離れることもない。だから、それが一番いい形なのよ。でもエリンは住む家も仕事も失ってしまう」

「そのときは私がなんとかするわ」アニーは微笑した。「実は私、何度もこっちへ来ようとしたの。でも毎回ぎりぎりであきらめた。私は怖かったの。エリンに目の前でドアを閉められることが。ここに来られたのはあなたの魔法のおかげよ」

「モードはクローゼットにとんがり帽子を隠しているからな」ジャスティンが真顔で冗談を言った。

「あなたは黙ってて」モードが言い渡した。「これ以上問題を起こさないで。お客様にジンジャーエールをかけるなんて……」

「頭に血が上っているみたいだから冷やしてやろうと思ったんだ」

アニーは声をあげて笑った。「ほんと、うちの兄みたい」

「最悪なところがね」モードが目をくるりと回した。

「今はそこまでひどくないわ」アニーはため息をついた。「すっかりおとなしくなって、こっちが心配になるくらいよ」

「訴訟のせい？」

「エリンのせいよ。タイは彼女にメールを送ろうとしたの」

「知っているわ。エリンにブロックされたのよね」

「それ以来、タイはずっと落ち込んでいるわ。まあ、自業自得なんだけど。兄さんは人の話を聞かないの。私は言ったのよ。エリンは絶対に兄さんを裏切らないって。それなのに、タイは考えなしに行動してしまったの」

「厄介な性格ね」モードは笑った。

「でも、今は違うわ。今は自分のおこないを反省して、エリンに償いたいと思っている。だから私は距離を置くように言ったのよ」

「距離を置く？」モードが聞き返した。「どうして距離を置かなきゃならないの？」

「兄さんに対するエリンの気持ちは、あなたも知っているわよね」

「もちろん」

「でも、兄さんは自分の気持ちがわかっていないみたいなの。そんな状態でエリンに近づかせるわけにはいかない。罪悪感からじゃだめなのよ」

モードはうなずいた。「賢明な判断ね」

「私もそう思うわ」アニーはバッグをもてあそんだ。

「キャラウェイっていい名前よね」

「ええ。ミドルネームのリーガンも……」モードはあわてて口をつぐんだ。

アニーは彼女を見据えた。「知っていたわ。親友のことは全部わかっているから。エリンは昔から兄さんに恋をしていた。彼女がほかの男性の子供を身ごもるなんて、絶対にありえないことなのよ」

「そうね。でもエリンには黙っていて。あなたのお兄さんにも言わないで」モードは念を押した。

「ええ。タイにも言わない」アニーは嘘をついた。

「それがいいわ。人の問題に首を突っ込んでも、ろくなことにならないから」モードは牧場監督に視線を投げた。「特に男女の問題には。世の中には片想いから逃げる人もいるのよね」

「賢い選択だ」ジャスティンが素っ気ない口調で切

り返した。

　アニーはこのやり取りを聞いていたが、二人がなんの話をしているのか、さっぱり理解できなかった。

「彼女は大学が好きみたいね」モードがさりげない口調で続けた。

「大学には若い男が大勢いるからな。どれでも選び放題だ」

「もういい人が見つかったみたいよ。気をつけて、ジャスティン」モードはあわてて注意した。タイヤが軽くスリップしたからだ。

「いい人？　どんな奴だ？」

「南米から来た医学生。とても優秀な人で、彼女の研究を手伝ってくれているの」そこでモードはアニーに説明した。「彼女というのは隣の家の娘ギャビーのことよ。ギャビーは獣医師を目指しているの。必修科目はほぼ終わっていて、今は獣医学の専科にいるのよ。彼女の新しい友人も同じ専科にいたけど、途中で人体解剖学へ移ったんですって」

「成績優秀なのね」アニーは笑った。「タイもそうだったわ。数学のクラスでは常に上位だった」

「僕も二十までなら数えられるぞ。手と足の指を使えば」ジャスティンが茶々を入れた。

　アニーはただ笑っていた。

　タイはまた長期出張で家を離れていた。出張から戻ってみると、アニーの姿が消えていた。

　彼が妹の所在を尋ねても、ミセス・ダブスは肩をすくめるばかりだった。「さあ、どこにいるのやら。残されたメモには、ニューヨークへ買い物に行くって書いてあったけど。それより、あなたに報告したいことがあるのよ」独り言のように付け加えると、家政婦は彼を書斎へ誘導した。

「なんだ？」

「ほら、これ！」

タイはデスクに近づいた。椅子の後ろ側のカーペットがぼろぼろに裂けていた。椅子の一部もかじられ、中の詰め物が床に落ちている。デスクの脚にもかじられた跡があり、床と壁の境目に貼られた幅木も悲惨な状態だった。

「ああ、またか」タイはうなり、ジャーマン・シェパードの子犬を振り返った。

ボーレガードが駆け寄ってきた。子犬は盛大に尻尾を振り、嬉しそうに吠えた。それからタイの足元に座り、愛情あふれるまなざしで彼を見上げた。

「この悪党め」タイは怒ったふりをした。子犬を抱き上げ、その頭に顎を押しつける。「今月だけで三度目だぞ。僕を破産させる気か！」

「彼をここに入れないよう気をつけてはいるのよ。でも、掃除のときはそうもいかなくて」ミセス・ダブスは弁解した。「それに、あなたがここにいないと彼は悪い子になるの。私の言うことなんてまるで無視。彼が言うことを聞くのは、私がドッグフードを持ってるときだけね」

「ボーのやつ」子犬を床に下ろしながら、タイはため息をついた。「少し甘やかしすぎたか」

「いいえ。これは主人に放置された結果よ」

「僕はビジネスマンだ。出張が必要なときもある」

「ふん！　自分の問題から逃げてるだけでしょう」

「首になりたいのか？」

「こっちから辞めてやるわ！」

タイは一つ息を吸った。「降参だ」

ミセス・ダブスは横柄な態度でうなずいた。「キッチンにアップルパイがあるわ。濃いコーヒーも」

「了解」タイはにんまり笑い、家政婦を追って書斎を出た。「ボーの破壊工作の後始末はうちの建築チームにやらせる。そう、おまえの話をしているんだぞ」彼は横で尻尾を振っている子犬に話しかけた。

「誰が書斎を壊していいと言った？」

「もし彼がその質問に答えたら、私は本当にここを辞めるわよ」ミセス・ダブスがぶつぶつ言った。

「ボーは利口なんだ」

「利口すぎるわ。冷蔵庫の開け方まで覚えて」

「ボーもやるようになったか。ローデスもそうだった。トレーナーの訓練を受けるまでは」タイはポケットに両手を押し込んだ。「またトレーナーに来てもらうか。クリスマスまでになんとかしないと、うちはひどいことになりそうだ」

「ぜひそうしてちょうだい！　もし私が焼いた七面鳥がこの子の口に入ったら、もっとひどいことになるわよ！」ミセス・ダブスは凄んだ。

タイはくすくす笑った。「すぐトレーナーに連絡するよ」

「そのほうが身のためよ！」

カラフルな電球をまとったクリスマスツリーがきらめいていた。ガス暖炉が暖かな輝きを放っていた。タイは書斎で仕事をしていた。彼の携帯電話が鳴ったのはそのときだった。

タイは上の空で電話に出た。

「私よ」アニーの声が聞こえた。

「今どこにいる？　ニューヨークで買い物中か？」

「ワイオミングにいるの」

タイの心臓がどきりと鳴った。「なぜ？　エリンはおまえが来ることを許したのか？」

「いいえ。エリンは相変わらず電話に出なかった。でも、モードが彼女の電話から連絡先を探し出して、私に電話をくれたの。救急車を呼んだ直後に」

タイは椅子ごとひっくり返りそうになった。「救急車？　エリンに何があった？」

「落ち着いて。もう大丈夫だから」

「大丈夫なら救急車を呼ぶわけがない。深刻な状態なのか？」

「いいえ。体重は三千五百四十グラム。身長は五十一センチよ」

タイは息をのんだ。「生まれたのか！」

「ええ」笑みを含んだ声でアニーは答えた。「色々あって、帝王切開になったけど」

「そうか」タイの声が小さくなった。「それで、エリンは無事なのか？」

「ええ、特に問題はなさそうよ。ただ手術を受けたから、回復には時間がかかるみたいね」

「赤ん坊は？」

アニーは怒りの言葉をのみ込んだ。今は兄さんを叱っている場合じゃないわ。

「男の子よ。エリンのパパの名前を取って、キャラウェイと名付けられたわ」

「キャラウェイ」タイは胸が熱くなるのを感じた。

「いい名前だ」

「かわいい子よ。初めて知ったけど、赤ちゃんて人をわくわくさせるのね」

「キャラウェイ」タイが繰り返した。妹には聞かせたことのない優しい声で。

「ところで、ボーは元気？」アニーは遠慮がちに尋ねた。

「あいつはどうやって書斎に入ったんだ？」タイは問いただした。口調が一変していた。

「私が悪いの。小切手を書くときに書斎のデスクを使ったんだけど、そのあとドアを閉め忘れちゃって。でも、ボーがあれをやるのは兄さんが恋しいときだけよ。あれは自分を置いていった兄さんへの仕返しなんだと思うわ」

タイはくすくす笑った。「わかっている。なんとか策を考えるよ。とりあえず、うちのスタッフに修理を依頼した。金曜日に来てくれるそうだ」

「今月二度目の修理ね」

「まあ、いいさ。おまえはいつまでそっちにいるつもりだ？」

「あと二、三日はいるつもりよ」

「エリンはどこの病院にいる？」

「ケイトローに病院は一つしかないわ。でも、それを知ってどうするの？　花でも贈るつもり？　送り主が兄さんだと知ったら、エリンは花を捨てるか誰かにあげるでしょうね」

　タイはその言葉に打ちのめされた。「花はやめておくか」

「少なくとも、今はね。少し待ったほうがいいと思うわ」

「おまえ、エリンになんて言ったんだ？」

「何も。夫は死んだという彼女の話に調子を合わせているわ」

「エリンはその夫にどんな名前をつけた？」

　アニーは何秒か携帯電話を見つめた。まったく。男ってなぜこんなに鈍感なの？「名字はエリンと同じミッチェルよ。親戚じゃないけど同じ名字だったことにしたみたい」

「考えたな。それなら公文書を変更せずにすむ」

「ええ。私たちが知っていることをエリンに話す勇気はないわ。もし話したら、今度こそ絶交されそうだもの」

「わかった。せめて彼女に花を届けてくれないか」

「大きな花束を送るわ。ただし、兄さんの名前は出さないわよ」

「当然だ。気をつけて。また連絡をくれ」

「オーケー。愛しているわ、兄さん」

「ああ。僕も愛している」

　電話を切るなり、タイは行動を開始した。まずは自家用ジェット機のパイロットに連絡を取り、飛行計画を伝えた。

12

タイが到着したとき、ケイトローでは雪が降っていた。すでに日は暮れ、ちょうど面会時間が終わる頃だ。彼は綿密に計画を立てていた。その計画とは、人が減った時間帯に病院へ忍び込み、新生児室をのぞくというものだった。面会時間が終わる頃なら、まだ何人かの見舞客が残っているだろう。その中に交じれば、誰も彼の存在に気づかないはずだ。

しかし、計画どおりにはいかなかった。二階でエレベーターを降りたところで妹と鉢合わせしてしまったのだ。

「嘘でしょう？」アニーがうなった。

タイは妹を隅へ引っ張っていった。「赤ん坊に会いたいんだ」哀れっぽい表情で彼は訴えた。「一目でいいから。エリンに近づくつもりはない。彼女の様子は？」

「今日はずっと痛そうにしていたわ。鎮痛剤で眠っていたから、私もあまり話せなかった」

「そうか」一つ息を吸うと、タイは抑えた声で続けた。「うちでじっとしていられなかったんだ」

「兄さんが帰る頃には、書斎の幅木がなくなっていそうね」

「その心配はない。ボーはクレートに入れてきた」

「クレート？　兄さんはクレートを使わない主義じゃなかった？」

「ボーにトレーナーをつけたんだ。小柄な若い女性だが、彼女ならボーを落ち着かせられる。口は悪いものの、ドッグ・トレーナーとしては優秀だ。名前はペリー。おまえも会えば気に入るよ」

「その説明だけで気に入ったわ」アニーは周囲を見

回した。「ジャスティンとモードは食堂でコーヒーを飲んでいるわ。こっちよ」

彼女は兄を新生児室へ案内した。そこにいた看護助手は、今日エリンの病室に出入りしていた女性だった。アニーに気づくと、彼女は笑みを浮かべ、毛布にくるまれた赤ん坊を連れてきてくれた。

「私の甥っ子！」毛布の中をのぞき込んで、アニーは笑った。「ありがとう、ティナ！　ああ、この人はシャイアンに住む私の親戚で、チェスターっていうの」とっさに思いついた嘘を並べると、彼女はにんまり笑った。「赤ちゃんが生まれたと聞いて、顔を見るために飛んできたのよ」

タイには妹の嘘を気にしている余裕はなかった。自分によく似た小さな顔に見とれていたからだ。彼は赤ん坊に笑いかけ、小さな手に触れようとして手を伸ばした。その小さな手が不意に彼の指をつかんだ。閉じていた目が開き、真っ直ぐに彼の目をのぞき込んだ。

「ああ、神様」タイの唇から感嘆の声が漏れた。

「抱っこしてみる？」看護助手が問いかけた。

「ええ、ぜひ」タイが答えると、看護助手は彼の腕に赤ん坊を移し、抱き方を教えた。

夢を見ているみたいだ。タイは考えた。赤ん坊はこんな様子をしているのか。こんな感触なのか。この子は僕の子供、血を分けた僕の子供だ。

アニーが歩み寄った。「かわいいでしょう？」

「キャラウェイ」タイはささやき、赤ん坊にほほ笑みかけた。

兄さんのこんな笑顔は初めて見たわ。考えるより先にアニーは行動していた。携帯電話を取り出し、兄と赤ん坊の写真を撮っていた。

それから、彼女は周囲を見回した。人がまばらになりつつある。「チェスター、あなたはそろそろシャイアンへ戻ったほうがいいわ。明日は朝から銀行の支店長と商談があるんでしょう？」

「なんだって？」タイは妹の話を聞いていなかった。

「もう腰を上げないと。帰りも長旅なんだから」

「長旅なんて大げさね」看護助手が笑った。

「そうね。長旅ってほどじゃないけど、商談の前に準備も必要だから」

「ああ、そういうこと」看護助手はうなずいた。

タイはしぶしぶ赤ん坊を看護助手に返した。「本当にかわいい子だ」

「当然よ。私の甥だもの」アニーはため息をついた。「彼に会わせてくれてありがとう」

「お安いご用よ」看護助手は笑顔で答えた。「二人とも、無事に帰ってね」

「ええ。カルをよろしくね」

「任せてちょうだい」

アニーは兄を引きずるようにしてエレベーターへ向かった。「モードに見つかる前にここから脱出しなきゃ」

「モードたちは食堂にいるんだろう？　僕はエリンに会いたい。彼女の顔が見たい」

アニーは苦悩の表情で息を吸った。「兄さんの顔を見たら、エリンは怒り狂うわ！」

「おまえが先に病室をのぞいて、彼女が起きていないことを確認すればいい。頼むよ、アニー」切々とした表情でタイは訴えた。

アニーは根負けした。「オーケー」

彼らはモードたちに見つかることなく病室までたどり着いた。アニーがドアから様子をうかがった。鎮痛剤が効いているのか、エリンは熟睡している。

「一分だけ」そうささやくと、タイは必死に引き留めようとする妹を無視して病室の中へ入った。

彼はベッドの脇に立ち、自分が苦しめた女性を見下ろした。悔やんでも悔やみきれない。僕は色々な意味でエリンを傷つけた。彼女はずっと僕を愛していたのに、僕はそのことに気づきもしなかった。それでも、彼女は息子を与えてくれた。この僕に。こんな愚かな男に。

タイは手を伸ばし、彼女の黒っぽい髪に触れた。

「いつかこの償いをさせてくれ。お願いだ、エリン。僕は……」君を愛している。今まで家族以外には口にしたことのない言葉。だめだ。どうしても言えない。でも、僕は本気だ。本気でエリンを愛している。「僕は君を信じるべきだった。今の僕にできるのは、いつか君に許されるよう願うことだけだ」

言いたいことはいくらでもあった。しかし、アニーがしきりにドアのほうを示していた。

タイは最後にもう一度エリンを見つめた。青ざめた顔。疲れきった表情。エリンをここまで追い込んだのは僕だ。いつかその償いをしよう。エリンに二度目のチャンスをもらえるよう努力しよう。

彼はドアのほうへ引き返した。「どうした？」

「今、モードたちが来たの。私は洗面所に寄りたいから、先に車へ戻っていてとお願いしたわ」アニーは焦り気味に説明した。「だから、あと五分でここを出るわよ」

「オーケー。エリンは顔色がよくないな」エレベーターへ向かいながら、タイは心配を口にした。

「帝王切開をしたばかりだもの。じきに元気になると思うけど、傷の回復には時間がかかるわ」アニーは兄に視線を投げた。「エリンは妊娠自体はつらくなかったと言っていたわ。ジャスティンと一緒に牧場内を散歩して、体力を維持したんですって」

「ジャスティン？」タイの顔がこわばった。

「モードのところの牧場監督よ」

「結婚しているのか？」

「いいえ」

タイの表情がさらに険悪になった。

そうやって誤解していればいいわ。私はまだ怒っているんだから。「私もあと二、三日でうちへ帰るわ」

「そうか」タイは妹を見やった。「エリンの世話を頼む。彼女に必要なものがあれば、おまえが手配してくれ」

「わかってる」

タイはうなずいた。今の彼は寂しそうに見えた。つらそうに見えた。

結局、血のつながりには勝てないってことね。アニーは歩み寄り、兄を抱擁した。「そのうち、なんとかなるわよ」

抱擁を返しながら、タイはぼやいた。「その頃にはみんな死んでいそうだ」

「泣き言はやめて」アニーは身を引いた。「試練があれば、それを乗り越えていくだけよ」

「モードの牧場に荷物を送るから、クリスマス・プレゼントとしてエリンに渡してくれないか」タイは目を逸らした。「僕からだということは伏せて」

兄の苦悩する姿を見て、アニーは怒りを和らげた。

「オーケー」

タイは笑顔を作った。「ありがとう。僕は家に帰って、ボーの相手でもするよ」

兄に素早くキスをしてから、アニーは病院の外へ出た。彼女が乗り込むのを待って、ピックアップトラックが発進した。それを見届けてから、タイはステットソンを目深に被り、ドアを通り抜けた。雪が降る中をレンタカーのほうへ歩き出した。空港ではジェット機が彼を待っていた。

タイは息子の写真が欲しいと思った。病院では胸がいっぱいで、そこまで頭が回らなかったのだ。だから彼は妹にメールを送り、赤ん坊の写真を持っていないかと質問した。

まず笑顔の絵文字が返ってきた。その数分後に写真が送られてきた。赤ん坊を抱いたエリンの写真が。エリンは赤ん坊の頬に手を当てていた。小さな顔に向かってほほ笑みかけていた。エリンと僕の子供。こんなに美しい写真は見たことがない。タイはその写真を保存し、ロック画面の壁紙にした。それから、ほかの写真にも目を通した。自分と息子の写真を見たときは、心臓が喉までせり上がった。彼はその写真も壁紙に追加し、妹に感謝のメールを送った。

〝どういたしまして。ただし、人に見せびらかしちゃだめよ〟

〝わかってる〟

自宅に帰り着くなり、タイは家政婦を探した。戸締まりをしていたミセス・ダブスをつかまえて、息子の写真を見せた。

「まあ、かわいい子！　大きさはどれくらい？」

タイは妹から聞いた数字を繰り返した。

ミセス・ダブスは片方の眉を上げた。「わかってると思うけど、私の目は節穴じゃないわよ」

タイは顔をしかめた。「僕はいくつも過ちを犯した」

「でも、これは過ちじゃないわね」ミセス・ダブスは笑顔で写真を示した。

タイは小さく笑った。

「ミス・エリンは未亡人ということになっているようだけど」

タイは真顔に戻った。「ああ。今のところは」

そのうち修正されるということね。ミセス・ダブスはうなずいた。ミスター・タイはなんとかしてこの子の父親になろうとするはずよ。でも、ミス・エリンがそう簡単に折れるとは思えない。復讐は愚かな行為だわ。ミスター・タイはそれを身をもって知ることになるんでしょうね。

二日後、アニーはエリンに宝石箱を差し出した。

「たいしたものじゃないの。だから大騒ぎはしないで。オーケー?」

「オーケー。でも、そんな気遣いは……」箱を開けた瞬間、エリンは声を失った。そこに入っていたのは指輪だった。小指にはめるタイプのディナーリングだ。イエローゴールドの土台に大粒のルビーがセットされ、それを囲むようにダイヤモンドがちりばめられている。エリンは昔からルビーが好きだったが、自分には手が届かないものだと考えていた。しかも、このルビーは最低でも三カラットはありそうだった。

「ただのアクセサリーだから」アニーは言った。

「よく言うわ」エリンは抗議した。「いったいいくらしたの?」

「だから、大騒ぎはやめてって。私が裕福なのは知っているでしょう？　私ならこれを一ダースでも買えるのよ。気に入らないの?」

「とんでもない。私、ずっとこういうのが欲しかったの。でも、だめよ。受け取れないわ!」

「いいから受け取って」アニーは言い返した。「私はあなたの親友よ。指輪くらい贈ってもいいじゃない。ほら、文句を言わずにはめてみて」

エリンは無理に笑った。「仕方ないわね」彼女は指輪をはめてみた。しかし、小指には大きすぎた。薬指にしか合わなさそうだった。

エリンがそう言うと、アニーは涼しい顔で答えた。

「あらそう？　でも、ディナーリングを別の指にする女性もけっこういるわよ」

「でも、これは高価すぎるわ。美しすぎる!」

「気に入ってもらえてよかったわ」そう答えながら、アニーは考えた。エリンのこの反応を知ったら、兄さんはどんなに喜ぶかしら。エリンは兄さんに初めての子供という宝物をくれた。だから、兄さんも何か貴重なものを贈りたかった。本人も電話で言っていたわ。今の自分にできるのはこれだけだと。

「とても気に入ったわ。でも、こういうことはもうやめてね」エリンは赤ん坊ごと友人を抱擁した。

「そうせずにいられなかったの」アニーは答えた。「これは牧場へ持って帰るわね。あなたが退院するまではモードに預かっていてもらうわ」

「ありがとう」

アニーは指輪を箱に戻した。その直後にモードが入ってきた。ジャスティンの姿はなかった。

「彼は飼料店に行ったわ」モードは説明した。「指輪は気に入った？　私も今朝アニーに見せてもらったけど、きれいな指輪よね！」

「ええ、気に入ったわ。ずっとつけていたいくらいよ」エリンは答えた。それから、友人に向かって付け加えた。「でも、あなたの誕生日が来たら私はどうすればいいの？　私はこんな高価なものはあげられないわ」

「私の帽子を編んで。一生感謝するから」アニーは答えた。「テキサスでも耳は冷えるのよね」

「私のやることリストに加えておくわ。退院したらすぐに」エリンは約束した。

術後の痛みに耐えながら、彼女は息子に母乳を与えた。最初はうまくいかなかった。母乳の出も悪く、ミルクを追加しなければならなかった。

息子にげっぷをさせていたとき、エリンは友人に言った。「一昨日の夜、変な夢を見たの」

「変な夢？」アニーは素知らぬ顔で聞き返した。

「ええ。私がこの病室で眠っていると、誰かが入ってきて、私に話しかけてきたの」エリンは笑った。「パパが私の様子を見に来たのかしら。パパにカルを見せてあげたかったわ」

「そうね」アニーは相槌を打った。それは夢じゃない。現実よ。タイが来ていたのよ。でも、そのことは言えない。今はまだ。

「結局、私はパパとママに初孫を見せてあげられなかった」エリンは涙ぐんだ。「こんな悲しいことってあるかしら」タイもそうよ。彼が我が子を見ることはない。我が子の存在を知ることすらない。

「泣かないで」アニーは親友の背中をさすり、赤ん坊の小さな頭を撫でた。「本当にかわいい子！　うっとりしちゃうわ！」

エリンは笑った。「私もそうなの。子供がいるってこんな感じなのね。想像していたのと全然違ったわ」

「私にも子供がいたらいいのに」

「じゃあ、カルをかわいがってあげて。遠慮はいらないわ」エリンは笑顔で提案した。

「その言葉、忘れないでよ」そこでアニーは言葉を切った。「私、家に帰らなきゃならないの。明日、うちに修理チームが来ることになっていて。タイはモンタナで商談があるから、私が対応しなきゃならないのよ」

タイの名前を聞いただけで、エリンの心臓が轟いた。彼女はそんな自分を叱った。彼は私を裏切ったのよ。それなのに、なぜ彼を嫌いになれないの？

「修理チーム？」

「ボーレガードのせいよ」アニーはため息をついた。

「ボーレガードの？」

「最近、タイは出張が多いの。それで、ボーレガードが荒れているのよ。カーペットの一部をぼろぼろにしたり、幅木を壊滅させたり。革張りの椅子を食い破り、デスクの脚もかじったわ」

「大惨事ね！」

「彼はタイが恋しいの。だから、暴れて仕返ししているのよ」

「タイが大学にいた頃、ローデスも同じことをしなかった？」

「ええ、まったく同じことをしたわ」アニーはかぶりを振った。「というわけで私は家に帰るけど、もう絵文字だけの返信はやめてくれる？」

エリンは赤面した。「もちろんよ。私、本当はあなたに会いたくてたまらなかったの」

「私もよ。あなたに会いたかった」アニーは穏やかな口調で相槌を打った。「あなたにメールも送れないなんて、二度とごめんだわ」

「本当にごめんなさい。私はただ……あなたのお兄さんに関する情報を遮断したかっただけなの」

「その気持ちはわかるわ。あなたがつらい目に遭ったのは兄さんのせいだから」

「彼は私を信じてくれなかった」エリンは悲しげにつぶやいた。「信じなくて当然よね。信頼の土台になる愛情がないんだから」

「タイは女性とは色々とあったから。あなたも知っているでしょう」

「色々」エリンは苦々しげに笑った。「確かに色々とあったわね。無理もないわ。彼は独身でハンサムで裕福だもの。彼の遊び相手になりたいと願う女性はいくらでもいるわ」

「棘のある言い方ね」アニーは指摘した。

エリンは肩をすくめた。「そうね。まだ怒りが残っているのかも」

「怒りはじきに収まるわ」アニーは言った。そうであってほしいと願いながら。

エリンは息子を見下ろした。「この子は父親を知らずに育つのね」悲しげにほほ笑んでから、彼女はあわてて付け足した。「私の夫はもういないから」

アニーは沈黙を守った。架空の夫についても。兄がすでにここを訪れ、息子と対面したことについても。彼女は椅子から立ち上がり、親友と甥にキスをした。「そろそろ行かなきゃ。空港でジェット機が待っているの。あなたのことはモードとジャスティンに託すわ。でも、メールはまめに送って。私もそうするから」

「あなたがここにいたこと、タイには言わないで」

エリンは懇願した。

「私が世界で一番の親友を裏切ると思う？」アニーが真顔で問い返す。

「そうよね。あなたが裏切るわけがないわ」エリンはうなずいた。「ごめんなさい」

「気にしないで」

アニーが廊下へ出ようとしたところで、エリンは声をかけた。「家に着いたらメールして。あなたが無事だってことを知らせて」

「わかったわ。無理はしないでね」

「あなたもね」

アニーは笑顔で投げキスをした。「二人とも、愛しているわ」

「私も。愛しているわ」

ドアが閉まった。エリンはしばらくそのドアを見つめていた。友人が去ったことを寂しく思いながら。しかし、赤ん坊のわずかな動きが彼女を現実へ引き戻した。

自宅へ戻ったアニーは、エリンとカルの写真を兄の携帯電話へ送った。

「こんなにかわいい子がほかにいるか？」写真を見ながら、タイは問いかけた。「エリンは無事なんだろうな？」

「ええ。新しい薬ものみはじめたのよ。薬代は私が出したわ。エリンには抵抗されたけど」

「エリンらしいな」タイはため息をついた。妹を見やり、片方の眉を上げた。「写真はこれだけか？」

予想どおりの反応に、アニーは笑った。「いいえ。まだ山ほどあるわよ」

彼女は写真アプリを開き、新たに増えた写真を兄に見せた。

タイは妹の携帯電話を手にデスクの向こう側に座り、愛おしげなまなざしで我が子の写真を眺めた。しかし、最後の数枚まで来たところで彼の目つきが変化し、表情が険しくなった。

「その人がジャスティンよ」兄に訊かれる前に、アニーは説明した。「モードの牧場監督の」

タイは大きなステットソンを被った男をにらみつけた。容姿は悪くない。背が高く筋肉質で、黒っぽい髪に黒っぽい目をしている。

「彼がモードの牧場を運営しているの」

「見たところ、荒くれ者って感じだな」タイはぶつぶつ言った。「モードは身元調査をしたうえでこいつを雇ったのか？」

「彼を雇ったのは、モードの亡くなった夫よ」

「ふうん」タイはなおも写真をにらみつづけた。

アニーは笑いたいのを我慢した。まさか、兄さんがこんなにあからさまに嫉妬するなんて。

タイは妹に携帯電話を返した。「おまえは写真を撮るのがうまいな」

「ありがとう」

「エリンの様子は？」

「まだ痛みはあるようだけど、順調に回復しているわ」

タイは視線を上げた。アニーは無表情を装っているが、彼にはわかった。何かあるのだ。妹を不安がらせるような何かが。

「エリンは本当に大丈夫なのか？」

アニーは眉を上げ、驚いたふりをした。確かに不安材料はある。でも、それをタイに知られるわけにはいかない。今のエリンには兄さんと戦うだけの力がない。もし兄さんがワイオミングへ押しかけて、専門医の診察を受けろと迫ったら、エリンはきっと心を閉ざす。すべてを拒絶するようになる。だから、今は兄さんには話せない。

「何か問題があるんじゃないのか？」タイがたたみかけた。

「もちろんあるわ！　エリンは手術を受けたばかりで、心身ともに疲れきった状態なのよ」

「オーケー。わかった」タイはため息をつき、傷ついた椅子の背にもたれかかった。傷をつけた張本人のボーレガードは、彼のブーツに体を預けて眠っている。

「エリンは大丈夫よ。モードが産科医から聞いたんだから間違いないわ」

「おまえはどう思う？」タイは静かに問いかけた。「エリンはテキサスに戻ってくると思うか？」

「彼女はワイオミングでモードと家庭を築いた。なぜ今さら戻らなきゃならないの？」

素っ気ない口調でタイは切り返した。「カルが僕の息子だからだ」

「ああそう。だったら向こうへ行って、エリンにそう言ってみたら？」アニーは挑発した。「彼女はジェイコブズビルに――兄さんが彼女にした仕打ちを誰もが知っているこの町に――戻るべきだと説得してみたら？」

タイは顔をしかめ、目を逸らした。

「身から出た錆よ」アニーは容赦なく突き放した。

「わかってる」一声うなってから、タイは立ち上がった。ボーレガードを肩に抱いて撫でた。まだ半分眠っているのか、子犬はじっとしていた。

「兄さんはボーを甘やかしすぎよ。ボーは兄さんに頼りきっている。これじゃ買い手はつかないわ」

妹を振り返って、タイは微笑した。「だろうな」

アニーの怒りが和らいだ。「そういえば、ボーを取り戻して以来、兄さんは一度も買い手を探していないわよね？」

タイはうなずいた。「ボーはひどい目に遭った。次の飼い主があの卑劣感と同じ真似をしないという保証はない」彼の顔が怒りにこわばった。「子犬を殴る奴は、人間の子供にも平気で暴力を振るう」

「でしょうね。だから、私もボーを飼うことに反対はしないわ」

「ボーはまだ赤ん坊だ」

すでに五歳児並みの大きさなのに？「ずいぶん大きな赤ん坊ね」

タイは小さく笑った。「ローデスは四十五キロ以上あるが、ボーはさらに重くなりそうだ。これくらいの頃のローデスはもう少し小さかった」彼は書斎に置いてある犬用ベッドにボーレガードを下ろした。ボーレガードは体を丸め、再び眠りに就いた。

「おっとりした子ね」

「ボーは牧羊犬だ。おっとりしているほうがいい。シェパードは強面に見えるが、僕は番犬を育てているつもりはない。攻撃的な犬は子供がいる家族には売れないからな」

「ボーは虫一匹殺せないでしょう」アニーは軽口をたたいた。

「僕たちの誰かが襲われない限りはね」タイはうなずいた。「ローデスも同じだ。首にされたことを恨んで、僕を殴りに来たカウボーイがいただろう？」

「ええ。兄さんが拳を振り上げる前に、ローデスが彼のお尻を噛んだのよね」

タイはにやりと笑った。「あの男はしばらく座れなかったらしい。彼は僕を訴え、ローデスを社会を脅かす危険物として処分させようとした」

「でもキャッシュ・グリヤが彼と向き合い、温厚なペットを刺激する危険性について話し合った」

タイはくすくす笑った。「我らが警察署長はときに雄弁になる」

「彼の家に子犬をあげたかいがあったわね」

「彼の義弟はあの犬と釣りに行っているらしい」

「キャッシュがティピーと結婚したときは、町中が大騒ぎになったわ」アニーはため息をついた。「みんな、彼は一生独身だと思い込んでいたから」

「そうだったな」タイは妹に背中を向けた。「エリンをテキサスに呼び戻す方法はないんだろうか？」

「当分は無理かも。エリンはモードといるほうが安心できるみたいだから」

「そうか」タイは落胆の表情でつぶやいた。「僕はただ息子と交流したいだけなんだが」

「時期尚早ね」

彼は床を見つめた。「エリンが去ってからもう何カ月もたつんだぞ」

「その何カ月の間に、エリンは父親と家を失った。仕事も失った。しかも、二度もよ」アニーは兄をにらんだ。

タイはひるんだ。「もう勘弁してくれ。自分でもわかっているから」

「このままだと兄さんは癇癪で身を滅ぼすことになりそうね」

「そうかもしれない」タイは妹を見やった。「ジェニー・テイラーのことはエリンに話したのか？」

アニーはうなずいた。

「それで、エリンはなんて言っていた？」

アニーは肩をすくめた。「自分は前からジェニーは愛想がよすぎると思っていたって」

少し考えてから、タイは口を開いた。「確かにそんな感じだったな」

アニーは前へ出て、兄を抱擁した。「焦っちゃだめよ。エリンはきっといつか戻ってくる。今は静かに様子を見守るの。テキサスに戻るのが彼女の運命なら、いつかはそうなるから」

アニーの言葉は予言となった。その翌日、病気の子牛の様子を見に行ったモードが、納屋にたどり着いたところで急死した。

13

ジャスティンは全速力で走った。モードが倒れた納屋へ向かって。走りつづけながら、彼は携帯電話で九一一に通報した。

通信係に住所を告げる間に納屋へ到着した。モードのかたわらに膝をつくと、彼は脈を確かめた。すでに脈はなく、肌も冷たかった。モードはいつからここに横たわっていたのだろう。彼には見当もつかなかった。大雪が予想されていたため、カウボーイたちと一緒に牧場へ出て、牛の群れを母屋の近くへ移動させていたからだ。

ジャスティンは歯噛みした。通信係に向かって、正直に説明する。「詳しい状況はわからない。とにかく今、彼女を見つけた。脈はないし、体も冷たい。僕は軍隊時代に人の死を見たが、これはもう助からない。救急車は取りやめだ、ジル」彼は通信係を知っていた。ジルが彼の利用するコーヒーショップでパートとして働いていたからだ。「検死医をよこしてくれ」

「残念だわ、ジャスティン」ジルが答えた。「すぐにダン・バートンをそっちへ向かわせるわ」

「ありがとう」電話を切ると、ジャスティンは大きく息を吸い込んだ。「すまない、モード。なんでこんなことになったんだ？　なぜ僕はここにいなかったんだ？」

かすかな笑い声が聞こえた気がした。いつものように、モードが彼の癇癪を面白がっている気がした。

「友よ、安らかな旅を」床に置かれた手を軽くたたいて、ジャスティンはつぶやいた。

モードを調べた検死医は、重度の心臓発作と結論づけた。「検死解剖をしないと断定はできないが、ほぼ間違いないだろう。彼女をどこへ運ぶ？」

「〈ランドンズ〉へ」ジャスティンはモードの一族が代々利用してきた葬儀場の名前を告げた。「今朝は元気に憎まれ口をたたいていたんだ。それがなぜ……」

「それだけ急なことだったんだろう。モードは夫と同じ死に方がしたいと言っていた。その願いがかなったんだ。幸せなことだと思うよ」検死医は悲しげに微笑した。

ジャスティンは歯を食いしばった。「病院にいるモードの身内にこのことを伝えないと。彼女はテキサスから来て、帝王切開で出産したばかりなんだ。だから退院はまだ無理かもしれないが」

「今は病院にいたほうがいいかもしれないね。牧場はどうなるんだ？」検死医は尋ねた。「モードの相続人はここを売るつもりか？」

「いや、それはない。相続人はシャイアンに住むモードの大姪で、相続の件はすでに話し合いがすんでいる。管理者として僕が牧場に残る。大姪もここを手放すことは望んでいない。でも、自分がここに住む気もないらしい。彼女は都会人なんだ」

「私はごめんだ。都会は人が多すぎる」

ジャスティンは小さく笑った。「同感だね。僕は広々とした場所が好きだ」

「それじゃあ、私は仕事に戻るよ」検死医は言った。彼は町の歯医者でもあるのだ。「ギャビー・デインの父親に知らせたほうがいい。ギャビーには彼が連絡するだろう」

「わかった」ジャスティンは顔をしかめた。「ギャビーはショックを受けるだろうな。あの子にとって、モードは祖母のような存在だったから」

「入院中の身内には誰が知らせるんだ？」

「僕じゃだめだろうな。彼女は心臓に問題を抱えている」ジャスティンは携帯電話を取り出した。「テキサスにいる彼女の友達に頼んでみよう」

「医者に伝えさせればすむ話だろう」

ジャスティンは首を横に振った。「モードは彼女を愛していたんだ。それに、弱っている女性にそんな仕打ちはできないよ」

携帯電話が鳴った。アニーは昼食を終えたばかりで、エリンにどんなベビー用品を送るべきか、ミセス・ダブスに相談していたところだった。画面に表示された番号を見て、彼女は急いで電話に出た。発信者はわからなかったが、電話番号の局番がモードと同じだったからだ。

「何かあったの？」アニーはいきなり問いただした。

「ジャスティンだ」名乗ったところで、ジャスティンはためらった。

「モードに何かあったのね。いいから話して」

ジャスティンは一つ深呼吸をした。「僕がモードを発見したのは、昼食のために戻ってきたときだった。彼女はすでに冷たくなっていた。検死医の話によれば、突然のことだったらしい」

「かわいそうなモード」アニーはため息交じりにつぶやいた。あんなに元気そうだったのに。私が自宅へ戻ってからまだ数日しかたっていないのに。

「来てもらえるか？」

「もちろん。すぐに飛行機の準備をさせるわ。エリンにはもう話したの？」

短い沈黙があった。「話すのは僕じゃないほうがいいと思う。医者でもだめだ。ショックが強すぎる」

「オーケー。空港まで迎えに来てくれる？」

「ああ。着陸する十分くらい前に電話をくれ」

「そうするわ。ありがとう」

ジャスティンが電話を切った。

「どうしたの？」ミセス・ダブスが尋ねた。

「モードが亡くなったの」

「まあ、なんてこと。ミス・エリンは手術を受けたばかりなんでしょう。まだたいしたことはできないはずだわ」

「そうね。明日が退院予定日だったんだけど」アニーは顔をしかめた。「私はどうするべきなの？　もしタイがこのことを知ったら、向こうに押しかけてエリンを連れて帰ろうとするはずよ。そんなことになったら、エリンはまた心を閉ざしてしまう」

「ミスター・タイは赤ちゃんの父親なのよ」ミセス・ダブスは指摘した。

「でも、兄さんは知らないことになっているわ」

「そうだったわね」

アニーは両手を揉み合わせて思案した。「ロンドンで大きなプロジェクトが始まっていて、タイも顧問として参加することになっているの。いったんイギリスに行ったら、少なくとも二、三週間は戻ってこないはずよ」

「天の配剤ね」ミセス・ダブスが叫んだ。

アニーは笑顔でうなずいた。「兄さんには、エリンが退院するから様子を見に行くと説明するわ。退院するのは事実だもの。それ以外のことは話さなければいいのよ！」

「あなた、秘密諜報員になれるわよ」家政婦はくすくす笑った。

「トレンチコートは持っていないけど」アニーはぶつぶつ言った。「じゃあ、タイと話してくるわ」

タイは会社にいた。ベン・ジョーンズと遅めの昼食へ出かけようとしているところだった。正面のドアから入ってきた妹に気づいて、彼は足を止めた。

「先に行っていてくれ。すぐ追いつくから」タイは友人に断りを入れた。

「わかった。やあ、アニー」

「どうも、ミスター・ジョーンズ」アニーは笑顔で応じた。

「ここで何をしている？」タイが問いかけた。

「明日エリンが退院するの。だから私もワイオミングへ飛んで、モードとジャスティンを手伝うわ。何か用意すべきものはあるかしら？」何食わぬ顔でアニーは尋ねた。

タイは眉をひそめた。「車のベビーシートはどうだ？　モビール付きのベビーベッドは？　とにかく、彼女が自分では買えないものがいいだろう」

「ベビーシートね」アニーは即答した。「ジャスティンに町まで乗せていってもらって探してみるわ。ベビーベッドはモードが買ったのがあるから」それを買ったモードはもういないけど。悲しみを振り払って、彼女は続けた。「ベビーシートは名案だと思うわ。いい物はけっこう値が張るし」

「僕が行けたらいいんだが」タイがつぶやいた。

「兄さんはイギリスで仕事をしないと。いつ出発するの？」

「今夜だ。さっさと片付けてくる」

「気の毒なミセス・ダブス。彼女は一人でボーの破壊工作を阻止しなきゃならないわけね」

タイはくすりと笑った。「ミセス・ダブスならうまくやるさ」

「ボーは兄さんと離れたくないのよ」

「離れるといってもいっときのことだ」答えながらタイは顔をしかめた。妹が動揺しているように見えたからだ。「まあ、二、三週間というところかな」

二、三週間あれば十分だわ。その間にどうやってエリンを支えるか考えよう。モードが亡くなった以上、エリンは牧場に残りたいとは思わないはずよ。モードは簿記係としてエリンを雇っていたけれど、もともと簿記係は別にいたと聞いている。その簿記係はモードに頼まれて、一時的にエリンに仕事を譲ったらしい。親切な気遣いだけど、エリンがそのことを知ったらどう思うかしら？　これ以上は甘えられないと思うんじゃないかしら？　だとすると、新しい居場所が必要になるわ。親子で暮らせるだけのお金と仕事が必要になる。だけど、どうやって働くの？　エリンの体調には問題があるのに。

「どうした？」妹の表情に気づいて、タイは問いかけた。

「えっ？」アニーは我に返った。「ああ、ごめんなさい。ベビーシートのことを考えていたから……」

　タイは小さく笑った。

「とにかく無事に戻ってきてね。私は家へ帰って、荷造りをするわ」

「僕はもうすませた」タイは得意げに言った。「スーツケースも車のトランクに乗せた。あとは空港へ向かうだけだ。車は明日、ジェイクに取りに行かせてくれ」

「わかったわ」

「安全な旅を」

「兄さんもね」

「写真を忘れるな」タイは念を押した。

「山ほど撮ってくるわ」アニーは笑顔で約束した。

　翌日の昼前、アニーはケイトローで飛行機を降りた。空港では厳しい表情のジャスティンが待っていた。

「エリンの具合は？」アニーは尋ねた。

「よくないな」ジャスティンは彼女と並んで、手荷物受取所のほうへ歩き出した。「小さな町ではすぐに噂が広まる。誰かがエリンにモードのことを話したらしい」

「最悪」アニーはうなった。

「だから、牧場へ行く前に病院に寄ろうと思う。まずはエリンを安心させることだ。モードの大姪がエリンを放り出すことはない。彼女は善人だ。葬儀にもちゃんと出席する」

「わかってる」アニーはうなずいた。「私がその人と話してみるわ。もう一、二カ月、エリンを簿記係として働かせてもらえるように頼んでみる。その分の給料は私が払うという条件で」

「悪知恵が働くな。プロの犯罪者になれるぞ」

「やめてよ。そんなにジンジャーエールをかけてほしいの？」

ジャスティンは小さく笑った。

アニーが病室へ入っていくと、エリンはいきなり泣き出した。

アニーはバッグとコートを置いて、親友を抱擁した。「本当に残念だわ。できれば私の口から伝えたかったんだけど」

「モードはもう一人の母親みたいな人だったの」エリンは泣きじゃくった。「信じられない。あんなに元気そうだったのに！」

「心臓発作は予測できないのよ」親友を落ち着かせようとして、アニーは語りかけた。「でも、私が来たからもう大丈夫。葬儀のときにモードの大姪と話して、今後の計画を立てましょう。彼女はあなたを雪の中へ放り出すような人じゃないわ」

枕に背中を預けて、エリンは涙を拭った。「わかっているわ。ちょっとパニックになっただけ。あまりにも急なことだったから」

「人生ってそういうものよ」アニーは悲しげにつぶやいた。

「私、もう牧場にはいられないわ。ある看護師から聞いたのよ。モードの牧場にはもともと別の簿記係がいて、その人が私に仕事を譲ってくれたんだって。彼は複数の牧場と契約しているから、生活には困っていないそうだけど、私が彼の仕事を奪っていることには変わりないでしょう」

「向こうは気にしていないわよ」アニーは反論した。「でなければ、最初から仕事を譲らなかったと思うわ。だから心配しないで。今は体を治すことだけに集中して。きっとすべてうまくいくから」

「本当にそう思う？」

「ええ、思うわ」

「普段の私はこんな意気地なしじゃないのよ」エリンはため息をついた。「でも、手術を受けたばかりの私に、赤ちゃんと自分を支えるだけの力はないわ。新しい仕事を見つけて、住むところを探して、車を手に入れて……」

「心配しないで。私が力になるから。立場が逆なら、あなたも同じことをしたはずよ」アニーは笑った。「これはただの支えだから。施しとは違うわ」

「支え」エリンの肩から力が抜けた。彼女は友人の表情を観察した。「タイはどうしているの？　まだ何も知らないの？」

「もちろんよ！」アニーは語気を強めた。「私があなたを裏切るわけないでしょう」

「そうね」

「それに、タイは今、町を離れているの。少なくとも一カ月は戻ってこないはずよ」

「そう」エリンはつぶやいた。なんなの、この心細い気分は？　タイが恋しいの？　それはないわ。絶対に！

「葬儀の手配はジャスティンがやってくれるそうよ。大姪は明日こっちへ来て、私たちと一緒に牧場に泊まることになっているわ」

「あなたもここにいてくれるの？」

「愚問ね。こんなときに私があなたから離れるわけないでしょう？」親友の不安げな表情を見て、アニーは続けた。「タイはヨーロッパにいるわ。ロンドンであるプロジェクトに協力しているの。戻ってくるのは何週間も先よ」

「よかった」

「私は兄さんを愛しているけど、兄さんの面倒な部分もわかっている。もしあなたの現状を知ったら、タイはここに押しかけてきて、あなたをテキサスへ連れ戻そうとするはずよ。だからタイには何も教えていないの」少なくとも、それは事実だ。タイが関わると話がややこしくなる。アニーはそれを避けたかった。

「だったら、安心ね」

「明日はジャスティンと一緒に来て、あなたを牧場へ連れて帰るわ。ギャビーも葬儀のために帰ってくるそうよ。彼女はモードのことが大好きだったんですってね」

「ええ、とてもいい子なのよ。ジャスティンには無視されているけど。ギャビーは希望のない状況から逃れるために大学へ戻ったの。そういう意味では、私と似ているわね」エリンは悲しげに付け加えた。「振り向いてくれない人を思いつづけてもつらいだけだから」

「でも、いつかは……」アニーは反論しかけたが、親友に苦悩のまなざしを向けられて、何も言えなくなった。

「偽りの希望は虚しいだけ。ギャビーもそれを知っているんだと思うわ。今はただ一歩ずつ前へ進んでいくしかないのよ」

「やるべきことをやるってことね」アニーはうなずいた。

「ええ。着実にね」エリンは微笑した。「カルに会いたい？」

「会いたい！」アニーは叫んだ。

エリンは笑ってナースコールを押した。

牧場は以前と変わりなかった。しかし、クリスマスツリーがきらめくリビングに座っていても、キッチンからモードの鼻歌が聞こえてくることはない。

「ずいぶん静かね」エリンは言った。

シャイアンから来た大姪のナン・デマリスが同意した。ナンは黒っぽい髪に青い瞳をしていた。フィニッシング・スクールからヨーロッパの大学へ進んだだけあって、物腰が洗練されている。彼女は正確にはモードの亡き夫の大姪で、名家の令嬢だった。彼女自身はいい人なのだが、どこか周囲を緊張させる雰囲気があった。

ジャスティンもそう思ったのだろう。彼は色々と口実を作っては、母屋に近づかないようにしていた。

エリンの視線に気づいて、ナンは微笑した。「私は鬼じゃないのよ。寒空の下にあなたを放り出すようなことはしないわ。隣の部屋の愛らしい妖精を抱っこさせてもらえるならね」

エリンは思わず噴き出した。「私、そんなに警戒しているように見えた？　ごめんなさい。ここに居座っているようで後ろめたい気分なの」

「あなたはモードの簿記係をしていたのよね。しかも、前任者よりはるかに優秀だった」ナンは言った。「簿記係を辞めても、あなたにはここにいる資格があるわ」

「じゃあ、ここを売るつもりはないのね？」

ナンはうなずいた。「この牧場は高い収益を上げているわ。ジャスティンという優れた管理者もいる。彼を牧場監督として雇いつづけることが相続の条件だけど、その条件がなかったとしても私は彼にここにいてもらうつもりだった。彼は本当に有能だもの。死んだ大叔父は家畜に感情移入して、赤字ばかり出していたのよ。でもジャスティンは違う。感情に流されずに家畜を売り買いする。だからこの牧場を黒字に転換できたの」ナンは悲しげに微笑した。「モードも大叔父に似ていたわ。気に入った雄牛を売ることをいやがった。ジャスティンはそれを咎めることなく、時間をかけて自分と同じ考え方へと導いた。相手の感情を傷つけずにうまく丸め込む。これは一つの才能よ」

「あなたにもその才能があるみたいね」アニーはからかった。

ナンは微笑した。「うちの一族はだいたいこんな感じよ。そういえば、あなたにはお兄さんがいたわよね」

アニーは渋い顔になった。「ええ、まあ」

「何カ月か前、あるパーティで彼と顔を合わせたわ。彼は……」ナンは両手を広げた。

その意味をくみ取って、アニーはくすくす笑った。

「ええ」

「彼は女性が好きみたいね。それも、一人に執着するのではなく、数をこなすタイプに見えたわ」

アニーの眉が上がった。

ナンは肩をすくめた。「私も十代の終わり頃にあいうタイプにのぼせたことがあるの。当時はその人を追いかけてヨーロッパ中を巡ったわ。絶対に彼を振り向かせてやると意気込んでいた」彼女は悪戯っぽい笑みを浮かべた。「熱に浮かされた女はあきれるほど愚かになるのよ。でも、ある女性――当時の私よりもはるかに洗練された女性――のおかげで目が覚めた。私は荷物をまとめて家に帰った」

「まあ、そうね」アニーは認めた。「私の兄は女性に関しては色々と問題を抱えているわ」

「彼との結婚を夢見る女性は気の毒よね」ナンはかぶりを振った。「ああいうタイプは一生変わらないから。女性に傷つけられた過去でもあるの？」彼女はアニーに問いかけた。エリンが目を逸らしたことには気づいていなかった。

「ええ、こっぴどくやられたの」アニーは答えた。

「それから女性不信になったのよ」

「私も似たようなものよ」ナンは続けた。「もし結婚するとしたら、感情ではなく打算からになるでしょうね。私は子供が大好きなの。でも、子供が原因で破綻した夫婦をたくさん見てきた。世の中には家庭に不向きな男性もいるのよ」

「悲しいけど、それが現実よね。私たちはみんな、そういう戦いの犠牲者なんだわ」アニーはわざと笑った。心の傷を隠すために。

「話を戻しましょう」ナンはエリンに向き直った。「私は当分はあなたにここにいてほしいと思っているわ。今の黒字態勢を崩したくないし、ときどきはここに来て、あのゴージャスなおちびさんを抱っこしたいから」彼女はくすくす笑った。

エリンは安堵のため息をついた。「ありがとう。あなたは命の恩人よ。私も春頃にはテキサスへ戻りたいと考えているの。でも、向こうへ戻ったら外で働かなきゃならない。だから体力が回復するまでここにいられたら本当に助かるわ」

「困ったときはお互い様よ」ナンは軽い口調で答えた。

ギャビーが駆け込んできたのはその日の夕方近くだった。彼女は椅子に座っていたエリンの前でひざまずいた。何度もエリンを抱擁した。

「そばにいられなくてごめんなさい」

「あなたが謝ることじゃないわ」エリンは答えた。「私たちも知らなかったのよ。モードの心臓に問題があったなんて」彼女は抱擁から身を引いた。「本当に急なことだったの。モード自身も何が起きたのかわからなかったんじゃないかしら」

「せめてもの救いね」ひざまずいたまま上体を起こすと、ギャビーは冷ややかな口調で尋ねた。「ジャスティンのそばに女性がいたけど、あの人、何者なの?」

エリンはこらえきれずに噴き出した。

ギャビーの顔が赤く染まった。「あの、ええと」

アニーがコーヒーカップを手にリビングへ入ってきた。彼女は途中で足を止め、エリンの愉快そうな顔とギャビーの決まり悪そうな顔を見比べた。「どうかしたの?」

「私が悪いの」ギャビーが立ち上がった。「また早とちりしちゃった」彼女はアニーを観察した。「あなたはテキサスから来たエリンの友達ね?」

アニーはにっこり笑った。「ええ。アニーよ」

「私はギャビー。あなたのお兄さんは最低よ!」ギャビーの顔がさらに赤くなった。「ごめんなさい」

「謝らなくていいのよ。本当のことだから」アニーはくすくす笑った。「でも、いつかは最低じゃなくなると思うわ」彼女は親友へ視線を移した。「ところでジャスティンはどこ?」

「愛想のいいコブラに足止めされてるわ」ジーンズのポケットに両手を押し込んで、ギャビーはぶつぶつ言った。

エリンとアニーが笑った。

「またやっちゃった」ギャビーはうめいた。「私は処置なしだわ」

「でも、いい人よ」エリンは微笑した。

「ええ、とてもいい人」アニーも同意した。

「それより、パパが言ってたかわい子ちゃんはどこにいるの?」

「私が連れてくるわ」アニーは椅子から立とうとした親友を身振りで止めた。「まだ傷口が痛むでしょう。すぐに戻るから」

「あなたにはいい友達がいるのね」ギャビーはエリンに言った。

「ええ。小学校時代からの幼なじみなの」

「私にもそういう友達がいたわ。溺れて死んじゃったけど」ギャビーは窓の外を見やった。「あの人、きれいよね。お金持ちだし……」

「ジャスティンは彼女を家具扱いしているけど、それでもあなたは嫉妬するのね。その嫉妬を彼にぶつけてはだめよ。ろくな結果にならないから」

ギャビーは顔をしかめた。「でしょうね」大きく息を吸ってから、彼女はエリンに向き直った。「私を本気で望むすてきな男性さえ見つかれば……」

「もう見つかったんじゃなかったの？」

ギャビーは微笑した。「彼はゲイなの。でも、彼が恋してる男性は女性にしか興味がなくて。それで、私の相手をしてくれてるのよ」

「この世界に幸せな人はいないのかしら？」エリンはうなった。

「僕はいないと思うね」戸口から低い声が聞こえた。

ナンと並んで入ってきたジャスティンを見て、ギャビーは目を逸らした。ジャスティンはそんな彼女に強いまなざしを向けた。

「葬儀のために戻ってきたのか？　大学の坊やが寂しがるんじゃないか？」

ギャビーは振り返って彼をにらんだ。「たぶんね。それがどうかした？」

ジャスティンの眉が上がった。女性二人の瞳はおかしそうにきらめいた。

そこへアニーが戻ってきた。彼女は毛布にくるまれた赤ん坊を抱いていた。

ギャビーはアニーに駆け寄り、毛布の中をのぞき込んだ。「かわいい子。ママにそっくりね」

「私にも見せて」ナンが笑いながら近づいてきた。

「まあ、お人形さんみたい」

「この子は朝まで眠っているのよ」アニーが言った。

「普通は夜中に目が覚めるものらしいけど」

「産科のドクターもそう言っていたわ」エリンはため息をついた。「私はよほど運がいいのかしら」

「パパの話だと、私は三歳まで夜泣きしていたらしいわ。でも、パパが学校にやるぞって脅したら、泣きやんだんですって」ギャビーは笑った。

「あなたのパパはまだ生きているの？」ナンは尋ねた。「羨ましいわ。私は車の事故で父を亡くしたの。母も何年も前に癌で亡くなったわ」

「私も両親はもういないわ」アニーが言った。

「私も」エリンも続いた。

「私は恵まれてるのね」ギャビーはつぶやいた。皆から離れて立つ牧場監督と、都会から来た美しい女相続人を見ないように努めながら。

一方、ジャスティンはずっとギャビーをにらんでいた。その様子を眺めながら、エリンは考えた。ジャスティンが嫉妬している。でも、ギャビーは気づいていないようだわ。ギャビーに教えてあげたい。それとも、教えないほうがいいのかしら。もしギャビーが積極的に迫ったら、ジャスティンはまた逃げてしまいそうだもの。

その後、ジャスティンはカウボーイたちに指示を出すために外へ出ていった。ナンは早めにベッドに入った。この二日間は遺産相続の手続きに追われ、疲れきっていたからだ。早くシャイアンへ戻りたいわ、と彼女は言った。パーティを二つ開く予定だから、のんびりしていられないのよと。

それはギャビーにとっては朗報だった。ジャスティンが出ていくと、彼女も満足げな笑みとともに自宅へ帰っていった。

「ねえ、気づいた？　ジャスティンがギャビーの大学の友人に嫉妬していたわ」アニーが笑った。

「ええ、気づいたわ」息子に母乳を与えながら、エリンは答えた。「でも、ギャビーには気づかれないようにしないと」

「わかってる」アニーはかぶりを振った。「ジャスティンの目は節穴ね」

エリンは友人を見やった。「それは違うわ。ジャスティンはギャビーがまだ見ていないものを見ているの。ギャビーはまだ若いし、ケイトローのことしか知らない。世界は広いのよ。その世界で彼は多くのものを見てきた。ギャビーはまだ見ていない。でも、これから見る可能性はある。旅をしたい。仕事をしたい。自由を楽しみたい。そう考える若い女性は大勢いるもの」

「私はそんなふうには考えなかったわ」アニーは遠いまなざしで答えた。「学校を出ても、ずっとジェイコブズビルにいたいと願っていた。あの町で結婚して、家庭を持ちたいと」彼女は目を伏せた。「その願いはかなわなかったけど」

「私も同じよ」エリンはため息をついた。「人はかなわない夢を見てしまうものなのね」

14

ヒースロー空港へ到着する頃には、タイはくたびれ果てていた。飛行機の遅延に加えて、外国への旅に不可欠な諸々の手続きがあったからだ。空港では大勢の人々が無秩序に動いていた。その動きをかわしながら、迎えに来ているはずの運転手を探さなくてはならなかった。

タイは歯を食いしばった。今回の依頼を引き受けたのは彼自身だ。しかし、彼が行きたい場所はエリンと息子のいるワイオミングだった。彼はカルに夢中だった。飛行機の中でも、妹からもらった我が子の写真ばかり眺めていた。

僕は子供を望んだことがなかった。それが今はカルのことばかり考えている。カルの人生に関わりたい。カルとエリンの家族になりたい。でも、僕は愚かな真似を繰り返した。エリンは絶対に僕を許してくれないだろう。

僕は無神経だった。思いやりに欠けていた。エリンを裏切り者と決めつけて、僕のオフィスから放り出した。ろくな証拠もないのに。

エリンだったら、証拠がなくても僕を信じただろう。命がけで僕を守っただろう。僕はジェニー・テイラーを遠ざけるためにエリンを利用した。それをきっかけに彼女に惹かれるようになった。キャビンで過ごした夜、エリンは僕に心と体で応えてくれた。彼女が差し出した贈り物を、僕は何も考えずに受け取った。

でも、あとから不安が襲ってきた。彼女の目的はなんだ？　僕をもてあそんでいるのか？　エリンには金がない。僕には金がある。そのせいでだまされた経験もある。エリンもそうなのか？　金目当てで僕を狙っているのか？

　そんな疑問を抱えていたところに、エリンが言ったのだ。前にも飲みすぎて羽目を外したことがあると。それで僕はかっとなり、彼女を疑いはじめた。エリンがオートクチュールの服を着ていたこと。ベンにひきだしの件を指摘されたときに後ろめたそうな顔をしたこと。そして、彼女の父親が新しい車を手に入れたこと。これだけの状況証拠が揃っていれば、疑っても仕方ないじゃないか。

　でも、エリンは言った。私はあなたを信じると。当然だ。彼女は僕を愛していたんだから。

　僕は酔った勢いでエリンを抱いた。それなのに、自分ではなく彼女を責めた。僕は後ろめたかった。だから、ひどい態度を取った。エリンを解雇したばかりか、転職先にもいられなくした。

　当時のエリンは妊娠していた。父親と我が家を失ったばかりだった。僕はそんな彼女をなじり、会社から追い出した。テキサスから追い出した。

　そこまでする必要があったのか？　僕は過ちを犯した相手を遠ざけることで、罪の意識を和らげようとしていたのか？　エリンをサンアントニオから追い出せば、彼女と顔を合わせずにすむ。彼女の非難のまなざしを感じずにすむ。だから、彼女の感情よりも自分の感情を優先させたのか？

　でもカルと会った瞬間、僕の中で変化が起きた。長年抑えてきた感情が爆発した。今はエリンとカルのことしか考えられない。二人のことを思うと胸が痛み、片腕を失ったような気分になる。

　何かいい口実を考えなければ。でないと、エリンはワイオミングから戻ってこない。僕は彼女に近づけない。彼女が起きているときは、我が子にも近づくことができない。

　タイは心の中でうなった。この仕事を終えて帰国したら、エリンを取り戻す方法を考えよう。僕は絶対にあきらめない。エリンも。キャラウェイも。なんとかして僕の家族を取り戻してみせる。

葬儀場は弔問客であふれ返った。ケイトローとカーン郡には、モードを愛していた人々が大勢いたからだ。

葬儀のあと、エリンは息子とアニーとともに母屋の周辺を散策した。彼女は強い喪失感に苛まれていた。今後に対する不安もあった。

カルが眠ってしまうと、アニーはエリンをキッチンへ誘い、カフェイン抜きのコーヒーを用意した。

エリンは驚きのまなざしで友人を見上げた。「あなたはカフェイン抜きのコーヒーが嫌いでしょう。私だってそうよ。なのに、どうして……」

「モードの指示よ」静かに答えてから、アニーはテーブルの前に座った。

「でも私、モードには話してなかったのに！」

「小さな町の人間は噂話が大好きなの。病院で働く人たちも例外じゃないわ」産科医がモードにしゃべったとは言いたくない。だから、アニーは適当にごまかした。「それで？　どういうことなの？」

エリンは一分ほどためらった。やがて、顔をしかめてコーヒーをすすった。「私は心臓の弁膜に問題があるの」

アニーの眉が上がった。「どういう問題？」

「どういうって……」

「もしバーロー症候群か僧帽弁逸脱症なら、どうってことないわ」アニーはにっこり笑った。「私もそうだもの」

エリンはぽかんと口を開けた。「でも、手術室に心臓の専門医を待機させていたのよ」

「念のためでしょう」アニーは答えた。「たいした問題じゃないわ。なかには手術が必要な場合もあるけど、病気としてはそれほど珍しいものじゃない。たまに専門医の診察を受けるのはいいことよ。でも、命に関わるような病気とは違うわ」

エリンは椅子の背にもたれ、涙を拭った。「怖かったわ。怖くてたまらなかった！　ええ、それよ。僧帽弁逸脱症。それが病院で聞いた病名よ」

「心臓の専門医からは何か言われた？」

「いいえ、何も。診察の予約は入れられたわ。でもかなり患者が多いみたいで、二カ月も先なの」

「もし危険な状態なら、もっと早く診察すると思わない？」

エリンはふっと息を吐き、笑顔になった。「確かにそうね。そこまで頭が回らなかったわ」

「あなたは当分死なないわ。だから、安心して息子を育ててちょうだい」

エリンはコーヒーをすすりながら笑った。

「これで問題解決ね。じゃあ、次の問題」アニーはカップを置いた。「あなた、ずっとワイオミングにいるつもりなの？」

エリンの顔が曇った。彼女はテーブルを見下ろした。「故郷が恋しいとは思うわ。でも、戻るわけにはいかないの！」

「新聞にある記事が出たわ。サンアントニオの新聞だけじゃなく、ジェイコブズビルの地元紙にも」アニーは言った。「タイのインタビュー記事よ。兄さんは事件のあらましを語り、あなたを窮地に追い込んだのは自分だと認めたの。謝罪までしたのよ」

エリンはまじまじと友人を見つめた。「タイは謝罪なんてしないわ」

「ええ、そうね。でも、今回はしたのよ」

「まあ」エリンはコーヒーカップを回した。「あなたがそうするように言ったの？」

アニーは首を横に振った。「あの頑固者が人の言うことを聞くと思う？　タイは罪の意識に苦しんでいたの。ラシターの調査報告を聞いてからずっと」

エリンは眉をひそめた。「ラシターって、デイン・ラシターのこと？」

「そうよ」

「パパの友人に彼の知り合いがいたの。誠実かつ正確な調査で知られた私立探偵よね。全米一と言われているとか」

「私もそう思うわ」アニーは答えた。「タイは私の話は聞かないけど、ミスター・ラシターの話には耳を傾けざるをえなかった」

「タイは私の裏切りを確信していたのよ」

「私はあなたの潔白を確信していたわ」

エリンはコーヒーカップを両手で包み込んだ。

「もしも立場が逆だったら、私はタイを疑ったりはしなかった。彼を愛していたから。でも、タイは私を疑った。それで私に対する彼の気持ちがわかったの」虚ろな笑い声とともに彼女は続けた。「誰かを愛するということは、その人を知るということ。その人を信じるということよ。解雇されたあの日、私はタイに言ったわ。いつかあなたは事実を知る。でも、そのときはもう手遅れだと」彼女は視線を上げた。「もう手遅れなのよ」

アニーは笑みを浮かべ、無言で親友を見つめた。

「手遅れなの！」エリンが繰り返した。

アニーはコーヒーをすすった。

「タイを憎めたらいいのに」エリンは吐き捨てた。

「兄さんはそうならないことを願っているわ。彼はずっと苦しんできた。今も苦しんでいるの」

「いい気味よ」

「愛したくないからという理由で愛することをやめられたら、どんなに楽かしら」アニーはつぶやいた。「それができたら、あなたも私もこんなに傷つかずにすんだのに」

エリンは友人のつらい過去を思い出した。アニーは二人の男に傷つけられた。一人は彼女の思いを踏みにじり、もう一人は金目当てで彼女を愛しているふりをした。

「でも、私たちは試練を乗り越えた」

「最近の兄さんは変わったわ。信じてくれとは言わないけど、本当の話よ。あなたが去って以来、兄さんは昔の兄さんじゃなくなった。あなたの夫と赤ん坊のことを知ったときは、ひどく動揺していたわ」

エリンの心臓がどきりと鳴った。危うくコーヒーをこぼしそうになった。「そうなの？」

「兄さんは怒り狂った。そして自分を責めた。彼はあなたに嫌われたと思ったの。だから、あなたは結婚を急いだんだと」

エリンは目を逸らした。友人に真実を打ち明ける勇気はなかった。しばらく沈黙してから、彼女は言った。「そういうことじゃないわ」

「だったら、私と一緒にテキサスへ帰らない？」アニーは切り出した。「タイは一カ月は戻ってこないわ。今は私一人なの。だから、その間に家と仕事を探して……」

「タイと同じ町にはいられないわ」

「なぜ？　タイはサンアントニオで働いている。あなたと顔を合わせることはほとんどないはずよ。仕事で外に出ていることが多いし、出張も多い。同じ会社で働かない限り、いくらでも避けられると思うけど」

エリンはコーヒーを飲み終えた。「そうかもしれないわね。でも、前と同じ仕事はできないし、今の体力でフルタイムの仕事は無理だわ。子守も雇わなきゃならないし……」

アニーが手を挙げた。「子守ならミセス・ダブスと私がやるから」

「先に本人に訊いてよ」エリンは笑った。

「もう訊いたわ。バーバラも協力したいって。もちろん、赤ん坊マニアのティピー・グリヤもね」

「まあ」

「あなたには友人が大勢いるのよ。兄さんのせいでその友情を無にしないで。兄さんは私が近づけないようにするわ。お願いだから帰ってきて。私はわがままなの。あなたしか話せる相手がいないの。それに、もうすぐクリスマスよ。クリスマスくらいは一緒に過ごしましょう。ツリーは立ててあるわ。ツリーの下には、あなたとカルへのプレゼントが……」

「もう？」エリンは叫んだ。

アニーは微笑した。「私は楽観主義者なの。ねえ、イエスと言って。タイが戻ってくる前にあなたを解放するから。あなたが新居に落ち着いて、仕事ができるように協力するから。お願いよ」

エリンの心が揺れた。テキサスへ帰りたい。慣れ親しんだ環境で暮らしたい。そして……いいえ、タイのことは考えちゃだめよ！

「許しはすばらしいことだわ」アニーは穏やかに諭した。「許すことで戦いは終わるのよ」

「タイを許すことはできるわ。ただ、彼に会いたくないだけ」エリンは素っ気なく答えた。

「大丈夫。会わずにすむわ。もし兄さんが予定より早く戻ってきたら、二人でなんとかしましょう」

エリンは顔をしかめた。「一晩考えさせて」

アニーの顔に笑みが広がった。「ええ、よく考えて！」

エリンの持ち物はそれほど多くなかった。わずかな持ち物を二つのスーツケースに詰め込むと、彼女はアニーとともに空港へ向かった。

仏頂面でハンドルを握っていたジャスティンが、エリンの腕の中の赤ん坊へ視線を投げた。「ちびがいないと寂しくなるな」

「だったら、遊びに来て」アニーが言った。「私の家はけっこう広いの。来客用の寝室がいくつもあるのよ」

「そうさせてもらうかな。来年の春あたりに」

「春は駆り集めの時期よ」アニーは指摘した。

ジャスティンは鼻に皺を寄せた。「じゃあ、夏にするか」

「夏は雄牛の駆り集めがあるし、嵐も多いわよね」

「秋は？」

「離乳。タグ付け。繁殖」

ジャスティンはアニーをにらんだ。「冬は？」

「設備の修理。春植えのための耕起。初めてお産した母牛たちの世話もしなきゃ」

「知ったかぶりめ」

「私は牛の牧場のことならなんでも知っているわ。ジェイコブズ郡は牧場と善良な人々で成り立っているんだから」

「ケイトローもそうだ」

「また訪ねてくるわ」エリンは約束した。「カルがもう少し大きくなったら」

「私も一緒にね」アニーが付け加えた。

「まあ、来ないよりはましか」ジャスティンは笑った。

「当然でしょう」アニーは決めつけた。

ジャスティンは自家用ジェット機まで彼女たちを送った。

「ギャビーはクリスマス休暇で戻ってくるわよね」エリンは言った。「彼女に会ったら伝えて。手紙を書くからって」

「彼女は戻ってこない」ジャスティンはぶっきらぼうに答えた。「大学のある町で仕事を始めた。新しい友人のそばにいるために」

その友人はゲイなんだけど。喉まで出かかった言葉を押しとどめて、エリンは言った。「大学はお金がかかるから働く必要があるのよ。実家の建て替えも決まったし」

「そうだな」ジャスティンはエリンの髪をくしゃくしゃにした。「いい子でいろよ」

「努力するわ。あなたもいい子でいるのよ」

彼はアニーに向かってにやりと笑った。

「私にいい子を求めないで」アニーはぴしゃりと言った。「いつまでにやにやしているの？　ジンジャーエールは機内にもあるのよ」

ジャスティンは両手を掲げた。「それこそ濡れ衣だ」

三人の笑い声が揃った。

ジェット機が離陸すると、エリンはしだいに小さくなっていくケイトローの町並みを見下ろした。

「私、この町が好きよ」

「ジェイコブズビルはもっと好きでしょう」アニーは指摘した。「あなたはテキサス人なの。そう簡単に移住はできないわ」

「でしょうね。でも、自分でもわからないのよ。テキサスへ戻ることが正解なのか」独り言のようにつぶやくと、エリンは眠っている息子を抱きしめた。

「それが正解よ」アニーは断言した。「最善の選択だわ」

エリンは座席にもたれて目を閉じた。私にはそこまでの確信は持てないわ。でもケイトローに留まって、誰かの仕事を奪いつづけるのは間違っている気がする。それに、モードのいない家は我が家じゃない。もう以前の暮らしには戻れないのよ。

15

ミセス・ダブスは赤ん坊に夢中で、なかなかほかの二人に渡そうとしなかった。しかし、エリンには母乳という切り札があった。

「母乳はずるいわ」ミセス・ダブスがぼやいた。

「ミルクを飲むときだってあるわよ」エリンは笑顔で指摘した。

「まあ、そうだけど」家政婦はうなずいた。「あなた、見違えるほど元気になったわね」

「ええ、本当に」新聞を手にソファでくつろいでいたアニーが同意した。

「私のソファに新聞を散らかさないでちょうだい。ニュースならネットで読みなさいよ」家政婦は文句を言った。

「私が新聞を取るのをやめたら、戸棚に飾るものがなくなっちゃうでしょう」アニーは反論した。

ミセス・ダブスは鼻を鳴らし、リビングから姿を消した。

あとに残された二人はくすくす笑った。

「でも、彼女の言うとおりよ。今のあなたは本当に元気そうだわ」アニーが言った。

確かに元気だった。わずか数日の間に、エリンの髪は柔らかくなった。体力も戻ってきた。それからわずかながら体重も増えた。今の彼女はきれいに見えた。

「自分でもそう思うわ。あとは仕事を見つけないとね」

「ホリデー・シーズン中は難しいんじゃない？　もうすぐクリスマスだし」

「クリスマス！　一年中待たされて、やっと来たと思ったら、瞬く間に去っていくのよね」エリンはツリーを眺めた。「このツリー、本当に美しいわ」

「私はツリーを飾るのが大好きなの。でも……」

「いけません！」書斎から声が聞こえ、ボーレガードがリビングに駆け込んできた。

「また幅木をやられたの？」アニーが叫んだ。

「もうぼろぼろよ」あきらめたような声が返ってきた。「椅子のレザーもかじられてる！」

「修理代はタイに出させればいいわ。ボーがつらい子供時代を送ったことを忘れないで。子供時代？　子犬時代？　まあ、どっちでもいいけど」

　エリンは笑った。カルを片腕で抱き、子犬へ手を伸ばした。ボーはその手に頭をこすりつけた。

「本当にいい子ね。こんないい子を傷つける人がいるなんて」

「この世界には悪い人間が大勢いるのよ」アニーはため息をついた。

「ええ、至るところにね」ミセス・ダブスがつぶやいた。彼女は左右がガラス張りになった玄関ドアを見つめていた。

「何を見ているの？」アニーが問いかけた。

　その直後に玄関ドアが開き、タイのいらだった声が響き渡った。「なぜドアがロックされている？　大荷物を抱えた状態で鍵を取り出すのは大変なんだぞ！」彼は家政婦に向かって手にした荷物――スーツケースとガーメントバッグとおもちゃ屋の大きな袋――を振ってみせた。

　ミセス・ダブスからの返事はなかった。

　タイはリビングへ目をやった。そこには彼の妹がいた。妹は怯えているように見えた。その向かいにはエリンがいて、赤ん坊に母乳を与えていた。その顔には妹よりもあからさまな怯えの色があった。

　タイは持っていた荷物を放り出した。家政婦の戸惑いの声を無視してリビングへ突進し、妹をにらみつけた。「僕にロンドンでゆっくりしてこいと言ったのは、このためだったのか？」

「たまたまこうなっただけよ」アニーはぼそぼそと言い訳した。

エリンは顎をそびやかした。「アニーが言ってくれたのよ。仕事が見つかるまでここにいていいと」

「ああ、好きなだけここにいてくれ」静かに答えると、タイは彼女の顔を観察した。「だいぶましになったな」

「まし？」エリンはぽかんとした顔で聞き返した。

「病院にいたときと比べて」

どういうこと？　わけがわからないまま、彼女はタイを見つめた。

タイは乳を吸っている赤ん坊へほほ笑みかけた。

「こっちは髪が増えた」

ボーが彼の前に座り、哀れっぽく鳴いた。

「やきもち焼きめ」タイは子犬を抱き上げた。

「ボーはまた書斎をかじったのよ」あとからやってきたミセス・ダブスが訴えた。

「かじられたら修理すればいい」タイはあっさりと片付けた。

「なぜ病院での私たちの様子を知っているの？」エリンは問いただした。

タイは肩をすくめた。「君の無事を確かめたくてね。それに、その子にも会いたかった。エリン、君は僕たちの家族だ。君を苦しめた僕に家族を名乗る資格はないが、ここは僕たちの居場所であると同時に君の居場所でもあるんだよ」

タイが病院まで来たの？　なぜ？　エリンは唖然とした。本当はタイに怒りをぶつけたかった。彼をののしり、傷つけてやりたかった。だが、彼女にできたのはタイを見つめることだけだった。

「できればジェイコブズビルに残ってほしい」タイはリビングの奥へ進み、ボーを抱いたままリクライニングチェアに腰を落とした。「ここにいれば子犬が飼えるぞ。犬は子供のいい仲間になる」

私はどう答えればいいの？　エリンは言葉を探した。しかし、何も思いつかなかった。

「なぜ帰ってきたの？」アニーが質問した。「年明けまでは向こうにいるって話だったのに。しかも、電話もしないでいきなり！」

「父さんはクリスマスに家にいないことが多かっただろう。僕はその伝統を断ち切りたかったんだ。仕事はちゃんと終わらせてきた」

「それはよかったわね！」アニーは親友に目をやった。エリンは私がだましたと思っているかしら？　でも、私も知らなかったのよ。本当に。

エリンは怒っているようには見えなかった。授乳が終わると、彼女はカルをアニーに渡し、毛布で隠しながら服装を整えた。

「見ろよ、このふさふさの髪を」タイは叫び、妹に抱かれた赤ん坊からエリンへ視線を移した。「君の夫も黒っぽい髪をしていたのか？」

「私の夫……ああ。ええ。そうよ」エリンはしどろもどろで答えた。アニーへ両腕を差し出し、カルを抱き取って、優しく背中をさすった。

「モードのことは聞いた。残念だよ。いい人だったのに」

「ええ」エリンは答えた。

タイは妹を見やった。その無言のメッセージを理解して、アニーは立ち上がった。「おなかが空いているんじゃない？　サンドイッチでもどう？」

「ああ、頼むよ。機内ではピーナツしか出なかったから。次は自前にするか」

「ピーナツのこと？　飛行機のこと？」アニーはからかった。

「両方だ」

アニーはくすくす笑った。「じゃあ、私はミセス・ダブスとサンドイッチを用意するわ。エリン、あなたも食べる？」

「ええ。その前にカルを眠らせてくるわね」エリンはそろそろと立ち上がった。

タイが彼女の動きを目で追う。珍しい鳥を観察するような目つきね。優しいけど訝るような目つき。エリンは顔を背け、カルを抱えて客用の寝室へ向かった。

「なんで先に知らせてくれなかったの？」アニーが兄を布巾でぶった。

「知らせる必要があると思わなかったから。まさかエリンが……。どうやって彼女をここまで連れてきたんだ？」

「兄さんが一カ月は家に戻らないと言ったのよ」アニーはとっさに言い返した。それから、兄の表情を見てたじろいだ。「ごめんなさい。ひどい言い方をして」

タイはポケットに両手を押し込んだ。「気にするな。おまえは本当のことを言っただけだ」

「ずっとここにいるの？」

タイは長々と息を吸った。「二、三週間ならホテル暮らしをしてもいいかな」

「まだ待って」アニーは言った。

タイは反論しようとした。

「まだ早いわ」ミセス・ダブスがたたみかけた。

タイはため息をついた。「オーケー」僕も本当はここにいたい。でも、エリンはすでに気詰まりな思いをしているはずだ。それに追い打ちをかけるような真似はしたくない。

「サンドイッチとコーヒーよ」アニーはテーブルに皿を置き、カップにコーヒーを注いだ。

赤ん坊が眠っている間に、エリンは中庭へ出た。椅子に腰を下ろして、家の中から聞こえてくるクリスマスソングに耳を傾けた。彼女はジーンズにスウェットシャツを着て、デニムのジャケットを羽織っていた。外は寒かったが、家も庭も美しく飾られていた。すべてが輝いていた。

「風邪をひくぞ」背後からタイの声がした。

内心うろたえながらも、エリンは平静を装った。

「これくらい平気よ。私は寒いほうが好きなの。カルが生まれる前は毎日散歩していたわ」

「僕も散歩は好きだ」

「そうだったわね。ハロー、ボー」駆け寄ってきた子犬に、エリンは優しく声をかけた。子犬が彼女の足の上に座った。彼女は笑った。「ローデスみたい。彼も足が好きなのよね」

「人間の足を暖かいスツールと思っているらしい」タイは彼女の隣の椅子に座り、大きく伸びをした。「海外旅行は苦手なんだ。時差ぼけのせいで体が変になる」

エリンは答えず、ただボーを撫でていた。

「僕がここにいないほうがいいなら、しばらくホテルに泊まろうか」

エリンはぎょっとして彼に目を向けた。「とんでもないわ。クリスマスなのに、二人きりの家族を引き裂くなんて」

タイは灰色の瞳を探った。「悪いのは僕だ。僕は薄っぺらい証拠を盾に君を責めた。君から新しい職場まで奪った」彼は顔を背けた。「撃たれても文句は言えない」

「あなたは悪くないわ。私のことを何も知らなかったんだから」

「なんだって？」

エリンは悲しげに微笑した。「私はアニーの友人だけど、あなたの友人じゃない。あなたにとって、私はたまに家に来る客であり、職場の部下だった。ただそれだけの存在だった」彼女は目を伏せていたため、タイの顔が苦痛に歪んだことには気づかなかった。「守るべき人たちがいる以上、明らかな不正の証拠を無視するわけにはいかないわ。それでも、人はたまに判断を間違える。罪のない者を責めて、罪を犯した者を守ってしまう」

「ああ。でも立場が逆なら、君は命がけで僕を守っただろう」タイは歯を食いしばった。「たとえ僕が罪を犯していても」

　エリンは道路沿いの柵に取りつけられたカラフルな電球を眺めた。「私は夢の世界で生きていた。何かをきっかけに目を覚まして、現実の世界へ戻る必要があった。夢だけじゃ生きていけないものね」

　タイも遠くを見つめていた。「夢？　あれは夢だったのか？」

　エリンは向きを変え、彼に視線を据えた。「あなたの場合は六年前のつらい経験がきっかけね。あれであなたは目を覚まし、永続的な関係を求めなくなった。あなたは夢をあきらめ、現実的な生き方を選んだ」そこで彼女は再び目を逸らした。「あなたはジェニー・テイラーを遠ざけるために私を連れ歩いているだけだった。それなのに、私は勘違いした」彼女は笑った。冷たく虚ろな声で。「私は期待してしまったの……もしかしたら……」その先は口に出せなかった。「でもあなたにとっては、あれは目的を達成するための手段にすぎなかった。私たちはワインを飲みすぎた。そして……ああいうことになった。だけどそれも過去の話よ。私は結婚して、夫を亡くした。今の私には育てるべき子供がいる。だから、夢はもうおしまいよ」

　タイは眉をひそめた。エリンは何が言いたいのだろう？

「働くなら自分が育った町で働きたい。安心できる町で子供を育てたい。私がここに戻ってきた理由はそれだけよ。過去のことであなたを困らせるつもりはないし、何かを要求するつもりもないわ」決まり悪さに頬を赤らめながら、エリンは焦り気味に続けた。「だから、あなたは何も心配しないで」

「そんなこと、僕は考えもしなかった」

「そう。だったらいいけど」

「僕が家に戻ってきたのはクリスマスのためだ。君がここへ戻った理由もそうだろう?」

エリンは黒い瞳を見上げた。とたんに喪失感が、悲しみが襲ってきた。タイは本当にハンサムだわ。私はずっと彼を愛してきた。でも、彼は夢なの。私は現実と向き合うべきなのよ。彼女は無理に笑顔を作った。「ええ。私もクリスマスのために戻ってきたの」

タイは笑みを返した。「だったら、みんなでいいクリスマスにしよう」

しばらくためらってから、エリンはうなずいた。

タイは空港の近くのおもちゃ屋で袋一杯分のおもちゃを買い込んでいた。その中にはサッカーボールや幼児向けのおもちゃも含まれていた。

エリンはそれを見て笑った。「カルは生まれたばかりなのよ!」

「すぐに大きくなるよ。あと、これも……」タイが箱から取り出したのはモビールだった。それをエリンに手渡して、彼は説明した。「光と音とオルゴールが付いている。新生児用の知育玩具で、ベビーベッドに設置するものだ」そこで彼は眉をひそめた。「ベビーベッドはあるのか?」

エリンは赤面した。「それは……」

タイは立ち上がり、携帯電話で連絡を取りはじめた。その日のうちに、ベビーベッドとベビーシートがやってきた。ベビー服も届いた。小さなセーター。小さな靴下。小さな靴。フードが付いたふわふわのコートまで。

「でも、タイ」エリンは抗議しようとした。

アニーがそれを止めた。「いいのよ。私たちはこの子を甘やかしたいんだから。もし邪魔をしたら、ボーにあなたをなめさせるわよ」

その脅しはすでに実行されていた。ボーはジーンズに包まれたエリンの脚に寄りかかり、彼女の手をなめていた。これでは戦いようがない。エリンはただ笑うしかなかった。

その様子を見て、タイは頬を緩めた。こんなに幸せそうなエリンを見るのはいつ以来だろう？　彼は心が浮き立つのを感じた。だが、エリンに気づかれる前に目を逸らした。いや、先走るな。ここは慎重に進めなければ。

今はただ最高のクリスマスにすることだけを考えろ。みんなのために。特にカルのために。

最初、エリンは不安だった。自分がこの家にいることでタイに迷惑をかけるのではないかと心配していた。しかし、タイは彼女の存在を気にしていないようだった。彼はよく赤ん坊の部屋にやってきて、カルの寝顔を眺めていた。なぜそこまでカルに興味を示すのだろう。エリンは首をひねった。乳児が珍しいのかしら。タイは大の子供好きで、名付け子が何人もいて、とてもかわいがっている。でも、その中に新生児はいないわ。

タイはカルから目を離すことができなかった。授乳のときでさえ、見つめずにいられなかった。エリンは我が子に覆いかぶさるようにして乳を与えていた。その姿はとても美しかった。

「痛くないのか？」不意に彼は尋ねた。

エリンは驚いて視線を上げた。「何？」

「乳を吸われるときに痛みは感じないのか？」

「最初だけ陣痛みたいな感覚があるわ。でも、ほんの数秒のことよ」

その答えで納得したのか、タイは無言でうなずいた。

「あなたはいつもカルを見ているわね」

タイの口元がほころんだ。「赤ん坊を間近で見た経験がないせいかもしれないな。それにカルは美しい子だ」

エリンの瞳がきらめいた。「私もそう思うわ。うちの親戚に赤ちゃんのいる人はいなかった。だから、私にとってもこれが初めての経験なの」

「僕は一度だけ子供が欲しいと思ったことがある」重い口調でタイは切り出した。

あのときのことね。エリンは考えた。タイはルビー・ドーズとの子供を望んだ。でも、ルビーは彼をだましていた。

「自分の外見ばかり気にする女は、出産で体型が崩れることをいやがる。僕はそのことに気づいていなかった。彼女から直接そう言われるまでは」

エリンはため息をついた。「人の本質はそう簡単にはわからないわ」

「でも、アニーは彼女を嫌っていた。あいつはたいていの人とうまくやれるのに。その時点で何かがおかしいと気づくべきだった」

「女性は嘘に敏感なのよ。男性もそうかもしれないけど」

「僕は例外ってことか」タイは赤ん坊にほほ笑みかけた。「この子が大きくなったら、秘密基地を作ってやろう」

エリンは無言で彼を見つめた。

「そうか。その頃には君はここにいないのか」タイは目を逸らした。「でも秘密基地は作れる。よかったらときどきカルを連れてきてくれ。名付け子は多ければ多いほどいい。年老いたときに面倒を見てもらえる確率が上がる」彼は軽口をたたいた。

エリンは悲しい気持ちになった。結婚も子供も望まない。タイの女性不信はそこまで重症なのね。

カルが乳を飲み終えた。エリンがブラジャーを元に戻そうとしてもたついていると、タイが立ち上がった。

「僕に預からせてくれ」

「でも、もしミルクを吐いたら……」

「ハニー、服は洗えばすむよ」タイは笑顔で両腕を差し伸べた。

ハニー。エリンの体がかっと熱くなった。初めてハニーと呼ばれた。でも、そこに意味を求めてはだめよ。彼は今まで何人もの女性にこの言葉をささやいてきたんだから。

自分が何を言ったか、タイ自身は気づいていないようだった。彼は赤ん坊を抱き取り、小さな背中をさすった。盛大なげっぷとともにミルクが吐き出されても笑っただけだった。

「すごい音だな！」赤ん坊の頭に頬を寄せて、タイは叫んだ。

「服が汚れるわ」エリンは授乳の際に目隠し代わりに使っていたオムツを差し出した。

「シャツなら何枚も持っている」タイは赤ん坊を肩に抱いて揺すった。「がっしりした子だ。きっと大きくなるぞ。そう思わないか？」

エリンは目を伏せた。「私もそう思うわ。この段階ではわからないけど」

「髪は黒っぽくなりそうだ。瞳の色は？」

「今のところはブルーよ。でも、じきに変わってくるでしょうね。茶色は優性遺伝だから……」エリンは不意に口をつぐんだ。こんなことを言うつもりじゃなかった。タイの瞳は黒だけど、焦げ茶色とも言える。

タイは彼女の動揺に気づかないふりをした。「カルの父親は黒っぽい瞳をしていたのか？」

「ええ」エリンは顔を背けた。

タイは彼女の様子を観察した。嘘をついているせいか、頬が赤くなっている。エリンは嘘が苦手だから、芝居を続けるのが苦痛なのだろう。でも僕が真実を知っていると打ち明けたら、彼女はここから逃げ出すかもしれない。そんな危険は冒せない。

「君は短い間に多くのものを失った。父親。仕事。家。夫。そしてモードまで」タイは一つ息を吸った。「本当に残念だよ、エリン」

エリンは込み上げてきた涙をこらえて言った。

「人生に試練はつきものよ。その試練が人を強くするの」

「そうだな」

タイはリクライニングチェアに座り、腕の中の赤ん坊にほほ笑みかけた。「やあ、ちびすけ」

赤ん坊は返事代わりに声をあげ、つぶらな瞳で彼を見つめた。

エリンは笑った。タイも笑っていた。

彼女は軽くたじろぎながら椅子に座った。その様子に気づいて、タイは問いかけた。「まだ手術の傷跡が痛むのか？」

「少しだけ。でも、かなり楽になったわ」

「赤ん坊のことで手伝いが欲しいなら、僕にそう言ってくれ。必要なら看護師を雇ってもいい」

「私は病人じゃないのよ」

「無理強いはしないが」タイは微笑した。「君がここにいる間だけでも協力させてほしいんだ」

「すでに協力してもらっているわ」エリンも笑みを返した。

タイの顔がこわばった。「協力どころか、僕は君を苦しめることしかしてこなかった」

「タイ……」後ろめたい気分。なぜ私が罪の意識を感じなくてはならないの？　悪いのはタイのほうなのに。

「僕が解雇を言い渡したあの日、君は妊娠していたんだよな。それなのに僕は癇癪を起こして、君に怖い思いをさせた」

「あのときは……ちょっと驚いたわ」エリンは口ごもった。「でも、それだけよ」

「僕は最悪の癇癪持ちだ。そのせいで多くのものを失った」タイは目を閉じた。「もし過去に戻れるなら、最初からやり直せるなら……」

「人は過去へは戻れないわ。私たちにできるのは、一歩ずつ前へ進むことだけよ」

タイは苦悩のまなざしを彼女に向けた。「僕はやり直したい。やり直せるものなら」

その強い口調にエリンは戸惑った。あのタイが自分を責めている。反省とは無縁な人だと思っていたのに。私を首にしたことをすまなく思っているのかしら。でも、それだけじゃない気がする。彼の言葉には後悔以上の何かがある気がする。

タイは目を逸らし、赤ん坊にほほ笑みかけた。カルは小さな手足を動かしながら彼を見上げていた。

「この子はいつもこんなに動くのか？」

エリンは微笑した。「たいていのときはね。特に眠っているときはよく動くわ」

タイは頭を傾けた。「唇をすぼめた。泣きそうな顔だ。でも、泣かないな」

「まあ、大変」エリンは立ち上がり、両腕を差し出した。

タイは彼女を見上げた。「大変？」

「中に入ったものは必ず外へ出るのよ。こっちに渡して。オムツを替えるから」

タイも立ち上がった。「僕が運ぼう。オムツ替え用のテーブルは買ってあったな？」

「ええ。立派なテーブルが。おかげで前屈みにならずにすむわ」

「前屈みか。手術の傷跡に響きそうな姿勢だ」

「ええ」エリンは彼のあとに続いて客用の寝室へ入った。

タイはオムツ替え用のテーブルに赤ん坊を横たわらせ、エリンに場所を譲った。彼女に頼まれたものを渡すと、オムツ替えの作業を熱心に見学した。カルに関することなら、どんなことにでも興味があるようだった。

「あなたがオムツの替え方を勉強するなんてね」エリンはからかった。

「オムツ替えはマスターできそうな気がする。もちろん、授乳は君の専売特許だが」冗談めかして、タイは付け加えた。

彼らは声をあげて笑った。

そんな二人を見ていたカルが急に喉を鳴らした。

「笑ったぞ！」タイが叫んだ。

「赤ちゃんは喉を鳴らすのよ」

タイはかぶりを振った。「育児は発見の連続だ」

エリンはため息をつき、笑顔になった。「ええ。そのとおりよ。私も子育てがこういうものだとは知らなかったわ。育児に関する本や映画はあるけど、実際に育ててみると……まるで別世界ね」

タイは反射的にうなずいた。不意にカルへの愛情が込み上げてきた。エリンの横に立っていると、なぜか胸がいっぱいになった。エリンは昔から僕の人生の一部だった。でも、今は違う。彼女は今、カルとともに僕の心の真ん中にいる。

僕は何年も家庭的なことを避けてきた。それが今は、オムツの替え方を学んだだけで心が浮き立つ。この小さな赤ん坊が、僕の息子が喉を鳴らしただけで、天にも昇る心地になる。

彼らの足元で甲高い鳴き声がした。片耳を立て、もう一方の耳を垂らしたボーが、きらめく瞳で人間たちを見上げていた。

「やきもち焼きね」エリンが子犬をからかった。

「ボーも興味があるんだろう。赤ん坊と接した経験がないから」

「だったら、勉強しないとね」

「ああ、そうだね。みんなで勉強だ」タイは彼女を見下ろした。

　エリンは笑った。

　エリンは料理が大好きだった。タイとアニーが交代で子守をする間に、彼女はミセス・ダブスとキッチンに立ち、ケーキやパイやパンを焼いた。完成したデザートは冷凍室で保存され、クリスマスの当日にテーブルに並ぶことになっていた。クリスマス前にするべきことはほかにも山ほどあった。デビルドエッグ用の卵を茹でること。スタッフィングを作ること。スタッフィングの材料にはビスケットとコーンブレッドが欠かせないが、エリンもミセス・ダブスも市販品に頼らず、手作りにこだわるタイプだった。七面鳥は三日かけて自然解凍した。三代前から続くモズビー家伝統の砂糖菓子――プラリネとディビニティ・ファッジ――も用意しなければならなかった。

　キッチンから出てきたエリンは、エプロンを外し、息子を抱き取ろうとした。タイは赤ん坊を母親から遠ざけた。

「汗まみれじゃないか。カルが濡れてしまう」

「あらそう」エリンは切り返した。「だったら、あなたがお乳を飲ませてやって！」

　タイは彼女をにらんだ。

　エリンは挑発するように眉を上げ、両腕を突き出した。

　タイはしぶしぶ赤ん坊を譲った。

　エリンは笑い、授乳のために椅子に座った。

　タイは椅子の背にもたれ、長い脚を組んだ。「僕がキッチンで手伝えたらいいんだが」

「だめよ。それだけはやめて！」あとからやってきたアニーが懇願した。

タイは妹をにらんだ。「あのときはちょっと火がついただけだ」

「カーテンが燃えたわ」アニーは指摘した。

「猫の尻尾もね」エリンが付け足した。「幸い、ふわふわの尻尾だったから、猫自身は気づいていなかったけど」

「でも、あいつは火を消してやろうとした僕に噛みついた」タイがぶつぶつ言った。

「自分を守ろうとしただけでしょう」キッチンから現れたミセス・ダブスが口を挟んだ。「ねえ、エリン、今日はここまでにしましょうか？　クリスマスの準備は切りがないから」

「でも、楽しいわ。私はママとキッチンに立つのが大好きだった」乳を吸う我が子を見守りながら、エリンはつぶやいた。「特にクリスマスの時期はね。私の料理の知識はすべてママから教わったのよ」

「私もそこの兄妹に教えようとしたんだけど」ミセス・ダブスはアニーとタイをにらんだ。「兄はキッチンを燃やし、妹はオーブンを破裂させたわ！」

「あのオーブンは古かったの」アニーは弁解した。「どのみち壊れる運命だったのよ！」

「あのキッチン・カーテンもひどい代物だった」タイも横柄な口調で反論した。「なくなってせいせいした」

エリンと家政婦はただ笑うしかなかった。

「どっちも苦しい言い訳ね」ミセス・ダブスがかぶりを振った。

「私、ビスケットなら作れるわよ」アニーは主張した。

「缶から取り出すだけでしょう」ミセス・ダブスは小声で茶化した。

アニーは引き下がらなかった。「それでもビスケットはビスケットよ」

「僕も今はガス台に布巾を放置していないぞ」

「ええ、そうね。でも、犬に家具をかじらせてる」

「犬にも食物繊維は必要だ」

エリンは我慢できずに噴き出した。まるで昔に戻ったみたい。我が家で家族と一緒にいるような気分だわ。

16

クリスマスまでの数日間、タイはほとんど自宅を離れなかった。ある夜、彼は大型のオープンカーに全員を乗せて、ジェイコブズビル周辺のクリスマス・デコレーション見物に繰り出した。

特に目を引いたのは裏通りにあるスペインふうの家だった。家の持ち主であるロドリゴとグローリーのラミレス夫妻には、小学校に上がったばかりの息子がいた。そのため、彼らの庭はさながらおもちゃ工場のようだった。そこには動く木馬が並んでいた。トナカイ連れのサンタクロースの姿もあった。

「かわいい飾り付けね」エリンは言った。

アニーがうなずいた。「ラミレス家は毎年こんな感じよ。ペンドルトン家はどう？」

「あそこは今年のクリスマスはサンアントニオで過ごすらしい」タイが答えた。「でも、カーソンの牧場は見物だぞ。次はそっちへ行ってみよう」

「保安官の牧場？」エリンが尋ねた。

「ああ。義理の伯母から相続した牧場に一家で引っ越したんだ」

「あの大きなイグアナも一緒に？」アニーが質問を重ねた。

タイは笑った。「もちろん。彼は犬みたいに子供たちのあとを追いかけているよ」

「でも、トカゲでしょう」ミセス・ダブスは大げさに身震いしてみせた。

「トカゲはいいぞ。うちにも一匹欲しいくらいだ」

「そのときは辞めてやる！」

「こっちから首にしてやる！」

「喧嘩しないの」アニーが仲裁に入った。「クリスマスなんだから！」

「まだクリスマスじゃない」タイはバックミラーごしに家政婦をにらんだ。

「私を怒らせないほうがいいわよ」ミセス・ダブスは言い返した。「私はサンタクロースがどこに住んでいるか知ってるんだから」

「それがなんだ？　僕は彼が今どこにいるか知っている」

オープンカーが別の裏通りに入り、ある家の正面で停まった。そこには大きなそりと本物そっくりのトナカイが飾られ、道路まで子供たちの行列ができていた。

「ほらね？」タイは家政婦に言った。「僕を敵に回すと、靴下に石炭を入れられるぞ」

ミセス・ダブスが顔をしかめた。

「喧嘩はだめよ」アニーが再び間に入った。

それで二人は引き下がった。

「ねえ、やめましょうよ！」縁石で車を停めたタイに向かって、エリンは訴えた。「連絡もせずにいきなり押しかけるなんて！」

「いきなりじゃない」タイは答えた。「さっきキャッシュに電話した」

「あの夫婦はカルに会いたいのよ」アニーは笑った。「ティピーなんてもう二度も電話をよこして、早く来いと催促しているんだから」

「まあ」グリヤ夫妻の赤ん坊好きはエリンもよく知っていた。かつては政府機関でスナイパーをしていたと噂されるグリヤ署長だが、彼は子供が大好きなのだ。モデルあがりの映画スターだった彼の妻ティピーも。

実際、エリンが車を出るより早く、グリヤ夫妻がポーチから降りてきた。

「待ちきれなくて」ティピーは笑い、赤ん坊を抱いているタイへ両腕を差し出した。「抱かせてもらえる？」

キャッシュ・グリヤが素早く妻の前に出た。「列に並べ」横柄な口調で言い渡すと、彼は赤ん坊を抱き取った。「完璧だな。非の打ち所がない」ティピーも夫の腕にしがみつき、小さな男の子をのぞき込んだ。

「僕も見たい！」ポーチから哀れっぽい声が聞こえた。

「私の弟よ」ティピーは笑った。「彼も子供が大好きなの」

「僕は知らなかったよ。子供がこんなに楽しいものだとは」赤ん坊相手にはしゃぐグリヤ夫妻を眺めながら、タイはつぶやいた。

「楽しいうえに中毒性がある」キャッシュは小さく笑った。

「帝王切開で産んだんでしょう？」ティピーはエリンに問いかけた。「傷の具合はどう？」

「まだ少し痛むけど、かなり楽になったわ」エリンは笑顔で答えた。

「キッチンから遠ざかっていたら、もっと楽になっていたのに」アニーがくすくす笑った。

「ミス・エリンがいなかったら、モズビー家のクリスマスのご馳走はどうなるの？」ミセス・ダブスが口を挟んだ。「私一人じゃ作りきれないわ」

「こっちの二人は料理をしないの？」モズビー兄妹を示しながら、ティピーは尋ねた。

「消防隊が前庭にいるとき以外は料理をさせられないのよ」ミセス・ダブスは冗談めかして答えた。

「一度失敗しただけだろう」タイは抗議した。「しかも、ちっぽけな小火《ぼや》だ」

「私のせいじゃないわ。あのオーブンが勝手に破裂したのよ」アニーが続けた。

「だから、私は料理をするときはドアをロックしているの。彼らがキッチンに入ってこないようにね」ミセス・ダブスがぶつくさ言った。

その場にいた全員が笑った。

彼らが最後に立ち寄ったのは町の公園だった。そこでは毎年光のショーが開催され、車で会場を周回しながら楽しめるようになっていた。

「すごいわ」エリンはため息をついた。「私はこれを見たことがなかったの。時間がなくて」

「だろうな」前方の車に注意を払いながら、タイはつぶやいた。「僕が残業ばかりさせていたから」

「でも、いやいや残業していたわけじゃないわ」エリンはベビーシートへ視線を移した。カルは目を丸くして、外の景色を眺めていた。「ほら、あれを見て。きれいな色ね」彼女は赤ん坊に話しかけた。それから、タイに向かって続けた。「この子、あなたが買ってくれたモビールが大好きなの！」

タイはにんまり笑った。「気づいていたよ」バックミラーをのぞくと、エリンが怪訝そうな顔をしていた。彼は少し照れながら説明した。「カルが夜中に目を覚ますことがあってね。そんなときはあのモビールを動かして落ち着かせているんだ」

エリンは感動した。同時に胸が痛くなった。タイはカルのことをほかの男性の子供だと思っている。自分がカルの父親だと知る日は永遠に来ないのだ。

彼女の表情を見て、タイは顔をしかめた。「すまない。もっと早く言うべきだったかな」

エリンはうろたえ、焦り気味に否定した。「大丈夫。私は気にしていないわ」

「だったら、なぜそんな顔をしているんだ？」

バックミラーごしに二人の視線がぶつかった。エリンは泣きたくなった。胸が痛いわ。心が痛い。彼女は視線を逸らし、唾をのみ込んだ。「あのイルミネーション、きれいよね？」

助手席のアニーがうなずいた。「本当にきれいだわ。年に一回しか見られないのが悔しいくらい」

「毎日やっていたら飽きるぞ」タイがからかった。

「そうかもしれないけど」

「家に帰って、ホットチョコレートを飲みたいのは誰だ？」幹線道路へ引き返しながら、タイは問いかけた。

三人が手を挙げた。

「車内は暖かいけど、体が冷えてきたわ」アニーが笑った。

「私も。それに、この子に夕食をあげて寝かしつけないと」エリンは笑いながら赤ん坊の顎の下をくすぐった。

「赤ん坊の記憶ってどうなっているんだろう？」自宅へ向かう途中、タイは思いついた疑問を口にした。

「いい質問ね。今度、小児科のドクターに……。いやだ」エリンはうなった。「私、まだ小児科医を決めていなかったわ！」

「その問題なら簡単に解決できるわ」アニーが断言した。「この町にはサンアントニオから週一、二回のペースで通ってくる専門医が何人もいるもの。まずは彼らの評判を調べてみましょう。カルのために一番いいドクターを選ばなきゃ！」

エリンは苦笑した。私は無保険だから、医療費は分割払いにするしかない。タイの下で働いていたときは、会社を通じて保険に入っていたんだけど。

彼女の考えを読んだのか、タイが言った。「支払いの心配なら無用だ。君の保険は更新してある」

「更新？　でも、私はもうあなたの会社の従業員じゃないわ」

タイはミラーごしに彼女を見やった。「その件についてはあとで話そう。僕に考えがあるんだ」

タイの考えとはどんなものなのだろう。エリンは気もそぞろで授乳をすませた。息子にげっぷをさせ、キスをし、揺すって寝かしつけた。

隣にタイの気配を感じたのは、カルが目を閉じるのを見守っていたときだった。エリンは反射的に視線を上げた。こんなにゴージャスな人がいるかしら。でも、この人は月と同じで、私がいくら手を伸ばしても届かない存在なのよ。彼女は再び目を伏せ、大きな体から伝わってくるぬくもりとスパイシーなコロンの香りを味わった。

「カルはすでに君にそっくりだ」タイが穏やかな声で言った。「特にこの目。これは……」彼は喉まで出かかった〝僕〟という言葉をのみ込んだ。「君の亡き夫のような黒っぽい目にはならないだろう」

「私のパパは灰色の目をしていたわ。ママは淡いブルーだった」エリンは微笑した。「でも、瞳の色は変化するから、黒っぽくなる可能性もあるわよ」

タイは彼女に向き直り、二人の視線を合わせた。

「時間を巻き戻せたらいいのに。僕は間違いを犯した。君を疑ってしまった」

「あなたは私のことを知らなかったから……」

「いや、知っていた」タイは彼女の言葉を遮った。「君のことは知りすぎるほど知っていた。だから、君には近づかないようにしていたんだ」

エリンは眉をひそめた。タイの言葉が理解できなかった。

「六年前、僕は地獄を味わった。ルビーは僕を手玉に取り、見事に僕を欺いた。彼女の元夫が現れなかったら、僕はもっとひどい目に遭っていただろう。まあ、それも自ら招いた結果かもしれないが」

「だからといって、あそこまで傷つけられていいわけがないわ」

タイの大きな手が彼女の目にかかっていた髪を押しやった。「それなのに、僕は君を傷つけた。僕は逃げていたんだ。気づかなかった？」

「逃げていた？」大きな手がエリンの唇へ行き着いた。タイに触れられ、求められた夜のことを思い出し、彼女は危うくうめきそうになった。

「僕にはわかっていたんだ。もし君に近づいたら、二度と離れられなくなることが。君は男と遊ぶタイプじゃなかったから……」

「でも、あなたはそう決めつけたわ」

「君の言葉を真に受けただけだ」タイは素っ気なく切り返した。「なぜ僕に嘘をついた？　なぜ遊び慣れているふりをした？」

エリンは彼のシャツに視線を落とした。「あなたが罪の意識を感じていたからよ。悪いのはあなただけじゃない。お酒を飲んだ私も悪かったの」

タイは両手で彼女の顔をとらえた。「そうだね。でもハニー、もし君がワインを飲まなかったら、この美しい男の子は生まれていなかった」

エリンは愕然として彼を見つめた。タイは疑っているの？　なんとかしてごまかさないと。彼に知られたらおしまいよ！

「ラシターの調査は徹底していた」タイはささやいた。「しかも、僕は正確な日付を把握していた」

エリンの顔が青ざめた。彼女は後ずさろうとした。タイは彼女を引き戻し、両腕で包み込んだ。

「僕は君の信頼に値しない人間だ。自分でもいやになるほどのだめ男だ。でも生きている限り、君とカルを守りたい。君を愛したい」灰色の瞳をのぞき込んで、タイは続けた。「この命が尽きるまで」

エリンの唇が震えた。灰色の瞳が潤んだ。「でも、それはあなたの本心じゃ……」

タイは頭を下げ、彼女にそっとキスをした。「本心だよ。僕は何よりも君が欲しい。僕の息子が欲しい」

「それはただの推測にすぎないわ」エリンは泣きながら言い返した。

タイはポケットから取り出した携帯電話を彼女に見せた。そのロック画面に映っていたのは、ケイトローの病院の新生児室で毛布にくるまれたカルを抱くタイの姿だった。

エリンは息をのみ、彼を見上げた。「あなた、あそこに来ていたのね！」

「アニーの手引きで忍び込んだ」タイは身を乗り出し、二人の額を合わせた。「僕の息子。僕の第一子だ。放っておけるわけがないだろう？」彼は何度もエリンにキスをした。「それに君のことも心配だった。帝王切開にはそれなりのリスクが伴う。だから、君たち二人の無事を確かめずにいられなかった」

「アニーは何も言わなかったわ」

「僕が脅したからだよ」タイのキスが熱を帯びてきた。「もししゃべったら、子犬に二度と触らせないと言ったからだ」

「悪質な脅しね」エリンもいつしかキスに応えていた。彼が本気だということをようやく信じはじめていた。

「君は僕を許すべきだ」

「なぜ？」

「もっと子供が欲しいから」簡潔に答えると、タイはにやりと笑った。

エリンは思わず噴き出した。「ああ、タイ！」

タイは両腕で彼女を包み込み、息が止まるほど熱烈なキスをした。傷口のかすかな痛みを無視して、エリンはキスに応えた。喜びと愛と幸福に溺れた。暗闇から光の中へ踏み出したような気分だった。

彼らが一線を越えそうになったそのとき、戸口からくぐもった笑い声が聞こえた。振り向くと、アニーとミセス・ダブスが手を口に当てて立っていた。

「のぞきか？　悪趣味だな」タイが吐き捨てた。

アニーたちが噴き出した。エリンも笑った。

「兄さんを許してやって」アニーは訴えた。「兄さんと結婚して、私の話し相手になってよ」

「私も料理を手伝ってくれる人が欲しいわ」ミセス・ダブスが調子を合わせた。

タイは笑顔でエリンを見下ろした。「クリスマスに結婚するのもいいな。式はこの家で挙げよう。招待状はメールで送ればいい。君はレースのドレスを着て、ベールを被り、柊と白バラの花束を持つんだ」

エリンは幸せを噛みしめるように長々と息を吸い込んだ。

「それに、君はもう婚約指輪をしているからね」

彼女はぽかんとした顔でタイを見返した。それから、薬指の指輪に視線を落とした。アニーがディナーリングだと言ってくれた指輪。だから、小指には合わなかったのね。

「私、嘘をついたの」アニーは告白した。「それは兄さんからだったのよ。でも、事実を知ったら、あなたは指輪をトイレに流すかもしれないでしょう。兄さんはそれを恐れたの」

「ああ。しかも、その指輪は対になっているんだ」タイは指輪のケースを取り出し、蓋を開いてからエリンの手のひらに置いた。中に入っていたのは、同じルビーを使った結婚指輪だった。彼は頭を傾げ、笑顔でエリンを見つめた。「なんなら片膝もつこうか？　練習はしてあるんだ」

「本当の話よ」アニーが口添えした。

「私が磨き上げた床でボーが粗相をするたびに、その掃除も兼ねてね！」

「たまには失敗もするさ。まだ子犬なんだから」タイはボーをかばった。

「それは今後の課題ね」エリンは言った。

タイはにやりと笑った。「ああ。これから一緒に取り組んでいこう」彼は唇をすぼめた。「それで返事は？」

エリンはため息をついた。月を差し出された気分だわ。大荒れのスタートだったけど、この先には幸せな日々が待っている。タイは子供と犬を愛する人よ。何も心配はいらないわ。

「イエスよ」

タイは歓声をあげ、彼女にキスをした。その騒ぎで目覚めた赤ん坊が大声で泣き出した。

エリンの顔に笑みが広がった。それを見て、タイもにんまり笑った。「我が家はにぎやかだな」

答える代わりに、エリンは彼を抱擁した。

彼らはクリスマスイブに結婚した。式はメソジスト派の牧師ジェイク・ブレアがおこない、リビングに詰めかけた町の人々が立ち会った。タイが主張したように、エリンはレースのウエディングドレスを着て、ベールを被った。ただし、花束には柊と白バラのほかに白い蘭も加わった。

結婚式にはキャラウェイ・リーガン・ミッチェル・モズビーも参加した。彼の洗礼式も近いうちにおこなわれることになっていた。

「クリスマスだな」カバーの下で互いの腕に抱かれながら、タイが眠そうな声でつぶやいた。

ちょうど日付が変わった頃だった。三度も情熱的に愛し合ったせいで、彼らは疲れ果てていた。

「あなたはもっとビタミンを摂るべきだわ」夫の汗ばんだ胸に頬を預けて、エリンはため息をついた。

タイは彼女の髪にキスをした。「仕方ないよ。もう年なんだから」

「年寄りぶらないで。まだ三十一でしょう」エリンは叱った。

タイは小さく笑った。寝返りを打って彼女を見下ろし、平らなおなかに手を這わせた。「痛くなかった？　少し激しすぎたかな。キャビンで過ごしたあの夜以来、ずっと女性から遠ざかっていたから」

「ずっと？」エリンは驚きの声をあげた。

タイは彼女の湿った髪を押しやった。「僕はあのときからわかっていたんだと思う。僕の人生に君のような女性は二度と現れないと。でも、君を愛していると気づいたのは、君が離れたあとだった。そして、ラシターから赤ん坊は僕の子だと知らされた」

彼はかぶりを振った。「僕は君を取り戻したかった。僕たちの息子に会いたかった。でも君に近づくのが怖かった。君に憎まれていると知っていたから」

「憎むだなんて。あなたが私を疑うのは当然よ。あれだけ証拠があったんだから……」

「愛は信頼で成り立つものだ。君は言ったよね。もし立場が逆だったら、君は命がけで僕を守ると」タイは二人の鼻を合わせた。「でも僕は理解していなかった。アニーから君の気持ちを聞くまでは」彼はまぶたを閉じた。「僕は自分を恥じた」

エリンは彼の頭をとらえ、閉じたまぶたにキスをした。「あなたも苦しんだのね。でも、苦しみはもう終わりよ。私たちには小さな息子がいる。明るい未来が待っている」

タイはうなずき、彼女のおなかへ視線を向けた。「そう遠くない未来に、もう一人増えるかもしれないな」

エリンはほほ笑んだ。「それも明るい未来よ」

タイはため息をついた。「人は幸せすぎて死ぬこともあるんだろうか？」

「それはわからないけど……」

タイがうなった。

エリンもうなった。

遠くから泣き声が聞こえた。続いて、二頭のジャーマン・シェパードが吠えはじめた。厄介なことに、廊下の奥の部屋にいた三頭の子犬たちもその騒ぎに加わった。

エリンとタイは視線を交わした。

「コイン・トスで決める？」エリンが提案した。

「いや、二人で行こう」タイはカバーを押しのけた。「カルは君だけの子供じゃない。僕たちの子供だ」

エリンは嬉しそうに笑った。「あなたは有能なパパになりそうね」

「当然だろう」タイも一緒になって笑った。

赤ん坊の泣き声と犬たちの吠える声に、一階から聞こえてきた哀れっぽい声が重なった。「なんとかしてよ！」アニーとミセス・ダブスが叫んでいた。

タイとエリンはローブを羽織って廊下へ出た。妻をかたわらに引き寄せて、彼は言った。「気にするな。あの二人もそのうち慣れるさ」

エリンは夫にキスをして笑った。

ハーレクイン®

秘密の命を抱きしめて
2024年6月20日発行

著　　者　ダイアナ・パーマー
訳　　者　平江まゆみ（ひらえ　まゆみ）

発 行 人　鈴木幸辰
発 行 所　株式会社ハーパーコリンズ・ジャパン
東京都千代田区大手町 1-5-1
電話 04-2951-2000（注文）
0570-008091（読者サービス係）

印刷・製本　大日本印刷株式会社
東京都新宿区市谷加賀町 1-1-1

装 丁 者　高岡直子

定価はカバーに表示してあります。
造本には十分注意しておりますが、乱丁（ページ順序の間違い）・落丁（本文の一部抜け落ち）がありました場合は、お取り替えいたします。ご面倒ですが、購入された書店名を明記の上、小社読者サービス係宛ご送付ください。送料小社負担にてお取り替えいたします。ただし、古書店で購入されたものについてはお取り替えできません。®とTMがついているものはHarlequin Enterprises ULCの登録商標です。

この書籍の本文は環境対応型の植物油インクを使用して印刷しています。

ISBN978-4-596-63518-1 C0297

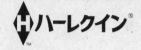

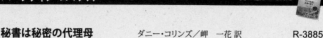

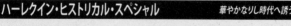

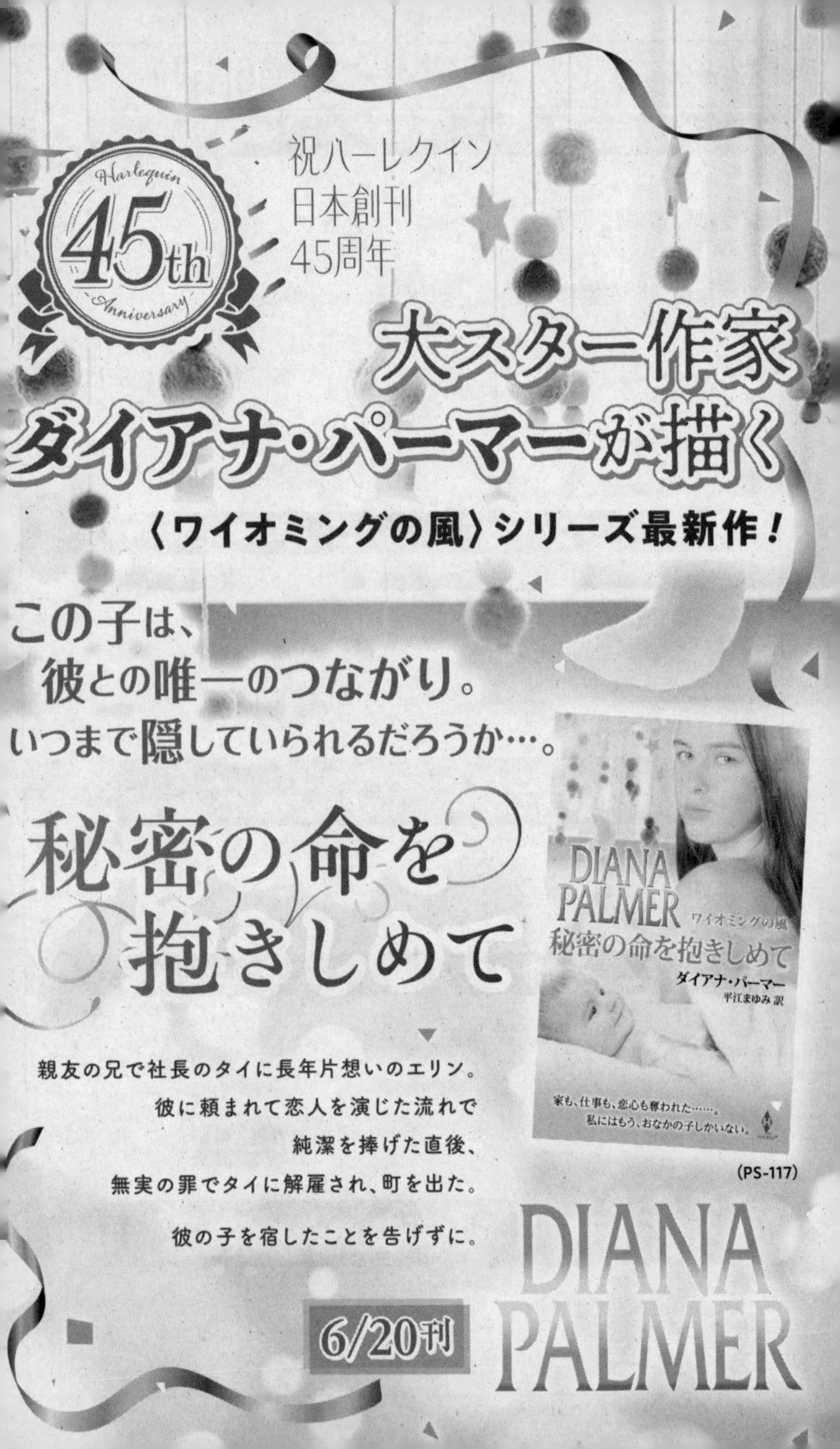
Harlequin
45th
Anniversary
祝ハーレクイン
日本創刊
45周年
大スター作家
ダイアナ・パーマーが描く
〈ワイオミングの風〉シリーズ最新作！
この子は、
彼との唯一のつながり。
いつまで隠していられるだろうか…。
秘密の命を
抱きしめて
DIANA
PALMER
ワイオミングの風
秘密の命を抱きしめて
ダイアナ・パーマー
平江まゆみ 訳
家も、仕事も、恋心も奪われた……。
私にはもう、おなかの子しかいない。
(PS-117)
親友の兄で社長のタイに長年片想いのエリン。
彼に頼まれて恋人を演じた流れで
純潔を捧げた直後、
無実の罪でタイに解雇され、町を出た。
彼の子を宿したことを告げずに。
6/20刊
DIANA
PALMER